中国当代文学
新批评丛书
——————

主　　　编
贺　仲　明
李　遇　春

高　玉　著

新文学传统的宏与微

SPM 南方出版传媒 广东人民出版社
·广州·

图书在版编目（CIP）数据

新文学传统的宏与微 / 贺仲明，李遇春主编 ；高玉著 . — 广州：广东人民出版社，2021.10
（中国当代文学新批评丛书）
ISBN 978-7-218-14024-7

Ⅰ.①新… Ⅱ. ①贺… ②李… ③高… Ⅲ.①中国文学－当代文学－文学史研究 Ⅳ.① I209.7

中国版本图书馆 CIP 数据核字（2019）第 255323 号

XIN WENXUE CHUANTONG DE HONG YU WEI
新文学传统的宏与微

贺仲明 李遇春　主编　　高玉 著　　　　

出 版 人：肖风华

责任编辑：刘　宇
责任技编：吴彦斌　周星奎
封面设计：周伟伟

出版发行：广东人民出版社
地　　址：广州市海珠区新港西路 204 号 2 号楼（邮政编码：510300）
电　　话：（020）85716809（总编室）
传　　真：（020）85716872
网　　址：http://www.gdpph.com
印　　刷：三河市荣展印务有限公司
开　　本：787mm×1092mm　1/16
印　　张：19.5　**字　　数：**234 千
版　　次：2021 年 10 月第 1 版
印　　次：2021 年 10 月第 1 次印刷
定　　价：68.00 元

如发现印装质量问题，影响阅读，请与出版社（020-85716849）联系调换。
售书热线：（020）85716826

代序

我对文学批评的理解

在韦勒克和沃伦合著的《文艺理论》中，文学理论、文学批评和文学史三者是并列关系，并且构成了文学研究完整的三个方面。按照这种划分，文学批评和文学理论、文学史应该是同等重要的，但在现行的大学文学教育体制中，不管是教育课程设置上还是学术研究上，文学批评还不能和文学理论、文学史相提并论。

在《学科分类与代码》（GB/T 13745-2009）中，属于中文专业的"文学"二级学科共有"文学理论"、"文艺美学"、"文学批评"、"比较文学"、"中国古代文学"、"中国近代文学"、"中国现代文学"（包括当代文学）、"中国各体文学"（包括中国诗歌文学、中国戏剧文学、中国小说文学、中国散文文学、中国各体文学其他学科）、"中国民间文学"、"中国儿童文学"、"中国少数民族文学"（包括蒙古族文学、藏族文学、维吾尔族文学、哈萨克族文学、朝鲜族文学、中国少数民族文学其他学科）、"世界文学史"（包括古代世界文学史、中世纪世界文学史、近代世界文学史、现代世界文学史、当代世界文学史、世界文学史其他学科）等十二个学科①，但这只是理论上的"分类"，事实上，在现行的中国文学教育体制中，并没有"中国各体文学"这个二级学科，"比较文学""中国民间文学""中国儿童文学""中国少数民族文学"等也是有名无实，中国文学的主体课程实际上只有"中国古代文学史""中国现代文学史""外国文学史"②和"文学理论"，选修课也主要是围绕这四门课程开设的，只有极少数学校开设诸如"中国近代文学""文学批评""文艺美学""民间文学""儿童文学""少数民族文学"等课程。由此可见，"文学批评"在当今中国大学文学教育实际中还没有受到重视。

而教育部制定的《普通高等学校本科专业目录（2012 年）》中，"中国语言文学类"下"中国语言文学"的文学"核心课程"有"文学概论""中国古代文学""中国现代文学""外国文学"③，没有"文学批评"。根据国务院学位委员会学科评议组审议制定的《学位授予和人才培养学科目录（2011 年）》，"中国语言文学"一级学科中属于文学的二级学科共四门半，即"文艺学""中国古代文学""中国现当代文学""比较文学与世界文学"四门，以及算半门的"中国少数民族语言文学"，另涉及"中国古典文献学"。④事实上，一般大学中文专业都不开设"中国少数民族语言文学"这门课，只有在民族院校，它

① 中华人民共和国国家质量监督检验检疫总局、中国国家标准化管理委员会：《学科分类与代码》，中国标准出版社，2012 年版，第 66—67 页。

② 上述标准为 2009 年修订的版本，此处的"中国古代文学史""中国现代文学史"（包括当代文学史）、"外国文学史"为原标准（GB/T 13745-92）名称，可见目前教育体制执行的还是老标准，而新标准在实际课程设置和教学中并未执行。

③ 中华人民共和国教育部高等教育司：《普通高等学校本科专业目录和专业介绍（2012 年）》，高等教育出版社，2012 年版，第 86 页。

④ 国务院学位委员会第六届学科评议组：《学位授予和人才培养一级学科简介》，高等教育出版社，2013 年版，第 47 页。

才是主要课程。"中国古典文献学"虽然在学术研究上并不算"冷门"，但在课程设置和教学方面却是非常冷僻的。中文专业作为大学教学科研实体，下设实体学科，一般大学中文专业在文学方面主要开设四个学科——"文艺学""中国古代文学""中国现当代文学""比较文学与世界文学"。从这里我们可以看到，无论是本科生教育还是研究生教育，都主要是以文学史为主，其次是文学理论，根本就没有"文学批评"的位置。

因此，文学批评在当今中国文学领域的地位相对低，远不能与文学史和文学理论相比，这与中国当今大学文学教育的课程设置和背后的教育理念有深层次的关系。大学文学教育以文学史、文学理论为主体，培养出大量的熟悉文学史和文学理论的本科生、硕士生、博士生。这些人中很多又成为专家学者，进而从事文学理论和文学史研究，反过来又加强了文学理论和文学史在文学教育中的地位，也强化了文学理论和文学史的教育，这可以说是"良性循环"。当然也可以说是"恶性循环"，因为文学史和文学理论的强化必然会削弱文学批评，这不仅仅是格局和构成上的削弱，更重要的是文学研究的模式和精神上的削弱，文学批评的削弱实际上是文学判断力的削弱。

我们可以看到，当今的大学文学教育主要是通过文学史和文学理论的课程来完成的。文学理论主要是培养学生对文学基本问题的抽象观念和看法，培养学生文学的理论思维能力，在知识和专业的层面上使学生掌握言说文学的话语方式，包括大量的术语、概念、范畴和言说方式，比如形象、结构、风格、典型、叙事、解构、文体等，它的作用是使中文专业的学生在谈论文学时不再是日常经验式的、日常情感式的，不再是生活层面的，而是"专业"的。文学史也不只是一种模式的，有的强调历史事实叙述，有的强调学术研究，还有的重视审美教育，但总体上，文学史主要以传授文学知识为主，主要介绍历史上的文学现象特别是经典或者优秀的作家作品。介绍和叙述具有主观性，具有文学史家的文学观念和文学看法，具有评价性，因而具有一定的批评性。但文学史中的文学批评不是文学固有的，而是附属的，由此可见中国大学文学教育的本质和模式主要是知识型，而不是能力型，不是审美能力教育，也不是培养学生对文学的感悟和体验以及写作能力，而是文学专业知识教育。

中国大学的文学审美教育主要是通过文学史来完成的。文学史当然要讲清楚为什么有些作品会在当时产生很大的影响、有些作品会成为经典，文学史当然也要讲清楚经典作品的艺术价值和思想价值，这种评价会从正面告诉学生什么样的文学作品是优秀的及其原因，但文学史主要方向还是客观地叙述文学的发展史，即文学史知识。在这一意义上，当今中国大学中文专业培养的学生，不管是本科生，还是硕士生、博士生，都可以说是文学知识型的，他们可以不读文学作品，可以对文学的艺术性、审美价值毫无感觉，但却不影响他们成为合格的甚至优秀的毕业生。这样培养出来的学者也是专业知识型的，而不是文学审美型的，他们同样可以不读文学作品，同样可以对文学的艺术性、审美价值毫无感觉，但却不妨碍他们成为合格的甚至优秀的学者。

当今中国大学的文学专业教育可以说是远离文学的，不仅远离文学创作，而且远离文学批评，不仅不能培养出作家，而且培养不出批评家。中国大学中文课程设置其实是沿袭清末"大学堂"以及民国大学体制①，始终强调学术性，强调文学研究，而不强调文学创作和文学批评。20世纪90年代以来，大学文学教育与创作和评论的脱节状况有所改善，有一些大学设立创意写作专业，一些知名作家也走进大学校

---

① 高玉：《文学史作为中国文学教育基本模式之检讨》，《文学评论》2017年第4期。

园，还有一些"驻校作家"，但总体格局并没有根本性的变化。从学术的角度来说，大学教授研究文学问题（包括文学理论问题、文学史问题），研究文学思潮、流派、社团，研究文学思想，研究文体、叙事、语言，研究具体的作家与作品，这具有合理性。但从文学教育的角度来说，特别是在当今的中文专业本科的文学教育越来越趋向素质教育、普及教育的情况下，过分地强调学术性显然是和今天的大学人才培养目标背离的，中国不需要这么多研究文学的学术精英。与学术能力相比，学生的阅读能力、对文学作品的欣赏能力、文学素养、文化素养，以及由此延伸出来的表达能力、写作能力则更重要。大学中文专业不太可能培养出作家，这是可以理解的，因为对于作家来说，生活阅历以及对生活的理解是比写作技巧更重要的东西，这是大学培养不了的，但这并不是说写作教育就不重要，既然是中国语言文学专业，那么基本的文学艺术感受能力和领悟能力培养就是必需的。

事实上，在当今中国大学文学教育中，学生只学了很多文学以外的东西，结果是对文学作品从艺术上缺乏基本的判断，虽然知道很多文学知识，掌握了丰富的理论，但却不能分辨文学作品的好坏，更说不出文学作品的好坏，这与当今大学文学教育中文学批评教育缺失有很大关系。为了解决这一问题，应该采取多方面的措施，加强文学批评教育是一个非常重要的方面。真正培养学生的文学能力和水平，不管是本科生还是研究生，文学批评是最重要的教育方式，大学只有真正把文学批评和文学理论、文学史并列起来，建立独立的文学批评学科，让学生大量阅读文学作品，在阅读的过程中学会欣赏、感受、领悟并分析文学作品，才能够真正提高文学审美能力。

在当今中国文学社会分工体制中，文学创作主要归属于作家协会系统，而文学研究则主要归属于高等教育系统，一些科研院所，比如社会科学院、艺术研究院等也有专门的文学研究机构，它们和大学的文学研究在学术上没有实质性的区别，差别仅在于高校学者的文学研究具有从属性，他们的本职工作是文学教学，研究往往是教学的延伸或者说是深入，而对科研院所的学者来说，文学研究是专职工作，教学则是其兼职工作。所以，高校的文学研究学者职称都是"教授"一类，而科研院所的文学研究学者职称都是"研究员"一类。三种系统中都有学者从事文学批评活动，但着力点明显不一样。

作家协会系统的文学批评从某种意义上说主要是为创作服务的，除了少数独立文学批评以外，大多数表现为"作品推介"，这种文学批评很难有"批"意义上的"评"。为什么中国当代缺乏真正的文学批评？分析一下各种文学批评写作的原因和动机以及整个文学批评在文学活动中扮演的角色我们就会明白。这其实也是当代文学批评不能真正得到改善的一个很重要的原因。不客气地说，这种文学批评不管对于文学理论建设，还是对于文学史编写，都没有很大的参考价值，它的作用主要是功用性的，比如对图书发行有帮助，对作家协会体制的"工作"绩效有用；它可以作为汇报工作的材料，也可以作为评职称的"科研"材料。

我们可以看到，当代文学史编写和现代文学史编写很不一样，当初王瑶、唐弢、刘绶松等人编写《中国现代文学史》时可以说非常尊重现代文学批评，当初很多关于思潮、流派以及作家和作品的分析与结论、定位与定性等都被直接借鉴或者接受，也就是说，中国现代文学史是充分建立在中国现代文学批评的基础上。而当代文学史家基本上不看当代文学批评，他们不信任这些批评，基本上是重新判断，比如对于作品，他们基本上是"重读"，在"重读"的过程中重新批评，所以他们的中国当代文学史研究主要是建立在自己的文学批评基础上。正因为如此，我们可以看到，有一些出版或者发表时评论界讨论很热闹且评价很高的作品并没有进入中国当代文学史，相反，有些当时比较"沉默"的作品，反而在中国当代文学史中被提到并且有很高的地位。我们当然可以把这看作中国当代文学批评家与中国当代文学史家观点的不同、看法的不同，但这并不能消解中国当代文学批评的问题。

大学和科研院所的文学批评则主要是文学理论研究、文学史研究以及其他文类研究的"副产品"。当然，大学和科研院所也有"报纸体"式的文学批评，也有"推介"式的批评家，他们快速跟踪当下文学创作，大量参与作家协会的文学批评活动，写的文章多是"短、平、快"，多发表在报纸和网络上。大学和科研院所文学批评基本上属于学术研究，这些批评家不跟踪文学创作的热点问题，批评不是从创作出发的，而是从学术研究出发的，不是要提倡什么和反对什么，不是要对文学作品进行评价和定位，而是从作品的批评中探讨理论问题或者文学史问题，批评的对象不一定是当下的作品，也不一定是热点作品或者经典作品。文章的写作方式也是很不一样，文章往往写得很慢，写得很长，不抢位，不抢先，不讲实效，多发表在纯学术刊物上；文章发表的周期很长，不会担心随着时间的推移而过时。我们通常所说的"学院批评"，指的就是这种批评，真正优秀的文学批评多是在这里产生。这种批评具有非常好的品质，澄清历史事实，材料准确充分，结论建立在充分的材料基础上，注重审美判断，更重要的是，不是为了批评而批评，而是以点带面，具有抽象意义，目的是为文学史书写服务，或者是解决文学理论问题。他们当然会对作家和作品进行评判和定位，但这不是他们的本意；这些批评当然也会对作家和作品造成商业上的影响，但这同样不是他们的本意。

但不管是哪种情况，都说明文学批评在当今中国缺乏主体性，它从属于创作，从属于文学理论和文学史。这种"从属性"决定了中国当代文学批评的落后状态，不仅落后于文学理论研究，还落后于文学史研究。所以，当代中国文学批评很少得到人的信任和尊敬，不仅作家不信任和不尊重这些文学批评，文学史家、文学理论家也不信任和不尊重这些文学批评。

当代中国文学批评落后的重要表现就是批评家缺乏充分的学术训练，包括文学理论的训练和中外文学史素养的训练。举一个例子，别林斯基曾写过《一八四六年俄国文学一瞥》《一八四七年俄国文学一瞥》两文，没想到这变成了一种文学批评的模式或套路，至今在中国当代文学批评界还被广泛地效仿和简单地套用。我们可以看到，当今文学批评每年都有各种"××年长篇小说一瞥""××年中篇小说一瞥""××年短篇小说一瞥""××年诗歌一瞥""××年散文一瞥"之类的文章，有的用"一瞥"，还有的用"印象""综论""综述""概观""观察"等，我完全不能理解这种文章作为文学批评的学术价值和意义。别林斯基时代的俄国文学作品在数量上不是很多，别林斯基写《一八四六年俄国文学一瞥》这样的文章是合适的，但今天的中国，文学作品数量和19世纪中期的俄国完全不可同日而语。以小说为例，目前中国每年在公开发行的正规文学期刊上发表的中篇小说超过4000篇，这么多中篇小说如何"一瞥"？这种"一瞥"有意义吗？10多年来，中国社会科学院白烨先生每年主持编一本《文学蓝皮书》，根据这个报告的统计，中国文学长篇小说21世纪以来每年就超过了1000部，至2013年超过5000部[①]，这么多长篇小说用一辈子都很难研究完，

[①] 白烨：《中国文情报告（2007—2008）》，社会科学文献出版社，2008年版；《中国文情报告（2009—2010）》，社会科学文献出版社，2010年版；《文学蓝皮书：中国文情报告（2011—2012）》，社会科学文献出版社，2012年版；《文学蓝皮书：中国文情报告（2012—2013）》社会科学文献出版社，2013年版；《文学蓝皮书：中国文情报告（2013—2014）》，社会科学文献出版社，2014年版。

如何在短短的一两个月"一瞥""印象""综论""综述""概观""观察"呢?作为文学批评,这种"一瞥""印象"有价值吗?别林斯基的文章虽名为"一瞥",其实篇幅很长,翻译成中文分别为59页和111页[①],不仅有现象描述和评论,更有理论探讨,所以是世界文学批评史的经典之作,而我们的"一瞥""印象"多为短论,有的就发表在报纸上。我怎么也想不明白,5000部长篇小说如何用两三千字来"综论""概观"?每部长篇小说题目平均以6字计,加上书名号和标点符号,仅把名称全部写下来就有4.5万字,用两三千字概括,那能力得有多强?当然也许有人会说,"印象"等只是谈自己读过的感受,但感觉和印象多是片面的,不是"科学"的,因而没有什么学术价值。5000部长篇小说,读多少可以写"印象记"?读100部可以写"印象记",读10部可以写"印象记",读1部也可以写"印象记",但这种"印象记"又有什么概括性呢?且不讨论"概括"的准确性问题,单说数量,读100部小说已经是很多了,但它们怎么能够代表5000部小说呢?所以"一瞥"作为一种文学批评"体式"在今天完全不能成立。但中国当代文学批评可以说充斥着很多这种没有什么学术价值的文学批评。

在这一意义上,中国当代文学批评很多还是"感觉批评""印象批评""读后感"式的批评,缺乏深刻的学理性,不能算作学术研究。要解决这个问题,我认为首先要改变大学文学教育的方向和格局,把文学批评提高到和文学史、文学理论同等重要的地位,这具有根本性。当今中国大学文学教育人才培养模式基本上可以说是学术型的,以知识教育为主。我们可以看到,整个大学文学课程设置就是以文学史为

---

① [俄] 别林斯基:《文学论文选》,上海译文出版社,2000年版。

中心而展开的，体现为庞大的文学史知识体系；同时，理论学习贯穿于各种文学史。表面上，"国家标准"学科分类中，文学批评也属于"二级学科"，但它根本无法与各种文学史二级学科和文学理论二级学科相比。目前大学文学教育主要是理论训练及文学史知识学习，而缺乏实践训练，包括写作训练和批评实践训练。20世纪80年代，大学中文专业有很多选修课，其中尤以作家作品研究为多，诸如鲁迅研究、茅盾研究、老舍研究、张爱玲研究、沈从文研究等，这些选修课特别重视作品解读、作品分析，具有文学批评的因素；而今天，这样的选修课也不多了，更多的是现象研究、问题研究，教学模式也与从前大有不同，不再是作品阅读和讲解，而是文学史梳理以及问题分析、现象归纳等。所以，中国当代文学批评落后的根源在于大学文学教育，不管是作家协会系统的文学批评家还是大学系统的文学批评家，他们绝大多数是大学培养出来的，本科生、硕士生、博士生不等，但大学恰恰没有对他们进行充分的文学批评训练，他们学文学史、文学理论，但从事的却是文学批评工作，这是典型的"学非所用"。

当然，这并不是说对于文学批评来说，文学史和文学理论不重要，恰恰相反，优秀的文学批评都要以深厚的文学理论基础和文学史知识为基础。我们都知道韦勒克、沃伦非常强调文学理论、文学批评和文学史三者之间的区别以及它们不同的功能，但他们其实也非常强调三者之间的紧密联系。韦勒克、沃伦说："文学理论不包括文学批评或文学史，文学批评中没有文学理论和文学史，或者文学史里欠缺文学理论与文学批评，这些都是难以想象的。显然，文学理论如果不根植于具体的文学作品，这样的文学研究是不可能实现的。文学的准则、范畴和技巧都不能'凭空'产生。可是，反过来说，没有一套问题、一系列概念、一些可资参考的论点和一些抽象的概括，文学批评和文学史的编写也是无法进行的。"① 三者其实互为包含、互相促进，文学批评如果能够提供对作品有效的判断和解读以及分析，它会是文学史书写和文学理论有力的证据，会促进文学史和文学理论的发展；反过来，文学理论基础和文学史知识背景会加强文学批评对文学作品的分析解读以及历史定位，真正优秀的文学批评背后一定有强大的文学理论基础和文学史知识基础。应该说，当今中国大学的文学理论和文学史研究为当今中国文学批评提供了非常好的条件，但由于中国文学批评作为学科的不成熟以及吸纳能力不足，这些资源事实上被浪费了，殊为可惜。

中国当代文学批评的不尽如人意，当然与文学教育有深层次的关系，但同时也与文学批评自身有很大的关系，比如文学批评家阅读作品不够多、视野不开阔、出手太快、发言过于随意等，这些方面学术界谈得比较多，这是另一个话题，此处不再赘述。

高玉

2018 年 8 月于浙江师范大学

---

① ［美］勒内·韦勒克、奥斯汀·沃伦：《文学理论》，江苏教育出版社，2005 年版，第 33 页。

Contents   目录

「第一辑」

003   文化冲突中的文学选择
      ——中国现代文学现代品格论

017   中国现代文学史"新文学"本位观批判

035   中国现代文学史"作家作品中心论"批判

051   中国现代文学史"审美中心主义"批判
      ——以金庸武侠小说为例

068   "五四"新文学与古典传统及其评价

091   中国现代文学史书写思想方式批判

115   论王瑶《中国新文学史稿》的"超越性"

126   论王瑶《中国新文学史稿》的学术品格

「第二辑」

139　当代文学及其"时间段"划分

168　"80后"小说的文学史定位

189　光焰与迷失："80后"小说的价值与局限

218　重估 20 世纪 70 年代末和 80 年代中短篇小说

247　"学院批评"与"作家批评"
　　　——当代文学批评的两种路向及其问题

264　提倡"唱反调"的文学批评

275　重建当代文学审美批评

294　后　记

第一辑

文化冲突中的文学选择

—— 中国现代文学现代品格论

———— ◎ ————

"五四"时期，古今中外各种矛盾互相纠结，政治、经济和社会处于剧烈的动荡之中，文化冲突激烈，中国现代文化和文学就是在这种复杂的局势中形成的。所以，我们今天研究中国现代文化和文学，应该紧紧地把握文化冲突与文化选择、文化理想与文化现实这两组问题，它们对于我们正确地区分历史与价值、知识与伦理具有重要的作用和意义。本文就是从这一角度对中国现代文化和文学进行定位，进而研究其产生以及品格。

一

从春秋战国时期到近代，中国文化虽然也受佛教的影响，但基本上是自足的体系，平衡而稳定，独尊而悠然，是一个"超稳定结构"。但近代西方文化的入侵却把中国文化推上了"对象"的地位，中国文化被迫参与竞争，从而从一元和谐走向多元冲突的格局。这种冲突当然包括古今矛盾即传统与现代的矛盾，但根本矛盾是中西冲突。中国文化的现代化有其内在的欲求，但这种内在的欲求引发的中国传统社会从政治到价值的深刻危机和失范，却源于西方对中国从政治、经济、军事到文化的全面冲击，并且它始终是引导中国从传统向现代转换的范式参考。所以，如高力克所说："由于中国'外发型'现代化的特殊历史条件，'现代化'（新）与'传统'（旧）问题在中国转换成'中西文化'问题的特殊形式，百年来的现代化思潮正是以中西文化论争的形式而演进的。"[1]正是在这种特定的历史条件下，中国近代社会的古今矛盾又内化为中西冲突。

文化冲突既是社会动荡和价值紊乱的深层原因，又是其表征。在中国近代，对于社会的动荡、民族的危机、价值的规范、伦理道德的建构，各种仁人志士出于种种情怀，开出种种"药方"，做出种种承诺，即我们所说的"文化理想"。文化理想林林总总，但不外乎有三种基本的倾向：保守主义、激进主义、折中主义。从极端保守到极端激进，理论上可以构成一条连续的线索，中国近现代史上的每一种文化理想都可以在这一条线索上找到自己的位置。从杨光先的"宁可使中国无好历法，不可使中国有西洋人"[2]到陈序经的"全盘西化"，中间有封建顽固派、洋务派、革命派、复古派、改良派、西化派，有"中学为体，西学为用"，有"西学为体，中学为用"，有民族主义，有民族虚无主义，有激进的革命主义，有渐进的改良主义……各种文化理

---

① 高力克：《历史与价值的张力——中国现代化思想史论》，贵州人民出版社，1992年版，第22—23页。

② 夏燮：《中西纪事·猾夏之渐》，岳麓书社，1988年版，第23页。

想有的只是情感倾向，有的只是学理探讨，有的不仅有理论，还把理论付诸实践。其理论，或系统，或不系统，或完善，或不完善，对社会和政治进程的影响和作用有大有小。"五四"时期形成的中国现代文化就是在这各种文化理想与文化实际冲突中的一种新的整合。

因此，中国现代文化是西方文化冲击中国传统文化的产物，它是中西文化冲突在特定的历史条件下的一次重组，既有西方文化的主动挑战，也有中国传统文化的积极回应。从中国文化的本位立场来看，中国现代文化是西化的文化，它和中国古代文化是断裂关系；但从西方文化的本位立场来看，中国现代文化不过是受西方影响的中国文化，仍然是"东方文化"。所以，中国现代文化是一种既不同于中国古代文化又不同于西方文化的第三种文化，它实际上是古今中外各种文化力量在竞争冲突中达到的一种态势平衡。各种力量互相牵扯、互相约束、互相掣肘，在僵持和各自运作的意义上形成一种综合状态。这种综合不是和谐的统一，其中仍然存在着内在的矛盾甚至尖锐的对立，但却是平衡的。同时，各种力量和因素又不能等量齐观，从中西对立的视角来看，西方文化在中国现代文化中的比重显然大于中国古代文化，中国现代文化正是在作为整体性的西方现代文化决定性地战胜作为整体性的中国古代文化的基础上建立起来的，中国现代文化与中国古代文化的断裂关系正是从这种意义上得出的。中国古代文化在中国现代文化中的构成是隐蔽的，一方面通过惰性和惯性的力量对西方文化进行化约从而归化西方文化；另一方面则是在特定的历史条件下生发、转化，以一种新的形态出现。在中国现代文化中，西方文化是显性的，中国古代文化是隐性的，西方文化是主流，中国古代文化相对处于边缘地位，中国现代文化正是古今中外文化交汇、冲突、综合、融合的复杂体。

中国现代文化作为新文化绝不是纯粹的新派文化。"五四"之后，中国古代文化的体系和类型崩溃了、解体了，但其因素并没有被消灭，它的精神力量仍然对新文化具有巨大的作用和威力，它的因素和成分则以变体的形式消融在新文化中，并且是其重要的组成部分。所以，中国现代文化是整体性的、综合性的，其内涵丰富而复杂。现在普遍地认为中国现代文化主要有三大思潮，即激进主义、自由主义、保守主义，这既是中国现代文化的基本构成部分，也是其基本来源。"五四"时期，封建顽固派作为文化派别虽然失败了，但中国传统文化并没有因此而消失，它在保守主义那里获得了新生。从甲寅派、学衡派到新儒学，保守主义文化流派作为激进主义和自由主义的反对派，始终在防止自由主义和激进主义文化失范中起着规约的作用，"现代化不等于西化"就是在文化保守主义的建构下得到普遍认可的。"五四"之后形成的中国现代文化充满了内在的冲突、矛盾和紧张，这种结构是中国现代文化多元的深层原因，也是中国现代文化充满活力和富于创造力的根源。同时，中国现代文化正是在这种内在的张力中维持着一种平衡和稳定。试图通过消除这种张力来消除新文化的冲突、矛盾和紧张，从而达到文化的和谐，则恰恰消除了文化的平稳机制。所谓稳定只能是一种"倒塌的稳定"，失衡同时也失范。历史上，当保守主义和自由主义被一种政治力量完全压制的时候，文化就进入了这种失范的状况，大家对此记忆犹新。

研究中国现代文化，保持一种历史主义的观念是至关重要的。当历史处于岔路口的时候，文化也面临多种选择。从学理上说，自由主义、激进主义、保守主义都有其合理性，但历史却不是某些人和团体的一厢情愿，而是各种理想、愿望、主张、行动互相牵扯、互相妥协，各有取舍，最后达到一种综合平衡。鲁迅和胡适都深谙此道理。鲁迅曾说："譬如你说，这屋子太暗，须在这里开一个窗，大家一定不允许的。但如果你主张拆掉屋顶，他们就会来调和，愿意开窗了。没有更激烈的主张，他们总连平和的改革也不肯行。那时白话文之得以通行，就因为有废掉中国字而用罗马字母的议论的缘故。"① 胡适比较早地提出"全盘西化"的口号，但他的本意却是"充分世界化"②，原因是"取法乎上，仅得其中；取法乎中，风斯下矣"。"全盘西化的结果自然会有一种折中的倾向。……全盘接受了，旧文化的'惰性'自然会使他成为一个折中调和的中国本位新文化。"③ 中国现代文化就是这种折中调和的中国本位新文化。但它不是"折中主义"的文化，不是"折中派""调和派"理论的产物，而是激进主义、自由主义、保守主义以及其他种种文化理想与文化实践互相制衡后达到的一种平衡。中国现代文化既不是激进主义的文化，也不是保守主义的文化，而是各种主义的综合，是一种多元的文化。各种文化理想和文化实践互相矛盾、互相冲突、互相竞争、互相吸收、互相补充，各种力量此消彼长，在总体上达到均衡。各种文化理想实际上都是以一种削磨的方式进入中国现代文化整体的，所以，每一种文化理想都实现了，但又没有完全实现。

因此，中国现代文化的现代性更主要的不是表现在某些具体特征上，而是表现在机制上。事实上，西方现代文化的现代性也没有某些固定不变的特征。中国现代文化的现代性是总体性的，是在与中国传统文化作为总体的比较中确立的。对于中国文化来说，现代性是一个

① 鲁迅：《无声的中国》，《鲁迅全集》第四卷，人民文学出版社，1981 年版，第 13—14 页。
② 胡适：《充分世界化与全盘西化》，《胡适文集 5》，北京大学出版社，1998 年版，第 454 页。
③ 胡适：《〈独立评论〉第 142 号〈编辑后记〉》，《胡适文集 11》，北京大学出版社，1998 年版，第 671 页。

变化发展的概念，它的内涵在不断地丰富和发展。中国现代文化是一个整体，其现代性正是通过整体表现出来的，很难说哪些因素具有现代性，哪些因素不具有现代性，甚至很难说哪些因素是传统的，哪些因素是现代的，哪些因素是中国的，哪些因素是西方的。中国传统文化具体形态化以一种新的方式在现代出现，很难说它是现代的还是传统的；西方文化传入中国，受中国文化的影响而发生变异，也很难说它是中国的还是西方的。由于政治、经济以及其他社会背景的不同，中西现代文化的现代性内涵不尽相同。中国现代文化深受西方文化的影响，走的是西化的道路，和西方文化具有亲和性，正是在这一意义上我们把"五四"之后的中国文化称为中国现代文化。中国现代文化是因在文化机制上与西方文化具有相同性而被称为具有现代性，而不是因在特征和内容上与西方文化具有同一性而被称为具有现代性。所以，与中国古代文化的古代性相比，中国现代文化的现代性是整体上的。中国文化的现代转型是指文化在结构方式、模式类型上发生了变化，并不是说中国现代文化从此与中国古代文化没有关系，中国现代文化与中国古代文化的断裂关系是机制上的，而不是具体因子上的。作为具体的因素和力量，中国传统文化在中国现代文化中仍然占有很大的比重，只是其作用方式和结构位置发生了变化。中国现代化是"现代"的，但更是"民族"的；是西化的，但更是中国的。中国现代文化一方面因为西化、现代化而世界化，另一方面又因中国特殊的政治经济背景，特别是传统文化的强大的"归化"力量，而保持自己的个性，具有强烈的民族性。必须承认，中国文化的现代化是在西方从政治到军事再到文化的全方位冲击下被迫发生的，中国文化的现代化是被动的现代化；但从内因上说，中国渴求发展，西方的现代化则为我们提供了参照。所以，现代化不等于西化，从内涵上把"现代与传统"转换为"西方与中国"是错误的。

在一般人的想法中，只有自由主义和激进主义才是作为新文化的中国现代文化，保守主义则不属于中国现代文化的范畴。其实，保守主义不仅属于中国现代文化，而且是中国现代文化非常重要的组成部分，作为激进主义和自由主义的反对力量，它对中国现代文化和文学品格的形成作用巨大。

本质上，"学衡派"是现代保守主义者或者说理性保守主义者，它与旧知识体系的顽固派不同。顽固派以传统为本位，以封建社会正统的纲常伦理道德以及学理方式为立论根据，它用传统对抗现代，与现代是错位的，因缺乏共同的时态而缺乏对话的基础，二者不是平等的对立双方。顽固派与现代文化之间可以说是"公说公有理、婆说婆有理"，互相难以"理"喻。顽固派不仅与自由主义、激进主义"不共戴天"，而且与保守主义也是对立的。保守主义则不同，它本质上属于中国现代文化的范畴，与自由主义、激进主义是共时态的，可以说是颉颃与共生。学衡派在形态上是西方的，具有现代品格，它的中国传统性本质上是西方现代保守主义在现代中国的相应表现形态，它着眼于西方理论视角而不是中国本位立场，不是中国传统文化在西方寻求理论根据。它的"保守"观念是从西方输入的，是以西方现代理论为出发点反省中国传统文化。它的部分成员的确存在知识结构没有转变过来的问题，但在总体上是西方影响的产物。他们以民族情感为出发点，但不以传统的知识作为出发点。他们的立身之本不是传统，立论的基点也不是传统。学衡派与激进派的对立不是传统与西方或现代的对立，而是现代或西方的激进派与保守派之间的对立。因此，学衡派作为保守主义，与自由主义、激进主义是同一层次上的，是对话的双方，都属于中国现代文化的范畴。

二

中国现代文学作为中国现代文化的一个组成部分，和中国现代文化的总体进程一致，也是以西方文学作为参照系而走上现代化道路的。但与政治、经济和军事的现代化过程不同，中国文学学习西方的目的不在文学本身，而在文学之外。"五四"时期，文学作为文化的一个方面被认为是构成社会的深层基础，中国要在政治、经济和军事上强大，摆脱被欺侮的命运，必须从根本上即文化上进行变革。中国文学就是在这种背景和逻辑思路下从传统向现代转型的。所以，中国现代文学具有强烈的社会使命感和功利主义目的。文学的现代化进程和社会的现代化进程在时间上大略一致，但并不遵循同一逻辑根据，中国并不是因为文学落后才向西方学习，而是因为传统的文学于社会的现代化不利而学习西方的功利主义文学。单从审美和休闲来看，中国古典文学无论是在内容上还是在艺术形式上都没有什么不好的。"日本曾经称中国为'文学国度'，'文学'历来是士大夫确信为中土所在，用不着向西方学习。"[①] 梁启超说："中国事事落他人后，惟文学似差可颉颃西域。"[②] 既然中国文学并不落后于西方文学，中国就没有必要向西方学习，特别是在整个国家和民族都缺乏充分的自信心的历史背景下。但他仍然积极倡导向西方学习文学特别是学习其小说，这说明，中国向西方学习文学，其原因并不在于文学作为艺术，而在于文学作为工具，主要原因就是梁启超在《论小说与群治之关系》中所说的"新道

---

① 陈伯海：《近四百年中国文学思潮史》，东方出版中心，1997年版，第344页。
② 梁启超：《饮冰室诗话》，《饮冰室合集·饮冰室文集》之四十五上，中华书局，1989年版，第3页。

德""新宗教""新政治""新风俗""新学术""新人心""新人格""新一国之民"。"五四"时期，新文学运动的倡导者们为了证明文学上学习西方的合理性，从理论上贬损中国古典文学，全面否定中国古典文学，这其实并没有真正把文学性和文学的功用性区别开来。在审美和休闲的功能上，中国古典文学具有它独特的价值，这无可非议，不应该否定也不可能否定。中国古典文学的缺陷在于它与时代脱节，在于它作为文化对人的现代精神的负面性效应。

与中国现代文化一致，中国现代文学也具有综合性、多元性。中国现代文学的现代性正是在各种主义、各种流派、各种思潮的整合中以一种整体的方式表现出来的。各种主义互相冲突、互相矛盾、互相竞争、互相补充、互相修正、互相制约正是中国现代文学最重要的特征。正是因为这样，西方的种种文学流派、文学思潮能够迅速地不受阻拦地传入中国，中国自己的文学思潮和流派也能够迅速地崛起，此起彼伏，从而出现了中国文学的现代繁荣。与中国古代文学总体的古典式和谐与秩序不同，中国现代文学充满了内在的紧张与冲突，变动不居，其稳定与秩序充满张力，因而具有创造的活力和繁荣的契机。因此，中国现代文学的现代性既是一个历史概念，又是一个发展概念，我们可以从中国现代文学迄今的历史发展中总结某些具体的特点，如对民族和国家的深切关注、反传统、人道主义、创作方法上的重现实主义和浪漫主义等，但这些都不是"现代性"固定的理论内涵。虽然，中国现代文学的现代性就其具体内容而言，与西方文学的现代性是同一的，但是，中国现代文学的现代性并非以西方文学的现代性的具体内涵为标准确定的。中国现代文学因为在文学体制上与西方文学体制相同而被认为具有现代性。因此，中国现代文学的现代性是总体特征而不是具体因素，这种总体特征是在与中国传统文学的比较中确立的。

现实主义、浪漫主义、现代主义等都不是中国现代文学现代性作为概念的必然延伸，作为中国现代文学现代性的重要内容，它们是历史产物而不是理论产物。

现代性是一个历史概念，一方面，它是历史事实，是客观存在；另一方面，在认识论上，它是在与"传统"的比较中确立的。它的定义是变化的，随着观念、视角的变化，它在内涵上没有穷尽的认识，没有一种所谓客观的、固定不变的"现代性"定义。现代性其实也是一种视角和态度，它不是规定好的，而是在与"古代性"的比较中确立的。历史的现代性不是"现代性"理念的产物，不是先有现代性理念然后才有现代性现实；恰恰相反，是先有现代性现实然后才有对"现代性"作为观念的理性认识。"现代性"的概念是总结、归纳出来的，历史事实是它的史实基础，观念和视角是它的理论基础。在这一意义上，现代性既是历史范畴，又是理论范畴。

因此，不能用"中西"二元对立的标准来判断中国的现代性，不能说西方性就是现代性，中国性就是非现代性，那样就把社会性的现代性概念变成伦理性的现代性概念了，也违背了社会进步的必然规律，忽视了中国传统社会变革的内在欲求，把中国的现代性完全说成是一种外部规律。这样的伦理性论述，对民族自尊心也是一种极大的伤害。中国的现代性，其历史事实是在反叛"传统性"中建立起来的，其理论认识是在与"古代性"的比较中确定的。所以，对中国古代传统的断裂性反叛是确定中国现代性的一个基本原则。但也必须承认，由于中国现代化为"外发外生型"，"中""西"始终是我们鉴识现代性的一个重要的尺度，特别在是现代化的早期，"西化"即现代化，这是不争的事实。中国的现代化是在本身的进程中，其独特的内涵才从"西化"中逐渐分离出来而明晰的。现在，"西化"不是现代化，这也是公论。

中国的现代化具有它的特殊性，它既具有世界各国现代化特别是西方现代化的某些共同特点，同时又具有中国自己的民族性、本土性；既具有世界的共性，又具有民族的个性。

中国的现代性在外在形态上千姿百态，其内涵丰富复杂，而且在继续衍生，很难概括。但在深层上，现代汉语的现代性是构成中国现代文化和文学的深刻的基础。中国文化和文学的现代性是在外在的政治、经济、军事的冲击下逐渐生成的，这种现代性的生成过程其实也是语言的生成过程。新的观念、新的思维方式、新的思想方式的生成，其实是新术语、新概念、新范畴、新话语方式的生成，观念和思想思维方式不过是语言的表象，或者说最终是由语言承载的。物质文明是现代性的表象，诸如近代引进西方的现代化设备的洋务运动，这也是现代性非常重要的表现，但接受了物质文明并不表明在思想上具有了现代意识，现代性更是观念性的。现代性作为概念就是在这种现代意识与现代化现实的双重作用下从总体上生成的。而现代性观念的深处则是现代性的语言和话语方式，正是现代性语言和话语方式从意识深处决定了人们观念的现代性，现代语言作为体系的确立也就是现代性作为普遍的观念的确立，人们以现代话语作为言说方式标志着在意识深处接受了现代性，现代意识从深处是被现代语言控制的。所以，从深层的语言哲学的角度来说，中国的现代性不同于西方的现代性，现代性作为观念、意识、话语体系，在从西方向中国输入、"翻译"的过程中也会发生变化，中国的现代性正是在"西化"和"归化"的双重作用下形成的，它一方面是从西方输入的，另一方面又深受中国近代特定语境的制约。

中国现代文学的"现代性"主要是机制性的。我们当然可以从中国现代文学的既成事实中总结中国现代文学的某些"现代性"特征，但这些特征并不是中国现代文学固有的内涵，就是说，不是先验性的，而是在历史的过程中生成的。中国现代文学作为历史具有必然性也具有偶然性，它不是"现代性"理念的产物或结果，不是先有"现代性"概念然后才有现代性文学；恰恰相反，是先有现代性文学然后才有文学的"现代性"概念。虽然"现代性"作为观念发源于西方，世界现代化事实上是以西方发展模式为模范，但世界上并不存在一个具有统一内容的"现代性"概念，就像不存在一个具有统一内容的"文学"概念一样。对于世界各国来说，"现代性"既是一个哲学范畴，又是一个历史范畴。抽象来说，在原则和机制上，"现代性"是一个哲学范畴，在哲学意义上，世界各国的"现代性"具有内在统一性；在具体内涵上，"现代性"又是一个历史范畴，各国文化背景、历史条件、发展状况不同，"现代性"的具体内涵也不同。内容上的反封建、提倡"人"的文学、批判国民性的弱点，形式上学习西方的创作方法、借鉴西方的创作技巧等当然是中国现代文学"现代性"的基本内涵，但这并不是固有的。中国现代文学在具体形态、具体内容上还可能是另外的样子，而且，中国当代文学作为中国现代文学的延伸，还在继续发展，但如何发展、向何处发展都还是未知数。从这一意义上说，中国现代文学在"现代性"的具体形态上具有多种可能性。所以，在具体内容上，中国现代文学没有固定不变的内涵。

但中国现代文学是"现代性的文学"，这里，所谓"现代性的文学"，既不是"现代主义"的文学，也不是"现代化即西化"意义上的西方式的文学，而是指具有现代品格的文学。所谓"现代品格"，主要是指现代机制、现代精神、现代原则，比如理性、多元、流派、竞争、反传统、贴近时代等，正是在这些方面，中西以及其他国家的现代性文学具有一致性。以流派为例，中国现代文学的流派明显不同于西方文学流派，也不同于其他国家的文学流派，有的流派是借鉴西方而来，有的则是土生土长的，有的派别明显受西方文学的影响，有的则不受西方文学的影响或者所受影响很小，这些其实都不重要，重要的是中国有了自觉的流派，有了流派的概念和观念，并且"流派"作为概念构成了言说中国现代文学的重要方式。在这言说的背后实际上体现了中国现代文学新的思维方式、新的话语方式，从而表现出新的时代和艺术精神，这才是中国现代文学"现代性"的精髓。正是因为如此，中国现代文学的现代性是整体性的，是通过整体表现出来的，"反传统"是其"现代性"的重要表现之一，但中国现代文学的"反传统"并不是反传统的因素，而是反传统的体制，反传统的精神。传统因素在传统的语境下，其功能具有古典性，但传统因素一旦脱离了传统的语言体系，置于现代语境之下，其功能则具有现代性，这才是"现代性转化"的真正含义。从这一意义上说，中国传统文学的形式和内容是中国现代文学的重要组成部分。

具体来说，传统文学在现代文学中的"现代性转化"主要表现在两个方面：在形式上，主要是以通俗、民间和古典诗词的方式在整个现代文学中占有重要的地位；在内容上，则是以"新古典"或"理性古典"的方式重现。所谓"新古典"或"理性古典"，主要是指现代表述古典理性化、科学化。表述方式变化了，语境变化了，文化背景变化了，社会结构变化了，因而其文学的功能也变化了，古典从而被赋予了新的意义。比如"孝"，"孝"在中国封建社会是一个具有特殊内涵的概念，它是伦理概念，但更是政治概念，在维护社会政治伦理纲常的过程中，它具有举足轻重的作用和地位。但在现代社会中，"孝"被比较严格地规范在伦理的范畴内，在现代伦理学作为严格的科学的语境之下，"孝"被充分理性化，因而其意义和作用也严格地被限制在伦理道德方面，从而不再具有强大的政治功能。文学上，"孝道"被作为一种善良和美德予以颂扬，因而具有感化的力量，它在陶冶人的性情、感化人心、建设精神文明等方面都发挥了正面和积极的作用，在这种情况下，"孝"实际上发生了转换而具有现代性。"五四"时期，"砸碎孔家店"是时代的主潮，是进步的象征，也是中国文学迈向现代化的一个标志，"反孔"在当时被认为是"现代性"最重要的内涵之一。但"反孔"并不是新文学的固有本质。事实上，当中国文学作为一种现代类型确立以后，随着文学机制的转化，孔子不再是现代化进程的障碍；相反，它对现代化建设具有建构性，特别是作为新保守主义，它在防止自由主义、激进主义导致的中国社会文化的失范的作用上具有正面意义，因而成为建构中国现代化的重要力量。

因此，中国现代文学是在中西文化剧烈冲突这种特定历史条件下生成的文学。面对文化冲突，文学也面临着种种选择，和"文化理想"一样，"文学理想"也不外乎自由主义、激进主义、保守主义三种基本倾向。各种"文学理想"以及相应的文学实践活动互相冲突、互相矛盾、互相竞争、互相吸收并且此消彼长，从而保持一种变化、发展和繁荣的机制，这是中国现代文学现代品格的根源之一。中国现代文学就是在各种文学理想与文学实践的矛盾与冲突中达到一种平衡和稳定，从而具有内在的紧张和外在的繁荣。

中国现代文学史"新文学"本位观批判

————◎————

一

中国现代文学研究能有目前这种活跃和繁荣的局面，与中国现代文学研究的反思品性有关。当今，无论是中国古代文学还是中国现代文学，包括文艺学，"清理学科"都是一个热门话题。人们对"文学""文学史""雅""俗""古代""近代""现代""传统""民族性"等文学史关键词进行了深入的追问，这些追问无论是从方法上还是从研究范式上，对于"重写文学史"都有重大的意义。笔者认为，对于文学史"学科清理"来说，文学史本位观也是一个关键性的问题。中国文学被严格地划分为中国古代文学与中国现代文学两种风格迥异的学科，这与相应的深层的中国古代文学本位观和中国现代文学本位观有很大的关系。所谓"中国现代文学本位观"，即关于中国现代文学对象和性质的基本观念，就目前来说，"新文学"是中国现代文学本位观的核心内涵。本文即对这个问题进行反思和追问。

这里，笔者首先要对"新文学"的概念做一些澄清。在今天，我们有时也把"新文学"等同于"中国现代文学",在一定的知识背景下,只要有语境的限定,这种使用也未尝不可。但笔者这里所说的"中国现代文学"是广义的,即1917年"新文学运动"以来的中国各体文学,既包括新体文学,也包括旧体文学;既包括现代文学,也包括当代文学。而"新文学"则是狭义的,仅指原初意义上的"新文学",即"五四"新文学运动时兴起的新体文学,其最重要的特征就是新语言和新思想,也可以说是具有现代品格的文学。在概念上,它与"旧体文学"或"传统文学"相对立。钱基博说:"当代之文,理融欧亚,词驳今古,几如五光十色,不可方物;而要其大别,曰古文学,曰今文学,二者而已。"① "古文学"即旧体文学,包括"文""诗""词""曲";"今文学"即"新文学",包括康有为、梁启超的"新民体",严复、章士钊的"逻辑文",胡适、鲁迅、徐志摩等人的"白话文"。钱基博这里所说的"新文学"和胡适、李大钊、鲁迅、周作人等人所理解的"新文学"有所不同,但他们都强调"新文学"不同于旧体文学,这是非常重要的区分。

事实上,1949年以前,"新文学"的概念在总体上是狭义的。陈独秀对新文学的要求是"平易的抒情的国民文学""新鲜的立诚的写实文学""明了的通俗的社会文学"②,陈独秀主要强调新文学的思想革命性。周作人对新文学的界定是"人的文学""平民的文学""个性的文

---

① 钱基博:《现代中国文学史》,刘梦溪,《现代学术经典·钱基博卷》,河北教育出版社,1996年版,第371页。

② 陈独秀:《文学革命论》,《陈独秀文集》第1卷,上海人民出版社,1993年版,第260—261页。

学"①，同时也是反传统的文学，他说："我在这里要重复的声明，这样新文学必须是非传统的，绝不是向来文人的牢骚与风流的变相。换句话说，便是真正个人主义的文学才行。""总之现代的新文学，第一重要的是反传统，与总体分离的个人主义的色彩。"②周作人主要是从内涵上定义新文学，所以他在《中国新文学的源流》一书中把"新文学"的源流追溯到明末公安派、竟陵派。胡适对新文学的定义是"国语的文学，文学的国语"。"我们所提倡的文学革命，只是要替中国创造一种国语的文学。"③胡适当然也强调新文学的新的思想性，但他认为新思想要通过新语言来实现，所以，胡适主要是从形式上，更具体地说是从语言上定义新文学，强调新文学的白话性。在《白话文学史》一书中，他把新文学的白话追溯到汉代的平民文学。鲁迅强调新文学的现代性，认为新文学主要是向西方学习的结果，"新的事物，都是从外面侵入的"④。他对于新文学的基本观点是："新文学是在外国文学潮流的推动下发生的，从中国古代文学方面，几乎一点遗产也没摄取。"⑤所以，鲁迅特别强调翻译文学对新文学的影响。

　　"五四"时期发生的以鲁迅为代表的"新文学"被认为是正宗的中

①　周作人：《人的文学》《平民文学》，《艺术与生活》，河北教育出版社，2002年版，第3、8页；《个性的文学》，《谈龙集》，河北教育出版社，2002年版，第146页。

②　周作人：《新文学的两大潮流》，钟叔河，《周作人文类编·本色》，湖南文艺出版社，1998年版，第91—92页。

③　胡适：《建设的文学革命论》，《胡适文集2》，北京大学出版社，1998年版，第45页。

④　鲁迅：《现今的新文学的概观》，《鲁迅全集》（第四卷），人民文学出版社，1981年版，第133页。

⑤　鲁迅：《"中国杰作小说"小引》，《鲁迅全集》（第八卷），人民文学出版社，1981年版，第399页。

国现代文学。在深层处，中国现代文学的核心精神是现代性，具体表现为西方性、反封建性等。"中国现代文学"中的"现代"一词，是一个时间概念，指1917—1949年；当它和"中国古代文学"相对举的时候，"现代"也包含"当代"，即指1917年至今，这时中国现代文学主要是在类型上和中国古代文学相区别。而当"现代"作为时间概念时，"中国现代文学"又是一个具有混杂性和包容性的称谓，只要是1917年之后的中国文学，不管是旧体文学，还是新文学，以及其他种类的文学，比如民间文学、少数民族文学、根据翻译改编的文学等都属于中国现代文学。这里，中国现代文学本质上是中国现代时期的文学。但中国现代文学中的"现代"一词更是一个性质概念，即中国现代文学是现代汉语的文学，是具有现代品格的文学，并且，现代汉语和现代品格具有内在的联系和一致性。所谓现代品格，主要是指从西方学习和借鉴而来的现代精神和现代形式，比如科学、民主、人性、人道主义、理性、现实原则、批判精神、现实主义的创作方法、浪漫主义的创作方法等。总之，西方现代形而上学的价值体系既构成了中国现代思想文化的基本内涵，也建构了中国现代文学的基本品格。

中国现代文学"新文学"本位观表现在文体上就是以"五四"时期兴起的四大文体为正统。所谓四大文体，即小说、诗歌、戏剧和散文。在现行的文学理论体系中，小说、诗歌、戏剧和散文作为术语或概念在内涵上具有内在的统一性。表面上，中国古代文学的文体也大致可以划为这四大文体范畴，但从根本上，中国古代四大文体不同于中国现代四大文体。中国古代并没有现代意义上的小说、诗歌、戏剧和散文文学的概念，它们本质上是现代人站在现代汉语和现代文论的语境上对中国古代文学的一种言说、一种表述。中国古代"小说"是与"历史"相对应的概念，在古代文学语境中，小说不具有统一性，没有笼统的小说，只有具体的神话、志怪小说、志人小说、传奇、话本、章回小说。而现代小说并不是从古代小说演变而来，而是从西方学习而来，小说虽然由于篇幅的不同或题材的不同而划分为短篇小说、中篇小说、长篇小说或抒情小说、侦探小说等，但小说作为一个概念具有统一性，它的内涵是在和戏剧、诗歌的比较中确定的，大致来说，现代小说是指一种叙述故事情节和塑造人物形象的叙事性文体。中国古代诗歌，即古典诗歌，包括诗、词、曲、赋、辞、民歌等，讲求对仗、格律等形式和技巧，而现代诗歌则是指新诗。中国古代戏剧主要是指杂剧以及地方和民间戏曲，而现代戏剧主要是指从西方输入的话剧。中国古代散文和中国现代散文都是笼统的概念，具有大杂烩的性质，所以，在概念的逻辑层面上它们并没有本质的区别；但在历史的层面上，它们仍然有质的区别，比如过去我们把报告文学和电影文学也纳入现代散文的范围，这就和中国古代散文在内涵上具有根本差别。

中国现代文学把现代小说、现代散文、话剧和新诗作为文学的正宗，因此，现代文学研究主要是对现代小说、现代散文、话剧和新诗的研究，而中国现代文学史也主要是中国现代小说、现代散文、话剧和新诗的总体发展史。对于不同的小说、诗歌、散文和戏剧来说，越具有现代性，就越具有中国现代文学本位性。有意思的是，诗、词、赋、传奇、章回小说、传统戏曲这些从中国古代文学本位观立场来看是最正宗的中国古代文学，但从中国现代文学本位观立场来看，它们离中国现代文学最远，所以，现代旧体文学如旧体诗词一样被排斥在中国现代文学的范围之外。现代翻译文学被称为"外国文学"，也被排斥在中国现代文学范围之外。

任何一个时代或一个时期的文学都是复杂的，各种形式的文学、各种文体的文学本无等级之别，"等级"不过是人的一种歧视性的视角。"等级"在中国现代文学中就表现为本位观，这种本位观对复杂的现代文学进行了等级性的排序，建构了一个从中心到边缘的等级秩序。在这个序列中，现代汉语文学被认为是中心，少数民族文学则被相对边缘化；在现代汉语文学中，大陆文学被认为是正宗，港台文学和海外文学则被相对边缘化；具有现代品性的文学被认为是中心，传统性和民间性的文学则被相对边缘化。

在这里，笔者主要以现代旧体文学在中国现代文学史中的地位为例来说明中国现代文学"新文学"本位观的问题。现代旧体文学特别是旧体诗词是中国现代文学史中非常普遍的文学形式。从"五四"迄今，旧体文学创作从来就没有中断过。"五四"新文学运动的发起者和奠基者们如鲁迅、周作人、胡适、郭沫若等，他们的创作除了引人注目的新文学以外，同时还有旧体文学。更重要的是，旧体文学始终是"五四"以来中国文学的重要组成部分，它始终以与新文学潜在性地相对抗的形态而存在。"五四"时期，仅就文学作品的数量和从事旧体文学创作的人数来说，旧体文学绝不在新文学之下，并且新文学未必就绝对性地压倒旧体文学。赵家璧在谈到他编写《中国新文学大系》的原因时说："五四运动离开那时不过 10 多年，但是许多代表作品已不见流传，文学青年要找这些材料同古书一样要跑旧书摊。"① 刘半农在 20 世纪 30 年代时也说曾风靡一时的白话诗，"然而到了现在，竟有些像古董来了"②。这都说明新文学即使在 20 世纪 30 年代，也未必就是主流文学，未必是绝对性地压倒旧体文学以及其他文学。"五四"之后很长一

---

① 赵家璧：《编辑忆旧》，生活·读书·新知三联书店，1984 年版，第 172 页。
② 刘半农：《半农杂文二集》，上海书店，1983 年版，第 352 页。

段时间旧体文学具有和新文学一样的市场和读者，这种格局和状况至今仍然在延续。据有关资料，专登旧体诗词的《中华诗词》现在发行两万多份，"（旧体诗词）首次大赛曾收到来自 16 个国家的 10 万首作品。现在……估计喜好并从事创作传统诗词的诗人有数十万人"①。但由于中国现代文学的"新文学"本位观以及政治、经济、文化的原因，在书写的中国现代文学史中，除了领袖人物的旧体诗词偶尔被介绍以外，现代旧体文学在文学史上根本就没有地位，甚至连被提及的资格都没有，似乎在文学史上它们根本就没有存在过。专门性的学术研究与文学史编纂略有不同，对于毛泽东诗词、鲁迅的旧体诗词以及其他作家的旧体文学，有人从事专门性的研究。但总体而言，在目前的中国现代文学史中，新文学被认为是主流甚至唯一，而旧体文学则被忽略甚至视而不见。

现代旧体文学在中国现代文学史中的尴尬处境，已经引起了学者的注意。黄修己先生提出应该给予现代旧体文学在中国现代文学史上的地位。②而王富仁则不同意把现代旧体文学"写入中国现代文学史，不同意给它们与现代白话文学同等的地位"③。在这里简单地评论孰是孰非并做出相应的选择是没有多大意义的。反对现代旧体文学纳入中国现代文学史固然有它难以克服的困难，但简单地把现代旧体文学纳入中国现代文学史的范围，进行现象的罗列性描述，同样存在困难。正如有人说："关键是现代旧体文学如何进入中国现代文学史，如果收入

---

① 舒晋瑜：《"别再把我叫旧诗"——诗坛涌动"新旧交锋"》，《中华读书报》2002 年 2 月 6 日，第 2 页。

② 黄修己：《拐弯道上的思想——20 年来现代文学研究的一点感想》，《文学评论》1999 年第 6 期；《现代旧体诗词应入文学史说》，《粤海风》2001 年第 3 期。

③ 王富仁：《关于中国现代文学史的编写问题的几点思考》，《文学评论》2000 年第 5 期；《当前中国现代文学研究中的若干问题》，《中国现代文学研究丛刊》1996 年第 2 期。

旧体文学，只是作为映衬新文学的靶子，批判一通了事，或只是作为新文学的一种陪衬，写个三两节敷衍，表示一下自己的宽容，还不如不收。"[1] 这实际上涉及中国现代文学的本位观问题。如果不从根本上改变中国现代文学本位观，现代旧体文学即使写进中国现代文学史，即使占很大的比重，终归也只是附属。所以，我们应该对中国现代文学本位观进行历史和理论的深入追问。我这里更关注的不是能不能和是否应该把现代旧体文学写进中国现代文学史的问题，而是我们在中国现代文学史的范围内讨论现代旧体文学的理论前提，也就是说，我们是出于一种什么样的思路和观念来讨论现代旧体文学问题。作为一种文学现象，现代旧体文学的存在是显而易见的事实，过去它实际上也被学者们注意到了，但为什么过去没有把它纳入中国现代文学史的语境中进行讨论，这实际上涉及深层的文学史观的问题，它说明我们已经在对传统的文学史本位观问题进行反思。

再比如现代翻译文学的问题。过去，我们简单地把现代翻译文学看作外国文学，把它看作是和中国文学相对立的文学而排斥在中国现代文学史范围之外。但问题真的这么简单吗？翻译与创作的界限究竟在哪里？我们确定其分界的根据是什么？林纾的翻译能称得上是外国文学吗？林纾的翻译和他的口译者的翻译究竟谁的翻译是更好的翻译？假如口译者的翻译是更好的翻译，那为什么不直接以口译的文字文本发行和出版，而要以林纾改译、加工的文本出版发行？近代最负盛名的翻译家严复对林纾的翻译不屑一顾，但为什么恰恰是林纾的翻译风行一时？如何定义翻译？林纾的翻译真的如我们现在所说的超出

---

① 苗怀明：《要宽容，还是要霸权？——也说现代旧体文学应入文学史》，《粤海风》2001年第 5 期，第 13 页。

了翻译的范围吗？如果说林纾的翻译不准确，那么，我们现在的翻译就是准确的吗？我们判断准确与不准确的标准又是什么呢？这种标准经得起哲学和历史的追问吗？我们还能提出很多疑问，而每一种疑问都涉及对现代翻译文学的本质认识。我认为，我们不能把现代翻译文学看作简单的外国文学，原语外国文学和译语外国文学具有实质性的差别①，原语外国文学经过翻译之后，具有译语文学的本土性、民族性。文学翻译不同于科技翻译，不是简单的语言转换，而是一种具有创作性的创造性劳动。现代翻译文学对民族文学的建构作用是巨大的，具体体现在对于中国现代文学来说，没有现代翻译文学就没有现代文学，现代翻译文学在西方文学对中国现代文学的影响过程中，实际上扮演着中介者的角色；也就是说，西方文学对中国现代文学的影响是通过现代翻译文学作为中介来实现的。②中国现代文学的很多根本性特征其实都可以从这里找到根源。从这一意义上说，现代翻译文学是否应该写进中国现代文学史，其实也是一个值得深入追问的问题。这同样涉及中国现代文学史本位观的问题。

二

追溯中国现代文学及其编纂史历程，我们看到，中国现代文学的"新文学"本位观其实是逐渐建构起来的，其建构的过程充满了误解，

---

① 高玉：《论两种外国文学》，《外国文学研究》2001 年第 4 期。

② 高玉：《翻译文学：西方文学对中国现代文学影响关系中的中介性》，《中国现代文学研究丛刊》2002 年第 4 期。

其中最大的误解就是把作为时间概念的"中国现代文学"与作为性质概念的"中国现代文学"混同，导致了中国现代文学从性质概念向时间概念的渐变。这种渐变至今不为人们所觉察。

"文学史的观念及著述体裁原是西方的舶来品，文学史本就是西方的一种学术语言。"[①] 中国文学早在远古时代就开始了，但"中国文学史"则始于近代，并且是由外国人开创体例。中国最早的"文学史"是林传甲的《中国文学史》，出版时间为 1904 年。最早讲到"新文学"的中国文学史是胡适的《五十年来中国之文学》，其中最后的第 10 节专讲"五四"文学革命运动。与《五十年来中国之文学》体例相同的还有赵景深的《中国文学小史》、陈子展的《最近三十年中国文学史》和钱基博的《现代中国文学史》，这些著作被黄修己称为"'附骥式'的新文学史"，"附骥"一词反映了黄修己其实是站在新文学的视角来看这些早期的文学史著作。但"附骥"一词也说明了一个很重要的问题，那就是，在早期的中国文学史中，新文学只是整个中国文学史的一个组成部分，"中国文学"和"新文学"不是平等或并列关系，而是种属关系。"五四"时期以及"五四"以后，新文学无论是在成就上还是在地位上都是最为显赫的，旧体文学无法和它相比；但在历史和逻辑上，传统的旧体文学和新文学是平等的，不管我们如何评价旧体文学和新文学，是持一种否定的态度还是持一种肯定的态度，旧体文学作为文学事实和现象，这是不能否认的。所以，钱基博的《现代中国文学史》叙述 1911—1933 年的中国文学，既叙述新文学，又叙述旧体文学，在"序"中他说："是编以网罗现代文学家，尝显闻民

---

① 戴燕：《文学史的权力》，北京大学出版社，2002 年版，第 26 页。

国纪元以后者，略仿《儒林》分经叙次之意，分为二派：曰古文学，曰新文学。每派之中，又昭其流别；如古文学之分文、诗、词、曲，新文学之分新民体、逻辑文、白话文。"[①] 这里，"现代中国文学史"中的"现代"完全是一个时间概念。胡适后来把《中国新文学大系》第一集的"导言"改名为《中国新文学运动小史》，这里，"新文学"的限定是非常准确的，也反映了他对于中国现代文学史中新旧文学区分的理论意识。

事实上，早期的专门性的在我们现在看来可以称作是"中国现代文学史"的著作都具有严格的限定，即都是"新文学史"。第一本新文学史著作是王哲甫的《中国新文学运动史》，出版时间是 1933 年。在此之前，朱自清曾在清华大学讲授"中国新文学研究"，并编有讲义《中国新文学研究纲要》。周作人则在辅仁大学讲授"中国新文学的源流"，并出版讲稿。第一个以"现代文学"为名的是任访秋的《中国现代文学史》，出版时间是 1944 年。但其著作中的"现代"这一概念和后来的"现代"概念有很大的不同，它包括近代。回顾 1949 年以前的"中国现代文学史"著作，我们看到，这些文学史著作都是很严格的文学专题史，即"新文学史"。虽然在意识的深处，这些史学家可能轻视现代旧体文学，对它持一种轻蔑和否定的态度，并且可能在意识上就把新文学等同于现代文学，但就著作本身来看，它们的区别还是非常严格的。这些著作都冠以"新文学"的名称，"新文学"这一词语本身就暗示了他们对"旧体文学"作为文学事实和现象的承认。"新文学史"本身就是在和"旧文学史"的比较和对举中确立的，并且表明更

---

① 钱基博：《现代中国文学史·序》，刘梦溪，《现代学术经典·钱基博卷》，河北教育出版社，1996 年版，第 4 页。

大范畴的"中国现代文学史"的存在。

1949 年以后,"新文学"这一概念仍然被沿袭,中华人民共和国成立后第一部中国现代文学史著作是王瑶的《中国新文学史稿》,体例上继承朱自清的著作,仍然以"新文学"名之。但"新文学"一词在性质上悄悄发生了变化,开始由单纯的性质概念涵盖时间概念,即"新文学"一词不仅表示性质,同时也表示时间,"新文学"同时意味着"五四"至中华人民共和国成立前的中国文学,即现代中国文学。而第一个用"中国现代文学"一名的是丁易的《中国现代文学史略》,但为什么要用"中国现代文学"取代"新文学",作者没有阐明。从书中的基本观点来看,用"现代"这一词,与当时普遍的对中国历史阶段的划分有很大的关系,而基本根据就是毛泽东的《新民主主义论》。在这篇文章中,毛泽东把"五四"之后的中国历史时期称为"新民主主义革命时期",以区别于"旧民主主义革命时期",这就是历史学界所普遍使用的"现代"和"近代"概念。"现代"和"近代"在这里既是时间概念,更是性质概念。那么,根据毛泽东对中国近现代历史时期的划分以及历史性质的定性,作为中国现代文化一个重要组成部分的中国现代文学也具有这样一种时间划分的性质。这样,"现代"作为时间概念以及相应的性质概念就这样在一种对领袖观点的阐释和论证中被人为地确定了,并以一种政治权力化的方式合法化了。王本朝说:"中国现代文学作为一门独立学科进入大学教育体制,它的文学知识基本上是依据毛泽东'新民主主义论'而建立起来的。"在"新民主主义"理论指导下,"新民主主义文学自然是现代文学的中心内容,也是无产阶级领导的人民大众的反帝反封建的文学,具有文学的阶级性、人民大众性的反帝反封建性。现代文学与现代革命保持了同步,文学知识也是革命知识。"① 这是非常有道理的。也就是说，中国现代文学作为独立的学科并以知识的形态在大学教育体制中扮演重要的角色，这与政治有很大的关系，但政治以一种权力的方式反过来制约了我们对中国现代文学作为学科在时间分期和性质上的理解，政治权力又造成了我们对中国现代文学时间和性质的误解。出于政治的原因，我们必须把中国现代文学解说成新文学，否则中国现代文学在政治的权力结构中就缺乏合理存在的理由。"新文学"的确具有毛泽东在《新民主主义论》中所说的中国现代文化的时间特点和性质特点，而作为时间概念的中国现代文学未必具有这种性质。但为了话语的统一、称谓的统一，"新文学"的概念和"中国现代文学"的概念在这里就以一种奇妙的逻辑混乱方式进行了嫁接，这样，中国现代文学和新文学就在不经意间被混同了。丁易大概是在"新文学"的意义上使用"中国现代文学"一名的。

但"现代"一词的不经意使用，却使"新文学史"发生了质的变化。也就是说，"新文学史"从过去的中国现代文学史的一个分支变成了"中国现代文学史"本身。"新文学"从过去的"种概念"变成了现在的"属概念"。1956 年，高等教育部组织制定的《中国文学史教学大纲》（以下简称《大纲》）则对"现代文学"作为时间概念的确立起了"法定"的作用。《大纲》共分 9 篇，其中第九篇明确使用"现代文学"一词并对"现代文学"进行性质上的认定："由'五四'开始的现代文学一直是在无产阶级思想领导下发展着的，它的主流是革命民主主义与社会主义的文学。在中国文学的悠久深厚的历史基础上，适

---

① 王本朝：《中国现代文学制度研究》，西南师范大学出版社，2002 年版，第 192 页。

应着人民的革命需要与美学爱好，现代文学成了中国文学史的一个新的发展部分。"①从这个限定可以看出，"现代文学"在这里既是一个性质概念，即"主流是革命民主主义与社会主义的文学"，又是一个时间概念，即由"五四"新文学运动开始的，大体属于"新民主主义革命时代"的文学，也即1917—1949年的中国文学，这样的时间划分已极为接近传统的"现代文学"的时间划分，和"先秦文学""唐宋文学""明清文学"等具有同样的时间区域性。从这个限定我们还可以看到，现代旧体文学在中国现代文学中是没有位置的。在现代文学中，古典文学作为形式已经不复存在，现代文学只是承认其因素被新文学继承。

而体现这种"新文学"本位观的最典型的文学史著作是唐弢主编的三卷本《中国现代文学史》，这是一部总结性的著作，编写组集中了当时这一学科大部分的权威学者。就当时来说，其编写的时间之长、规格之高、篇幅之巨大以及逻辑之严谨，都是空前的。它对"中国现代文学史"体例的最终确立起了重要的作用，影响深远，至今中国现代文学史在深层的观念以及外在的体例上都还没有根本性的突破。此后，"中国现代文学"一名广为使用，再少有用"新文学"一名者。

这样，作为新文学的中国现代文学就从时间和性质两个方面彻底地、人文性地占据了现代中国文学，"现代中国文学史"被浑然不觉地置换成了"中国现代文学史"。新文学发展初期，李大钊对"新文学"曾有一个界定："我们所要求的新文学，是为社会写实的文学，不是为个人造名的文学；是以博爱心为基础的文学，不是以好名心为基础的文学；是为文学而创作的文学，不是为文学本身以外的什么东西而创

---

① 中华人民共和国高等教育部：《中国文学史教学大纲》，高等教育出版社，1957年版，第284页。

作的文学。"① 但是到了"现代文学"这一概念之后，新文学就不仅反叛旧体文学，同时也取代旧体文学。其地位从"五四"时期争取合法性，到了中华人民共和国成立以后被认定为唯一性。"新文学"以"现代文学"之名独占现代中国文学史之后，意味着其他非新文学比如旧体文学实际上被合法地挤出了现代中国文学史，也就意味着中国现代文学在观念上"新文学"本位化。所以，中华人民共和国成立以后，有关中国文学史的概念发生了很大的变化，"新文学史"最初只是在文体上和现代旧体文学史相对举，但后来却发生了时间概念的演变，以"中国现代文学史"之名而构成独立的现代中国文学史。"新"本来是和"旧"相对应，"旧"既指古代，也指现代的"旧"，但现在"新"被置换成"现代"而与纯粹的"古代"相对应。"现代"从单纯的性质概念扩展为包容时间的概念，"中国现代文学"不仅指"新文学"，还指"现代中国文学"，即指 1917—1949 年的中国文学，这样，"现代"在时间上又和"当代"相对应。中国现代文学史本来是中国文学史的一个组成部分，现在中国现代文学史独立出来之后，从前的"中国文学史"就约定俗成地称为"中国古代文学史"，这时，"中国现代文学史"成了与"中国古代文学史"对应的概念，二者是并列关系。

通过以上对中国现代文学史作为学科其范围逐渐确立过程的回顾，我们看到，中国现代文学史作为人文形态是逐渐建构起来的。"五四"以来的中国文学现象是异常复杂的，现代中国文学史并不具有某种形而上学的统一性，目前以"新文学"为本位、以"现代"性为标准的中国现代文学史本质上是一个历史的过程。本质上，对于中国现代文

① 李大钊：《什么是新文学》，《李大钊文集》，人民出版社，1999 年版，第 127 页。

学史来说，"现代性"是一个具人文性的概念，不是先有"现代性"的概念然后才有现代性的文学；恰恰相反，是先有现代性的文学，然后才有根据这些文学事实归纳出来的"现代性"概念。所以，中国现代文学史中目前所具有的"现代性"的统一性质，本质上是归纳出来的。

中国现代文学史的"新文学"本位观对于中国现代文学作为学科的建设性和积极意义是不言而喻的。但同时，它的缺陷也是非常明显的。以"新文学"为本位就意味着对新文学以外的文学的排斥，以"现代性"为标准就意味对非现代性的轻视和贬低。这样，在现行的中国现代文学史中，少数民族文学、港台文学、民间文学、通俗文学、旧体文学、市民文学等就相应地处于一个边缘和附属的地位。当然，在历史本质上，在"历史是人的历史"的意义上，历史本来就无所谓客观，王钟陵先生曾对"历史"概念进行再区分："历史存在于过去的时空之中，这是历史的第一重存在，是它的客观的、原初的存在。真实的历史依赖于人们对这些存留的理解来复现，所以历史便获得了第二重存在，即存在于人们的理解之中。"[①] 现代解释学已经充分证明，作为人文形态的历史，本质上是理解的历史。文学作品也是这样，它不是一个摆在那儿的东西，它存在于意义的显现和理解活动之中。因此，作品所显现的意义并不是作者的意图而是读者所理解的作品的意义。一部文学作品只有在审美阅读的理解中才能作为艺术作品而存在，否则就只是一物。在理解的本体意义上，中国现代文学史"新文学"本位观有它的合理性，因为文学史本无所谓绝对的客观与真实，一切文学史本质上都是文学理解史与解释史，"新文学"本位观的中国现代文

---

① 王钟陵：《中国中古诗歌史·前言》，江苏教育出版社，1988年版，第4页。

学史也是一种理解的文学史。所以，问题的关键在于，我们必须承认目前中国现代文学史是理解和解释的中国现代文学史，也就是说，我们承认这种解释和理解的合理性，但同时我们也应该承认其他理解和解释的合理性。在理解和解释的意义上，中国现代文学史作为历史形态，也可以是另一种体例。

正是因为理解和解释，"新文学"本位性的中国现代文学史也处于一种变化之中。20世纪80年代以前，中国现代文学史对中国文学以及文学的主流的理解明显以革命化、现实主义和浪漫主义为旨归，刘大杰说："凡是富有人民性的而又有艺术成就的进步文学，是中国文学史中的主流。这些文学是现实主义或是积极浪漫主义作品。在这些作品里，比较真实地反映了现实生活和历史本质，表现了被压迫者的思想感情，揭露封建统治者的罪恶和黑暗，反抗封建秩序和传统礼法的不合理，发扬爱国主义、人道主义的精神，唤醒人民的觉悟，追求美好和平的生活。如果符合这类标准的，民间文学也好，文人文学也好，都是文学的主流。"[①]刘大杰这段话主要是对中国古代文学的概括，但对于中国现代文学也大致适用。这样，20世纪80年代之前的中国现代文学史主要体现为中国现代革命文学史以及创作上的现实主义和浪漫主义文学史。20世纪80年代以后，现代主义被重视，所以李金发、穆旦等人进入中国现代文学史。20世纪90年代以后，通俗文学、商业文学得到重视，所以有了对钱锺书、张爱玲等人的重新认识。即使对于鲁迅这样"新文学"最核心的作家，也存在一个理解和阐释的问题，比如对《故事新编》《野草》的理解和解释就有一个发展和变化的

① 刘大杰：《文学的主流及其他》，《光明日报》1959年4月19日，第8版。

033

进程。事实上，重写中国现代文学史从来就没有停止过。现在的问题是，我们不应该把重写中国现代文学史局限在"新文学"本位性内部，而应该突破"新文学"本位观，应该以一种更为广阔的视野来审视现代中国文学。

对于文学史写作，游国恩早在 20 世纪 50 年代就提出过反对两种错误倾向："一是把文学的范围扩大到极为广泛，几乎无所不包；另一种则又缩小得异常窄狭，而多所遗漏。"[①] 中国现代文学史其实也存在这两种偏向。旧体文学的存在既然是一个广泛的事实，就没有理由把它排斥在时间性质的中国现代文学史之外。"五四"时期，出于各种原因，新文学极力排斥并试图打倒旧体文学，于新文学来说，这是合理的，因为新文学的固有性质就是反对旧体文学。但理论是一回事，事实则是另外一回事，旧体文学是否被完全打倒，这是一个历史问题。文学是一种非常复杂的文化现象，它绝不是简单的一个王朝推翻另一个王朝，新文学取得了合法性地位，并且从边缘推进到中心，但新文学并没有绝对取代旧体文学。旧体文学在现代社会仍然存在，并且在合法性上它和新文学具有平等性，正如新诗和旧体诗具有平等地位一样。所以，"中国现代文学"是一个比"新文学"更高层次的概念。"中国现代文学史"不应该只是"新文学史"。

---

① 　游国恩：《关于编写中国文学史的几点意见》，王钟陵，《20 世纪中国文学史论文精粹·文学史方法论卷》，河北教育出版社，2001 年版，第 199 页。

中国现代文学史"作家作品中心论"批判

―――――◎―――――

一

必须承认，作家作品是文学史中最重要的文学现象，也是最显著的文学现象。就目前的世界性文学评价体系来说，是否具有伟大的作家和经典性的作品，一直是衡量一个民族或国家或时代的文学成绩的最重要标准。客观公正地说，文学流派、文学思潮、文学社团、文学批评、文学教育以及文学体制、文学传媒等，其结果最终都要不同程度地体现在作家和作品上，文学思潮、文学流派、文学社团、文学传媒、文学教育、文学批评的发达与繁荣本身并不能直接证明文学的发达与繁荣；同样，文学体制的合理性也不能直接作为衡量文学成就的尺度，文学成就最终要归结为作家和作品，要以作家的作品说话。但是，文学史不仅是文学成就史、文学结果史，更是文学发展史、文学过程史。把中国现代文学史写成中国现代文学作家和作品史，虽然突出了中国现代文学的成就，并且非常有利于文学教育，但从文学的历史过程来说，这具有明显的缺陷和弊端。它强调了"文学"，但却淡化了"史"。

　　据黄修己先生的研究，中国现代文学史"作家论型"模式是从1956年的《中国文学史教学大纲》（以下简称《大纲》）开始确立的，"《大纲》则创立了以作家为基本单位所构搭的体例，不妨称之为'作家论型'，即以文艺运动分割出文学阶段后，将各阶段作家依其地位分成大小队列，依次排列。"[①]但需要补充说明的是，"作家论型"的深层根据是"作品论"，也就是说，作家的地位和成就是根据其相应的作品的价值和地位来决定的。可以说，1956年的《大纲》确立了中国文学史"作家作品中心论"的编写模式。

　　但中国现代文学史以及推而广之的中国文学史的"作家作品中心论"模式的确立和迅速获得广泛的认同，其理论背景和知识基础是非常复杂的。中国传统的历史观念、西方"文学史"概念作为话语方式的权力、中国自20世纪初以来文学史的本土建构和积淀等，从深层上规定和影响了中国现代文学史"作家作品中心论"模式的建立。我们把当今的中国文学史和自《史记》以来的中国正统的历史著作相比较，会发现二者在模式上极其相似，不同之处在于，"二十五史"叙述的是帝王将相、王公大臣以及其他社会名流，而中国文学史叙述的则是作家作品。二者的叙述逻辑更是惊人的相似，都是按地位和功绩排序，其地位的高低与叙述的章节数量和篇幅呈正比例关系。应该说，中国传统的历史观以及表述方式对中国现代文学史的"作家作品中心论"模式具有深层的影响。

　　同时，"文学"及"文学史"话语深刻地影响了中国文学史学科的

---

① 黄修己：《中国新文学史编纂史》，北京大学出版社，1995年版，第181页。

建构。中国古代只有"艺文志"、诗话、词话以及历史层累性质的经籍"注疏"。现代意义上的"文学史"概念是从西方引进的。而"文学史"作为概念，其背后是更大的、具有整体性的西方话语，如比较表面的哲学、历史、伦理学、法学、心理学、教育学以及更为深层的理性、逻辑、进化、科学等概念，文学、哲学、历史的分科本质上是西方理性主义话语的产物。所以，西方话语是一个整体或者语言学中所说的"系统"，而中国古代话语则是另一种体系。当西方话语还没有整体进入中国的时候，"文学史"概念在古代汉语语境中是不具有独立意义的，也就是说，事实上它不能脱离它的语言体系而独立地进入古汉语中。中国古代只有西方意义上的文学现象，而不存在西方式的文学表述或命名，所以，西方的"文学"概念在中国得以通行，必须以对中国文化现象进行重新分割为前提，也就是说，"文学"作为概念及其疆界是和哲学、历史、语言学这些概念以及相应的学科疆界同时确立的。从这一意义上来说，20世纪初，文学史概念在中国的种种境遇实际上反映了话语之间的冲突，以及中国现代话语形成的过程。当哲学、历史、语言学这些概念还没有完全引进的时候，文学史的概念缺乏自己语言体系的定位，中国文学史便出现了21世纪初的流离、游移、边界晃荡的状况。

中国古代历史作为文化方式虽然非常发达，并且积淀了丰富的知识，但中国古代并没有文学史，"文学史"是从西方引进的概念，同时也是对文学进行重新言说的话语方式。按照索绪尔的观点，词语的意义是在词语的比较中根据差异性原则确定的，也就是说，词义与语境有很大的关系。"文学"作为从西方输入的概念，其词义也是这样，它的意义实际上是在和同样是从西方输入的比如"哲学""历史""教育""文化""伦理"等概念的相互关系中确定的，正是在和它们的区别的过程中，"文学"确定了自己的知识边界。在中国古代，文学是一个非常宽泛的概念，它不仅包括今天所说的文学，还包括文字学、经学、音韵学、历史学、文章学等，所以早期的中国文学史比如林传甲的《中国文学史》、黄人的《中国文学史》，虽然"文学史"理念是从西方引进的，但"文学"的概念却是中国传统的，文学史总体上表现出明显的中西杂糅的痕迹。随着"文学"概念的进一步西方化，以及更为广泛的西方话语的引进和被接受，中国文学史逐渐走向审美性和艺术性的作品模式，即"作家作品中心论"。20世纪20年代初期的凌独见说："从来编文学史的人，都是叙述某时代有某某几个大作家？某大作家，某字某地人？做过什么官，有什么作品？作品怎样好坏。"① 也就是说，"作家作品中心论"的文学史模式在20世纪20年代就已经非常普及。

当然，我们承认"文学"和"文学史"作为话语方式是从西方引进的，它们对我们目前的"作家作品中心论"的文学史模式具有深刻的影响。但同时我们也承认，"文学"和"文学史"的概念在引入中国的过程中，由于语言体系的不同以及文化的不同，它们都发生了变异，即中国化了。所以，近代以来，中国在引入过程中逐渐确立了"文学"和"文学史"话语的中国性。从这一意义上来说，目前的"作家作品中心论"的文学史模式是逐步建立起来的。戴燕说："中国文学史的编纂，恰好相当完整地展现了当新知遭遇旧识时，旧识既与新知冲突，却又充当新知的媒介，并且与新知沟通、融会，你中有我、我中有你的过程。"② 这其实是以一种话语的显在方式，把话语本

<hr>

① 凌独见：《国语文学史纲·自序》，商务印书馆，1922年版，第7页。
② 戴燕：《文学史的权力·前言》，北京大学出版社，2002年版，第5—6页。

身的矛盾解释为知识谱系之间的冲突。我同意这种描述，但我更愿意把晚清的文学史矛盾现象看成是话语之间的冲突。考察中国文学史编纂的发展过程，我们看到，"文学史"这个概念在中国始终处于一种双向的运动和调整的过程中。如今仍然是这样，中国现代的"文学史"概念既不是西方原生形态的，也不是中国传统语境中的，而是西方概念和中国古代概念经冲突和融合生成的第三种概念，即中国现代语境中的"文学史"概念，具体来说，它是在"西化"与"中国化"的双重作用的过程中形成的。这种生成或者说建构的过程，既具有历史必然性，也有偶然性，也就是说，它具有历史的必然性，但不具有理论的必然性，是历史的种种机遇造成了中国文学史目前的这个样子，但它也可以是另外一种样子，它实际存在着其他发展的可能。

具体而言，中国现代文学史"作家作品中心论"模式也是一个逐渐建构的过程。而在这逐渐建构的过程中，赵家璧主编的《中国新文学大系》（以下简称《大系》）显然是一个重要的"事件"。旅美学者刘禾曾对《大系》在中国现代文学合法化、经典化的过程中所起的作用做过专门性的研究，她的观点是《大系》在确定新文学的经典的过程中起了非常重要的作用，自从胡适、郑振铎、鲁迅以及《大系》的其他编者奠定了经典性的中国现代文学史观的基础后，这种千篇一律的叙述在中国大陆、美国和欧洲被一遍一遍地讲述着。"《大系》出版以来，后来的文学史著作扩展了其内容，并使自己跟上时代以适应1927年以后现代文学史的新发展。但《大系》的概念范式——分期、体裁等——在后来中国大陆学者所写的文学史中几乎没有任何改变。……王瑶的《中国新文学史稿》通过抹去《大系》所包括的一些作家来建立一种政治上正确的中国现代文学史观。"[1]"五四"新文学运动，对于新文学在整个"五四"时期以来的文学史中的地位如何确定，在很长一段时间都很混乱。"五四"时期，陈独秀、胡适都希望用新文学取代旧体文学，并且胡适还试图在"中国文学史"的书写中论证新文学的历史必然性以及"新文学运动"的彻底胜利。但新文学事实上并没有取代旧体文学，相反，"五四"时期之后新文学还有一个消沉的时期，20世纪30年代刘半农还抱怨曾轰动一时的白话诗："然而到了现在，竟有些像古董来了。"[2]《大系》的编纂以及其他类似的新文学叙述活动则以一种话语权力的方式重塑了新文学，《大系》实际上是建立了一套新文学的话语，通过这套话语的确立最终使新文学合法化。并且，新文学话语具有专断性，这种专断性的话语最后成为中国现代文学批评的基本话语方式，并使新文学从语言学的深层次上在中国现代文学史书写中一直占有霸权的地位。《大系》所确定的新文学的术语、概念、范畴，特别是"作家作品中心论"的叙述模式，后来一直为中国现代文学史所沿用。

二

中国现代文学史上大凡有地位的作家，都有相应的经典作品，作家的"级别"和"次序"与作品的"级别"和"次序"是一致的，这

① 刘禾：《跨语际实践——文学，民族文化与被译介的现代性（中国，1900–1937）》，生活·读书·新知三联书店，2002年版，第323、327页。
② 刘半农：《半农杂文二集》，上海书店，1983年版，第352页。

与现实生活中作家按照行政"级别"排序和按照道德修养与人品的伦理性排序有很大的不同。从这一意义上说，中国现代文学史"作家论型"从根本上又是"作品论型"。纵观中国现代文学史，我们可以看到，对历史上优秀作品的介绍、分析和赏析占了文学史很大的篇幅，这与中国现代文学史作为学科的教育性质有很大的关系。目前，中国现代文学既是一个学术领域，更是一个学科。在中国，文学史教育是文学教育的一个重要途径，当今中文学科的文学知识教育与文学水平教育主要是通过文学史教育的方式来实现的。所以，大学中文专业课程设置中，文学史占的比重很大，中国现代文学史的分量尤其重。与这种文学教育理念相一致，我们现行的文学史特别强调对优秀作家和作品的分析，文学史研究的重点与非重点往往以文学成就为标准，文学史教科书在文字篇幅上的多少与作家和作品分量的轻重成正比。对于学习来说，文学评论的标准就是在这种文学史学习的过程中不经意地建构起来的。相应地，文学史就变成了文学成就史和杰出作家史，而文学发展史所包括的文体史、思想史等就相应地被忽略了。

"作家作品中心论"这种模式既符合中国史传统，在方式上也能够为人们所接受，同时又便于教学和编纂，所以，这种模式得到广泛的认可，不断地被沿袭，以至形成一种根深蒂固的传统，即"本位观"。我们看到，无论是"现代文学史"还是"当代文学史"，都是这样一种模式。鲁迅、郭沫若、茅盾、巴金、老舍、曹禺、艾青、赵树理、柳青、王蒙、贾平凹等构成了中国现代文学的代表，他们的作品构成了中国现代文学的典范，一部中国现代文学史就是一部中国现代作家作品史，因此，中国现代作家的"本纪""世家""列传"便构成了中国现代文学史的主体。于是，中国现代文学史的"重写"便体现为一种作家和作品的重新排序，便体现为作家的发现与作品的发现以及与此相对应的作家的消隐与作品的消隐。

这实际上反映了我们重主流、重成就、重名作家、重名作品的一种中国现代文学本位观。必须承认，对于文学史来说，作家、作品是最重要的，优秀的作家和作品应该得到重点的介绍和书写。"以史为鉴"应该说是文学史最重要的目的之一，而学习优秀作家的创作经验和以经典的作品为学习的楷模，把文学知识、文学理论的学习融于经典作品的分析和欣赏之中，这可以说是文学的"以史为鉴"的最为典型的方式。但文学史无论是从发展线索来说，还是从文学现象来说，都不只是作家与作品，还有作家和作品赖以存在的前提性基础，比如文学思潮和流派、文学的社会接受和承传方式、文体演变的内在性规律等，这些都应该是文学史的重要内容。它们和时代的文化、哲学、伦理道德等共同构成了文学作品的根基，就学习而言，同样是重要的内容，也值得借鉴。中国现代文学史为什么不能写成文学接受史、文学思潮史、文学形式流变史呢？

现代解释学文学理论和接受美学已经充分证明，文学作为一个完整的过程，不仅包括作家写出作品，还包括读者接受作品。美国文学理论家艾布拉姆斯认为"每一件艺术品总要涉及四个要点"，即作品、艺术家、世界和欣赏者。[①] 作品、艺术家和欣赏者构成艺术的"三极"，它们互为双向关系，互相依赖又互相制约，而把它们联结起来的媒介或者说纽带则是世界，即社会生活。因此，文学作为一个完整的过程，绝不只是作家和作品，读者和社会生活同样也是其中重要的环节。根据现代解释学的"存在"理论，文学作品并不是一个摆在那儿的客观

---

① ［美］艾布拉姆斯：《镜与灯——浪漫主义文论及批评传统》，北京大学出版社，1989年版，第5页。

的东西，文学作品存在于意义的显现和理解活动之中，作品的价值和意义并不是绝对客观的，而是与读者的阅读和理解有很大的关系，阅读和解释也属于文学的本体内容。所以，从作品效应来说，作品所呈现出来的意义并不是作者的意图，而是读者所理解的作品的意义。正是在这一意义上，对于作品来说，作者的创作是重要的，读者的理解同样是重要的，读者的理解使作品的存在变成现实，文学作品之所以是文学作品，也取决于它的本质功能得到实现的过程。一部文学作品只有在阅读的理解中才能作为文学作品而存在，否则就只是"物"，只是"白纸黑字"。姚斯认为，文学作品就是在理解过程中作为审美对象而存在的，文学作品的存在展示为向未来的理解无限开放的效果史。文学作品的存在方式不仅与"作品与作品""作品与一般社会历史"相关联，而且与读者的接受程度相关联。文学作品从根本上就是为读者的阅读而创作的。读者实质性地参与了作品的存在，甚至决定了作品的存在。离开了读者的阅读，作品只是文本，还不是作品。作品的生命是以读者的阅读作为存在形式的。从这一意义上来说，作品不是绝对客观的，作品的意义也不是绝对客观的，而是根据读者的接受程度不同而不同，也就是说，作品的意义是变动不居的。所以，一部文学史就是一部文学作品的接受史。从这一意义上来说，中国现代文学史的"作家作品中心论"存在理论上的缺陷，具有片面性。

把中国现代文学史简单地描述成中国现代作家史和作品史，这貌似客观，其实非常空洞。因为如上所述，作家和作品只是整个文学过程的一个环节，并且是比较表层的环节。社会生活和读者在文学活动中虽然构不成独立的意义，但它们制约着作家和作品，它们构成了作家和作品深层的基础。具体对于中国现代文学来说，"五四"时期以来剧烈的社会变革既是新文学产生的原因，也是新文学产生的结果。中与西、传统与现代、激进与保守等文化和文学观念的冲突构成了中国现代文学广阔的背景。从读者的层次上来说，中国现代文学史上的读者群是异常复杂的，由于接受的教育程度、教育方式、教育观念的不同，读者可以划分为很多不同类型，新文学、旧文学、高雅文学、通俗文学、大众文学等各有自己的市场，这是各种文学能够独立存在并各自产生影响的很重要的原因。这种社会观念和读者的层次对于作家和作品来说，并不是无关紧要的，它们构成了文学的深层基础，制约着作家及其创作，并且深刻地影响作品的存在。把历史的读者完全排斥在文学史范围之外，这是不全面的。

比如鲁迅。中国现代文学史上的鲁迅是作家的鲁迅和作品的鲁迅，但本质上，鲁迅作为文学现象是异常复杂的。鲁迅既是"五四"时期的产儿，同时他又以他卓越的贡献成就了那个时代。历史事实是，伟大的作家往往是以群体的方式而不是以个体的方式出现的，因为作家之间的相互影响、相互学习、相互激励，对于任何一个时代的文学发展来说，都是良好的品质；不同之处在于，普通作家们互相学习，因而一个时代都是普通作家，而大师们互相激励，便导致大师们成批的产生。任何把鲁迅和他同时代的作家割裂开来、把鲁迅和他的时代脱离开来的做法，都不利于正确地理解鲁迅。鲁迅的成就是在与他同时代的作家们的共同努力中建立起来的，鲁迅的地位是在与他同时代的作家们的比较中确立的，这些作家对于成就鲁迅具有重要的作用和意义。鲁迅不可能以一种独立的形态建构中国现代文学。同时，鲁迅的地位是在和时代的对话中确立的，时代既构成了鲁迅作为文学现象的背景，同时也是他作为文学现象的原因和基础。从这一意义上来说，没有"五四"新文学运动便不可能有鲁迅，没有现代作家群便不可能有鲁迅。所以，鲁迅作为中国现代文学史上最重要的现象，不仅包括鲁迅本人及其作品，还包括对鲁迅的重塑和阐释，毛泽东评价鲁迅：一代代人对鲁迅的接受、解读和阐释，都构成了鲁迅作为文学史现象的一个重要组成部分。把鲁迅看作一种绝对的客观，一种超然于具体读者、具体环境的独立存在，认为鲁迅具有一种终极性价值和意义，这不过是一种神话或虚妄。

事实上，今天文学史上的鲁迅并不是历史上那个绝对的鲁迅，绝对的鲁迅事实上是不存在的。文学史上的鲁迅实际上是我们一代代人所理解、阐释、解读的鲁迅。鲁迅在文学史上的评价形象以及内涵是不断变化的，这种变化不能简单地理解为对鲁迅研究的不断进步，即并不意味着我们过去对鲁迅的理解存在着片面性或者说错误，并不意味着我们现在对鲁迅的理解就达到了本真，这种变化仅仅意味着理解的变化，过去的理解与现在的理解的不同仅仅意味着理解的差异，这种差异是由时代的变化和观念的变化造成的，过去对鲁迅的评价和现在对鲁迅的评价并不存在孰优孰劣、孰对孰错的区别。对于鲁迅理解的差异性具有本体论意义。鲁迅在文学史上的存在，本质上就是这样一种二重的存在，它既以原初的、客观的鲁迅作为前提和基础，同时又赋予这种原初性和客观性以我们自己和别人的理解。也就是说，文学史上的鲁迅，既有历史性，又有当代性，既具有客观性，又具有理解性，是历史性与当代性、客观性与理解性的有机统一。问题仅仅在于，我们误解了"当代性"和"理解性"，以为鲁迅的当下意义是鲁迅所固有的，以为我们所理解的鲁迅就是客观存在的鲁迅。在这一意义上，就目前的中国现代文学史来说，我们事实上已经承认了读者在文学史中的实际位置，已经承认了理解对于文学史的合理性，也已经超越了"作家作品中心论"，只是没有从本体论上意识到它罢了，即没有有意识地把读者的接受、理解以及时代环境等因素纳入中国现代文学史体系。

三

中国现代文学现象是异常复杂的，除了作家作品以外，文学期刊、文学社团流派、文学沙龙、文学理论与批评、文学批评家等，都是非常重要的事实，作为文学史，如果这些现象和因素被忽略不计，显然是很难达到深刻程度的。如果只是从作家作品出发来写作中国现代文学史，势必会轻视其他文学历史事实。检讨目前的中国现代文学史，我们看到，历史上一些很重要的文学现象，比如通俗文学现象、大众文学现象、商业文学现象、民间文学现象等都没有得到反映和书写，这与"作家作品中心论"的文学本位观应该说有很大的关系。"作家作品中心论"本质上是一种经典意识，它对于"雅文学"或者"纯文学"来说，的确具有概括性，因为"雅文学"或者"纯文学"是以经典作家和作品作为标志，也是以经典作家和作品作为批评的尺度。是否有大师级作家和世界性的经典名著，这是一个国家或地域、一个时代的文学是否发达和先进的标志。就目前世界范围内的文学评判标准来说，有了大师级作家和世界性文学名著似乎可以弥补其他文学方面的一切缺陷和不足。但这一尺度对于其他文学现象却并不绝对适用，很多文学现象，比如通俗文学、大众文学、商业文学、民间文学，对于一个国家或民族的文学生活来说非常重要，但它们却很难产生经典作家和经典作品，用经典作家和经典作品的标准来衡量它们可以说是勉为其难的。通俗文学、大众文学、商业文学和民间文学，它们的功用、价值和追求与"雅文学"不同，对它们的衡量要用另外一套标准和原则，比如宣传功用，普及原则以及教化、娱乐作用等。对于民间文学来说，它根本就不关心作者是谁，也不追求经典性，特殊的功能是它存在的唯一理由。撇开民间文学的特殊功能来评价民间文学，民间文学便什么也不是，并且在存在的权利上都值得怀疑。因此，既然通俗文学、民间文学、商业文学、大众文学等不以作家作品为标志和尺度，那么，仍然以作家作品为标准来看待它们，就有失公允，当然也不可能对它们进行正确、客观、公正的评价和书写。

我始终认为，文学流派史、思潮史与作家作品史具有同等的文学史价值和意义。相比较而言，作家作品史更具有文学鉴赏的性质，而流派史和思潮史更具有历史的性质，前者重文学批评、轻文学过程，后者重文学的历史发展过程而轻对作家作品进行个案研究，应该说，两种模式各有优势，且互为补充。但中国现代文学史的现状却是，作家作品史因为具有本位性进而具有合法性，思潮史、流派史因为不具有本位性而在文学史层面上不具有合理性，它们是比文学史低一个层次的系统，具有"二级性"，也就是说，它们被认为是中国现代文学的"专门史"或者组成部分，而不具有独立的文学史意义。但事实上，作家作品的文学史和思潮、流派的文学史并不是一种从属关系，而是两种模式。

从一种论证的策略上说，我甚至认为，对于中国现代文学史，思潮和流派更能反映中国现代文学的历史发展过程和文学类型的建构过程。中国现代文学作为学科，正是以思潮和流派的方式，在和中国古代文学作为类型的比较中确立下来的。最初的"附骥式"的中国现代文学史都可以归结为思潮史和流派史，正是在思潮和流派的意义上而不是作家作品的意义上，中国现代文学和中国古代文学具有明显的区别，并表现出不同的类型。比如胡适的《五十年来中国之文学》正是通过整体性的文学思潮和文学运动把现代文学和古代文学作为两种不同的文学类型区别开来。所谓"五十年来中国之文学"，指的是1872—1922 年的中国文学，胡适把这 50 年的文学大致分为几个阶段，其中最后一个阶段即"最近五六年"的文学，也就是"新文学"，新文学从根本上是"文学革命"的产物，而文学革命最重要的内容就是"白话文运动"和"人的文学"，前者重在文学形式的革命，后者重在文学内容的革命，正是这两个方面使新文学与旧文学具有本质的区别。所以，从文学运动和文学思潮的角度来研究中国现代文学，这对中国现代文学作为一种文学类型的确立以及在研究上作为一个学科的确立都有重大的价值和意义。胡适如果只是从作家和作品的角度来讲这段时间的文学，"新文学"和"旧文学"很难从历史形态上清晰地区别开来。再比如陈子展的《最近三十年中国文学史》，全书分五部分，最后一部分讲"文学革命运动"，也是从文学思潮和派别的角度来讲的。从思潮的角度来研究文学史，实际上是把文学现象置于一种广阔的视野之下进行宏观研究，具体对于中国现代文学来说，它实际上是以一种比较的视角来研究中国现代文学，把它和中国古代文学进行比较从而彰显其特征，从而把握其总体发展和逻辑进程。从作家和作品的角度研究中国现代文学，实际上是站在中国现代文学本位立场上研究中国现代文学，是一种内视角的研究或者说内部研究，它是中国现代文学研究走向深入的表现，但同时也表现出重微观、轻宏观，重文学、轻历史的弊端和不足。

"作家作品中心论"的文学史绝对有它的合理性，但它不是唯一合理的因素。文学史在模式上不具备形而上学的统一性，它是丰富多样的。文学史背后的深层理念是文学观念，文学观念从根本上制约着文学史的书写，而文学观念各不相同，所以，文学史在模式上也应该各不相同。事实上，有多少种文学观念就应该相应地有多少种文学史。当我们把文学的本质看作形式的时候，文学史相应地就是文学的形式史；当我们把文学的本质看作一种社会现象时，文学史相应地就是一种文学的社会史，就是整个社会发展史的一个分支；当我们把文学的发展看作一种文学类型的变化的时候，文学史相应地就呈现为文学的范式史；当我们强调文学的读者和理解的决定性作用的时候，文学史就相应地表现为文学接受史；当我们把文学的主体看作作家和作品的时候，文学史就相应地表现为"作家作品中心论"。每一种文学观念都有它理论上的根据和实践上的依据，相应地，每一种文学史都有它一定程度上的合理性。问题的关键在于，我们应该承认文学史可以有多种模式，具体对于中国现代文学史来说，"作家作品中心论"模式也不失为一种模式，且是最重要的模式，但"作家作品中心论"实际上是把作家作品本位化，也即绝对化，从而具有排他性，这样就表现出一种专断的不合理性。

"作家作品中心论"的文学史本位观还有一个重要的缺陷就是重文学、轻历史。具体之于文学史，表现为文学为中心、历史为次要，作品为中心、过程为次要。文学史中，"文学"是主体，"史"是附属，"文学"压倒"史"。但是，文学史不应该只是主流史、文学成就史，或者文学名人史与文学杰作史，文学史同时也是文学发展史、文学变革史与文学创作史。历史作为人的历史，不可能不具有主观性，我们承认"先验图式"有它的缺陷和弊端，但"先验图式"又是不可避免的，不带任何先入之见，没有任何先在性的文学和文学史的观念，绝对客观地叙述文学史实，这根本就是不可能的，也是没有任何意义的。正如中国古代文学本位观对于中国古代文学研究作为学科的建构意义一样，中国现代文学本位观对于中国现代文学研究作为学科的建构意义也是重大的。

但是，中国现代文学本位观和中国古代文学本位观在文学史研究和写作中所造成的流弊也是非常明显的。历史上发生的文学现象非常丰富而复杂，我们选择什么或不选择什么，我们选择了什么或没选择什么，其实是相当主观的，文学观念和文学史观念在这里起着关键性的作用。当我们以作家和作品为中心，并且以审美价值和文学成就作为标准的时候，我们实际上把文学运动和文学事件置于文学史的从属位置，把文学过程置于次要的地位。例如，我们只看到了唐诗作为中国诗词的典范和繁荣，而看不到它在产生过程中的不成熟和没落过程中的凋零；只看到了明清小说作为中国文学的高峰，而看不到明清小说走向高峰的过程；只看到了中国文学的成功史，而看不到中国文学的失败史；只看到了中国文学的正面形象，而看不到中国文学的负面形象；只看到了中国古代文学史和中国现代文学史，而看不到中国近代文学史。因此，现行的无论是中国古代文学史还是中国现代文学史，其实都是相当主观的。问题的关键是我们要从理论上清楚地认识这种主观性，只有这样，我们才能宽容地对待历史上的一切文学现象，文学史也才能从封闭走向开放。

中国现代文学史"审美中心主义"批判

——以金庸武侠小说为例

———— ◎ ————

一

首先要限定的是，本文所说的"审美"是狭义上的，即通常所说的"艺术性"，比如形象性、典型性、非功利性、精神性、创造性、意境、高雅、纯粹等。而"中国现代文学"则是广义的，不仅指现代文学，还包括当代文学；不仅指"新文学"，还包括旧体文学、通俗文学、民间文学等。所谓中国现代文学史的"审美中心主义"，即现代文学史以审美为中心标准对作家作品以及文学思潮、流派等其他文学现象进行选择和取舍。这样，中国现代文学史实际上便成了"专门史"，即中国现代文学美学史或者中国现代文学艺术史。在"审美中心主义"观照下，中国现代文学中的审美因素被凸显，而其他因素则相对被压制，作为文学史，这是明显的缺陷和弊端。本文除了抽象性地从理论上对这一问题进行论证以外，将以金庸的武侠小说为例来分析和说明这一问题。

必须承认审美在文学艺术中的主导地位，审美是文学最重要的品质，没有审美便没有文学，没有艺术性的文学是值得怀疑的文学。但同时也必须承认，文学还有其他的品质，就文学的历史和现实而言，其实用性和娱乐性也是文学很重要的品质。实用性是很宽泛的概念，不仅包括政治的功利性，还包括一般的知识普及、道德宣扬等，比如散文中的游记、中国古代文学中的诸子散文和历史散文、小说中的历史小说、鲁迅的杂文等，实用性都是它们很重要的品质。而娱乐性则主要是指文学能给人带来感官上的快乐。过去我们总是把娱乐和审美联结在一起，通过审美对娱乐进行限定。其实，文学的娱乐性未必总是具有审美性，文学的娱乐性既体现为一种心理的快感，又体现为一种生理的快感。文学的娱乐性也未必总是轻松的，恰恰相反，它大多数情况下是紧张的，甚至紧张得给人身体以痛感。文学的娱乐性从根本上是由文学的游戏性决定的，而作为游戏的文学既可以是审美的，也可以是非审美的。

中国现代文学本位观从根本上也是一种审美本位观，即一切以审美为标准，表现为文学作品越具有审美价值，就越具有艺术性，在文学史中就越有地位，所占分量和比重就越大，哪怕这些作品在当时影响很小，至今仍然难为一般读者所喜爱。这样，本来是庞杂而混乱的中国现代文学现象，在"审美本位主义"的观照之下，便一切都变得清晰明了、轻重分明、秩序井然了。

但是，这样一种文学史观是值得怀疑的。任何一个时代和民族的文学发展史都是一个复杂的历史过程，作家作品、文学观点、文学思潮、文学流派、文学批评等各种文学现象具有混杂性，它们在某些特征上具有显著性，在某些方面取得了突出的成就，并且在总体上构成特色，从而与其他时代和民族的文学区别开来。但观其内在，任何一个时代和民族的文学在特征和发展过程上都不具有绝对的统一性和单纯性，中国现代文学尤其如此。近代以来，中国思想文化在价值观上表现出异常混乱的复杂情况，传统价值观与主要是从西方学习和借鉴而来的现代价值观在总体上产生激烈的矛盾和冲突，而传统价值观和现代价值观内部也并不是铁板一块，同样具有内在的紧张与冲突。文学也是这样一种状况，旧体文学、新文学，在思想和文学追求上倾向于传统文学、在思想和文学追求上倾向于现代文学，交错混杂在一起。纯文学、通俗文学、民间文学、探索性的先锋与前卫文学、大众文学、商业文学，追求青史留名的经过精心打造的精品文学，追求时效与经济收益的粗糙的快餐文学，追求政治效益和各种轰动效应的或歌功颂德或为了唱反调而唱反调的功名文学，等等，各类、各体品格和品位的文学并行不悖，在相互矛盾和冲突中又互相影响、互相促进，它们有各自的价值观、文学主张和文学实践，有各自的逻辑发展思路及相应的发展过程，有各自的影响范围、发行渠道和读者市场。中国现代文学实际上就是在这种文学价值观和文学现象在结构上充满内在张力的众声喧哗中构成的，中国现代文学在内涵上变动不居，但又保持某种整体的稳定性。因此，中国现代文学绝不能简单地定性为审美的文学。艺术性当然是中国现代文学的一个非常重要的特征，但中国现代文学绝不只有艺术性。所以，用审美的标准来衡量所有的中国现代文学现象，其实是非常主观的，是不公平的，是一种歧视性的眼光。在"审美中心主义"的中国现代文学史中，艺术性的文学得到了凸显，而其他非审美性的文学则相对受到压抑和排斥。这些被排斥和遗漏的文学从审美的角度来说，没有多大价值；但从其他角度来评价，它并非没有价值，恰恰相反，它具有很高的文学成就，只是这种成就不是艺术性的。审美与功利性是对立的价值观，审美的文学观所否定的恰恰是功利的文学观所看重的，从这一意义上来说，用审美的标准来衡量功利性的文学，显然是价值倒置的。

文学现象具有客观性，但它本身不能构成历史形态。文学史在历史本质上是观念的产物。所以，历史具有社会存在和人的观念即客观和主观的双重性。过去我们只强调历史的客观性，而忽视观念在历史形态中的结构性地位。按照狄尔泰、海德格尔、胡塞尔关于历史的"先入之见"的观点，观念在某种程度上其实对历史的书写具有制约性，观念在历史书写中不仅仅是一种有色眼镜，更是一种知识结构，具有工具性，当缺乏某种观念时，人对历史现象会视而不见。把中国现代文学史写入中国现代审美文学史，实际上是把丰富而复杂的中国现代文学纳入了审美的理念和框架之中，即以一种观念的形式把历史纯粹化。在"历史是理解的历史"的意义上，这有它的合理性。但理解是多样的，观念是多样的，所以历史也应该是多样的。"审美中心主义"的中国现代文学史也不失为一种文学史模式，但我们同时也应该承认并理解其他文学史模式。比如影响模式的中国现代文学史、接受和效益模式的中国现代文学史、政治和思想模式的中国现代文学史、文学形式模式的中国现代文学史等，同样也有其作为观念形态的历史的合理性。其实，审美也是一种观念，并且具有历史性。

从根本上讲，中国现代文学审美本位观也是逐渐建构起来的。"审美"或"艺术性"其实是一个具人文性的概念，无论是从世界文学史来看，还是从中国文学史来看，抑或是从更为具体的中国现代文学史来看，审美标准都是逐渐形成的，并且处于不断的变化和发展之中。现实主义文学和浪漫主义文学被认为是中国现代文学的主流思潮，相应地，真实性、典型性、理想性、客观性、情感性以及描写的白描、夸张、想象等手法被认为是审美的主要内涵。现代主义文学最初被介绍到中国的时候，被普遍地认为是怪诞的，因而在审美上也是不能被接受和容忍的，但是现在，现代主义的艺术性成了基本的审美标准。"九叶派""朦胧诗"的艺术成就很晚才得到普遍的认可，并被纳入中国现代文学的本位体系。

中国现代文学以审美为本位，意味着功利性的、娱乐性的、消遣性的文学在现行的中国现代文学史上没有地位，这种没有地位既表现在书写的"篇幅"上，也表现在评价上。在现行的中国现代文学史编写惯例中，对功利性的、娱乐性的、消遣性的文学作品的介绍在文字的篇幅上是非常有限的，对它们的品位和相应的文学史定位也不高。20世纪50年代由于特殊的政治原因，特殊政治功利性的文学作品以及书写这些作品的作家曾一度在一些文学史著作中占据高位，比如蔡仪的《中国新文学史讲话》、丁易的《中国现代文学史略》、张毕来的《新文学史纲》、刘绶松的《中国新文学史初稿》等，都把政治标准提高到文学的首位，此时文学史不仅是一种历史，还是一种工具，具有宣传毛泽东思想的作用。"正确地阐述和估价毛泽东文艺思想的伟大贡献，对于中国现代文学史的编写者来说，决不只在于能否反映出文学运动的历史真实，更是一个能否以我国革命文学运动的历史事实为例，来宣传毛泽东文艺思想的重大政治任务。"① 他们根据毛泽东的《新民主主义论》对中国现代文学进行研究和定性，把整个新文学运动看作是从属于新民主主义革命的。他们首先从政治上对作家和文学团体进行阶级性质的划分，再根据这种划分对相应的作品进行艺术性质的

---

① 樊骏：《关于编写中国现代文学史教材的几点看法》，《文学评论》1961年第1期，第60页。

演绎推理。胡适、周作人、梁实秋、林语堂、胡风甚至沈从文等，他们在文学史的贡献或被批判和否定，或干脆以一种不予以言说的方式被抹杀。"现代评论派""新月派""京派""海派""七月派"等社团和流派，事实上被政治性地挤出了文学史的范围；相反，"左联"、"太阳社"、"苏区文学"、蒋光慈等流派、社团、区域文学和作家却在文学史中被突显出来，不仅得到了较多的介绍，还被充分地肯定。鲁迅、郭沫若、茅盾这些传统的中国现代文学经典作家也被赋予了更多政治上进步的色彩。

如何评价这种现象以及中国现代文学史学中的这段历史，这是一个非常复杂的问题。很明显，这种文学史模式以及研究方法是存在着严重的缺陷和弊病的，把政治标准作为评价文学现象和文学作品的第一标准甚至唯一标准，这明显有违文学的基本原则。但必须承认它是有价值和意义的，作为对中国现代文学史传统模式的反叛，作为对"审美中心主义"文学史的怀疑，它有其合理性，至少昭示着中国现代文学史还有另一种写法。作为一种启示，它应该引起我们对文学史本位观的反思。但可惜的是，我们并没有对此种中国现代文学史的模式进行深入的思考，而只是简单地对这种模式予以否定，实际上是在否定模式的时候连同对模式的思考本身也一起否定了。同时又必须承认，20世纪50年代中国现代文学史政治功利模式，对于文学本位观来说，缺乏一种自觉意识，也就是说，它们反"审美中心主义"，把政治提升到评判文学作品价值的中心地位，并不是缘于文学史内部的本位性反省，而是受外部的政治环境所迫，是当时的情势使然。对于编撰者来说，他们也未必是真心实意地赞同"文学的政治标准第一"的观点，从个人来说，他们未必不是"审美中心主义"者，他们首先对作家作品进行政治定性，紧接着就对作家作品进行艺术定性，这一点就是明证。所以，历史性地来看，20世纪 50 年代流行的中国现代文学史教科书并没有对"五四"以来所形成的中国现代文学史编撰模式构成冲击。事实上，随着"文化大革命"的结束，随着政治因素在文学领域内的相对淡化，这种模式很快就被摒弃了，中国现代文学史模式重新回到"审美中心主义"，重新回到审美的本位观。

我们反对文学史的"政治中心主义""娱乐中心主义"以及其他"中心主义"，因为任何一种"中心主义"都会把复杂的文学现象简单化，把本来性质多样的中国现代文学性质单一化。也正是在这一意义上，我们同时承认功利性文学和娱乐性文学作为客观现象在文学史上的合理位置。并且，在"存在的权力"的意义上它们和审美性的文学在地位上是平等的。对于审美性的文学，我们也应该持这样一种态度，一方面，我们承认文学的审美性，并且承认文学的审美性是文学的重要品质，承认审美性的文学作品在文学史上的重要地位；但另一方面，我们又反对把审美唯一化、绝对化、本位化。从"审美中心主义"的立场出发，中国现代文学史上的一些重要文学现象比如"鸳鸯蝴蝶派"文学、"海派"文学，其地位都非常低。而事实上，无论是"鸳鸯蝴蝶派"文学还是"海派"文学，它们都是重要的中国现代文学现象，它们在当时的影响非常大，对中国现代文学的贡献同样巨大。中国现代文学最重要的特征就是它的多元性和丰富性，正是在这种多元性和丰富性的意义上，中国现代文学呈现出一派繁荣的局面。所以，如果没有"鸳鸯蝴蝶派"和"海派"这些文学价值观、风格、作用和意义等迥异的文学现象，便没有中国现代文学的繁荣。可以说，"鸳鸯蝴蝶派"文学、"海派"文学以及其他种类的文学，如侠义小说、公案小说等对于中国现代文学格局的形成，贡献巨大。

但"鸳鸯蝴蝶派"和"海派"等文学的贡献不是鲁迅意义上的贡献，也不是沈从文意义上的贡献，它们的贡献不在审美意义上，也不在思想的深刻性上，它们的主体和价值的关键在于它们的独特性，消遣性、娱乐性、商业性等。当今，"鸳鸯蝴蝶派"文学、"海派"文学以及武侠小说、翻译文学等过去被排斥和忽略的文学现象越来越得到人们的重视，并且其地位在整个中国现代文学史上呈上升的趋势，这样一种探索性的"发现"应该予以充分的肯定。但这些"发现"仍然存在着重大的缺憾，那就是，现今中国现代文学史研究中对"鸳鸯蝴蝶派"文学、"海派"文学、武侠小说的肯定仍然是从审美本位立场出发的。也就是说，研究者们主要是从审美的角度对这些文学现象进行重新发掘和发现，最后的肯定性结论对于这些文学现象来说并不具有根本性，因为这些现象在历史上存在的理由、当时产生重大影响的原因及其价值本性都不是审美性的，当然审美性也是其中的一个方面，但并不是根本的原因。当我们以审美价值为标准来对其进行判断时，我们实际上把它们本质性的因素压制了或者说忽略了，非本质的东西即审美性却得到了彰显，这样，即使我们非常重视这些现象并试图给它们以肯定的评价，它们在审美性文学面前终不免是次等的，是附属性的。它们的主次成就被颠倒了，它们流行和产生影响的因素被遮蔽了，它们以一种被扭曲和误解的方式被肯定，因此，它们从根本上并没有得到公正的评价。

二

这里，我特别以武侠小说，主要是金庸的武侠小说在中国现代文学史上的命运为例来分析中国现代文学审美本位观。

武侠小说是中国古典小说的传统。近代以来，随着中国社会商业化的发展，武侠小说焕发生机，得到了巨大的发展。可能让很多人意外的是，武侠小说在"五四"以来的小说中其实占有很大的比重，"在20世纪20年代到40年代，武侠小说的创作便达到了高潮。据不完全统计，这一时期的武侠小说家近二百人，其作品仅刊印成书的就有七百种左右，几乎等于其他各类小说的总和"①。20世纪50年代之后，随着梁羽生、金庸、古龙的横空出世，武侠小说取得了惊人的成就，20世纪80年代之后，其影响达到了空前绝后的程度。特别是金庸的武侠小说，非常普及，简直到了老少咸宜、妇孺皆知的地步，拥有众多读者，且让读者痴迷、狂热。

但武侠小说在目前的中国现代文学史上根本没有地位。即使像金庸这样的几乎是家喻户晓的作家，通行的"中国当代文学史"作品上也只字未提。对于其地位和成就，评论界则颇有争议。在中国学术界，比较早承认金庸文学地位的是红学家冯其庸，他对金庸评价极高，基本理由是金庸小说"思想之深、范围之广，艺术形象之感人，场面之宏大"②。著名古典文学专家章培恒先生也对金庸给予高度评价，其中和《李自成》的比较尤其引人注意，他认为《李自成》"真中见假""导致读者的幻灭感"，而金庸的小说"假中见真"，人物性格真实，富有感染力。③钱理群、吴晓东参与编写的《彩色插图中国文学史》认为，"金庸的武侠小说的划时代意义与价值正在于它的'现代性'"④。而对金庸

① 武润婷：《中国近代文学演变史》，山东人民出版社，2000年版，第120页。
② 冯其庸：《读金庸》，《中国杂志》1986年第8期，第99页。
③ 章培恒：《金庸武侠小说与姚雪垠的〈李自成〉》，《书林》1988年第11期。
④ 钱理群、吴晓东：《彩色插图中国文学史》，中国和平出版社，1995年版，第230页。

武侠小说持否定态度的，最有代表性的人物是王朔和袁良骏，王朔否定金庸的最主要理由是"我不相信金庸笔下的那些人物在人类中真实存在过，我指的是这些人物身上的人性那一部分"。"这老金也是一根筋，按图索骥，开场人物是什么脾气，以后永远都那样，小胡同赶猪直来直去，正的邪的最后一齐皈依佛门，认识上有一个提高。"① 对于如何评价金庸，袁良骏和严家炎曾有一次正面的争论，袁良骏对金庸基本上是持否定态度，理由主要有"五大派系的矛盾不是现实社会客观存在的矛盾，而是出于作家自己的杜撰""仍然是脱离现实生活，仍然是不食人间烟火，仍然是天马行空，云山雾罩""仍然是刀光剑影，打打杀杀，血流成河，惨不忍睹""将武侠置于历史背景之上，也有以假乱真的副作用"② 。严家炎则充分肯定金庸，最重要的理由是"金庸作品超越了俗文学。他不仅吸收各种俗文学的长处，也借鉴西方近代文学和'五四'新文学的艺术经验，还采用电影、戏剧的技巧，称得上武侠小说中的全能冠军。他的作品思想文化品位相当高"③ 。

　　简单地判断这些观点的对错是困难的，本书也无意于对这些争论做选择判断。我更感兴趣的是这些具体观点背后的更为深层的文学理念。我们发现，肯定金庸和否定金庸，虽然在观点上完全相反，但在深层的文学观念和中国现代文学史观念上却是惊人相似的，那就是以审美为标准，以流行的艺术性为标准。袁良骏对金庸的否定，其理由概括性地说其实就是它是武侠小说，而不是现代小说，不符合现实目

---

① 王朔：《我看金庸》，廖可斌，《金庸小说争论集》，浙江大学出版社，2002年版，第5—6页。

② 袁良骏：《再说雅俗——以金庸为例》，《中华读书报》1999年1月10日，第3页。

③ 严家炎：《就金庸作品答大学生问》，《中华读书报》1999年12月1日，第10页。

的和审美目的。我们看到，袁良骏批评金庸所持的标准诸如"现实社会客观存在""现实生活""真实""历史"，其实都是现实主义文学的标准。金庸的武侠小说不属于现实主义的文学，所以自然不符合这一标准，因而遭到否定。反过来，严家炎对金庸的肯定对于金庸的武侠小说来说，本质上也是外在的。他一方面承认金庸武侠小说的俗文学性，但另一方面，他又从"雅"即"超越俗文学"的角度肯定金庸武侠小说，并且归结点仍然是思想和文化的品位。冯其庸从思想和形象的角度肯定金庸武侠小说，章培恒从历史真实的角度肯定金庸的武侠小说，钱理群从"现代性"的角度肯定金庸的武侠小说，这些肯定的尺度本质上都是流行和认同的审美标准。正是在这一意义上，很长一段时间以来关于金庸的争论，其意义非常有限，甚至可以说是一个很具体的争论。我们只是在为金庸争地位，并不是在为整个武侠小说争地位。而为金庸争地位，又可以说是在为金庸武侠小说争艺术地位，而不是在为他的小说争武侠地位。这样，即使金庸得到了认可，也并不意味着武侠小说得到了认可。所以，当金庸地位急速上升的时候，同样在武侠小说中卓有成就的古龙、梁羽生在文学界却仍然默默无闻。这充分说明了金庸的个别性、特殊性。金庸现在被我们奉为"中国现代文学大师"，并不是因为其特殊的武侠小说，而是因为其武侠小说特殊性所隐含的一般艺术性。

因此，我们对金庸的肯定和否定从根本上说是本末倒置的。金庸小说现在最流行的版本是生活·读书·新知三联书店出版的《金庸作品集》，共 36 册。我们主要是据此认定金庸是文学大师。通读这个版本，我们看到，金庸的武侠小说的确具有高超的艺术性即审美价值，艺术"大师"的称号金庸当之无愧，但即使这样，我们也不能说我们对金庸的评论是到位的。金庸真正成名是在 20 世纪 50 年代至 70 年代，金庸的武侠小说以及整个武侠小说产生空前的影响也是在这个时期。20 世纪 70 年代以前的金庸武侠小说和现在我们见到的"三联版"金庸武侠小说有很大的不同，以前的金庸武侠小说是以"报纸版"方式惊现文坛的。"报纸版"的金庸武侠小说是地道的武侠小说，重身体、轻艺术，或者说有身体、无艺术，具体表现为文字的粗糙、情节的前后矛盾、文化底蕴的缺乏、结构上缺乏总体构思、思想内涵的浅白和平庸等。而"三联版"则是在"报纸版"的基础上修改而成，其修改幅度和力度之大，在文学"修订"史上可以说少见。《雪山飞狐》经过多次修改，"约略估计，原书十分之六七的句子都已改写过了"①。《书剑恩仇录》最后的修订本和最初在报纸上发表的相比较，"几乎每一句都曾改过"②。"《碧血剑》曾做了两次颇大修改，增加了五分之一左右的篇幅。"③《射雕英雄传》"修订时曾做了不少改动。删去了一些与故事或人物并无必要联系的情节，如小红鸟、蛙蛤大战、铁掌帮行凶等，除去了秦南琴这个人物，将她与穆念慈合而为一。也加上了一些新的情节……"④《天龙八部》最初在《明报》和《南洋商报》上同时连载时还请人"捉刀"了 4 万多字。修改后的小说不仅保持了原小说的身体性即武侠性，而且增加了艺术性即审美性。这样，金庸的武侠小说就从以前的普遍的武侠小说而提升为现在的艺术性的武侠小说。所以，我认为，"报纸版"金庸武侠小说和"三联版"金庸武侠小说是两种具

---

① 金庸：《雪山飞狐·后记》，生活·读书·新知三联书店，1999 年版，第 229 页。
② 金庸：《书剑恩仇录·后记》（下册），生活·读书·新知三联书店，1999 年版，第 807 页。
③ 金庸：《碧血剑·后记》（下册），生活·读书·新知三联书店，1999 年版，第 799 页。
④ 金庸：《射雕英雄传·后记》第四册，生活·读书·新知三联书店，1999 年版，第 1479 页。

有本质区别的武侠小说。20世纪70年代之前的金庸和20世纪70年代之后的金庸是两个不同的金庸，前者是武侠小说作家，和梁羽生、古龙、温瑞安没有本质的区别，后者是文学大师，和鲁迅、郭沫若等具有同样的性质。

从这一意义上来说，金庸作为文学大师是修改出来的。我们主要是从审美和艺术上对金庸进行解读，所以金庸作为文学大师又可以说是被塑造出来的。金庸的小说首先是武侠小说，这是一个简单但又重要的事实。金庸武侠小说的根本就在于它的武侠，就在于它情节的紧张、打斗的刺激；就在于它的俗，即它世俗的情感性与娱乐性。金庸武侠小说以及整个武侠小说当然具有艺术性，具有审美价值，但它更重要的本质则在于世俗的快乐，特别是身体的快乐。"身体快乐"这是一个长期遭受压抑和被忽略的事实。对于文学艺术来说，这是一个具有颠覆性的概念。过去，我们总是固执地信守文学的精神性，把文学创作和文学欣赏都看成纯粹的精神活动，极力维护文学创作和文学欣赏的审美性，并把审美从精神的层面上予以神圣化，认为文学一旦世俗化和功利化便是亵渎了文学的神圣性。从这种文学理念出发，迄今为止的文学活动总是极力压抑身体的快乐。但事实上，文学活动根本就不具有这样一种纯粹性。审美性当然是文学的重要特征，这与文学的"人学"有很大的关系，但是，文学不只有审美性，身体性就是一个很重要的特征，这同样与文学的"人学"有很大的关系。因为，人的身体是人的最重要的本质，人如果没有了身体，其实什么也不是，什么也不具有，人的一切活动与本质都与身体有关，文学也不例外。事实上，文学的审美性和文学的身体性是紧密地结合在一起的，即使是最高雅、最纯粹的文学作品，带给人的欣赏感觉也不完全是精神上的，还具有身体性，精神上的愉悦总是伴随着身体的快乐。文学欣赏活动中，只有精神上的快乐而身体上毫无反应，或者精神上快乐而身体上痛苦，这都是难以想象的。

对于不同的作品来说，其审美性和身体性的情况各不相同。有的作品以审美性为主要特征，也是以审美性为社会所接受，迄今为止我们所认可的世界文学名著大多数属于这种类型。有的作品审美性与身体性并重，英国小说家劳伦斯的某些小说、中国古典小说《金瓶梅》就是这种类型。过去，我们总是从精神上否定"艳情"小说，从社会功利的角度来看问题，这当然有它的合理性。但对于个体来说，"艳情"小说有它特殊的价值和作用，它不仅能够满足人的精神需要，还能满足人的身体需要，从个体来说，它具有另一种合理性。这正是"艳情"小说屡禁不止、长期存在的原因。以一种伦理道德的标准把"艳情"小说排斥在文学史之外，这有社会学的根据，"艳情"小说的根本性缺陷在于它社会价值的负性，而负性是社会不可避免的存在。有的小说则是以身体性为主要特征。武侠小说就是比较典型的身体性小说，它以激烈的打斗构成紧张的情节，通过心理的张弛影响人的身体的张弛，以达到身体的活跃与放松，从而获得身体上的愉悦。对比武侠小说欣赏的愉悦与身体活动的愉悦，我们看到，欣赏武侠小说和人的体育运动等身体活动具有惊人的相似性。审美性小说通常让人回味无穷，反复品读，如醇酒，越品越有味道。但欣赏武侠小说恰恰相反，阅读时神情激荡、高度紧张，读完之后则倍感失落，是一种释放和轻松的愉快。

身体性是武侠小说最重要的价值，这是它得以通行并得到广泛喜爱的根本性原因。具体而言，金庸的武侠小说被社会广泛认可的东西，并不是我们的批评家所肯定的地方，甚至也不是金庸本人所乐道的东西。武侠小说不同于大众文学，我们所说的大众文学，强调阶级性，即人民群众在内容和形式上的喜闻乐见，而武侠小说描写的对象并不是老百姓自己，所写的多是才子佳人、英雄甚至帝王将相，生活也不是他们所熟悉的。大众文学更关心大多数人，写的多是大众身边的人和事；而武侠小说则更关心"超人"，读者一般不会把小说人物和个人的命运联系在一起。正统的武侠小说多写手脚功夫，武器也很重要，但武器必须和人的心智与功夫结合在一起。这些武功，缺乏物理根据，从根本上就是一种虚幻。武侠小说也不是通俗的，金庸的武侠小说有很深的历史文化底蕴，其大量的典故与历史知识，可以说与通俗相去甚远。他的古文功底很好，小说中有大量的半文半白的话，这与通俗和大众也是相背离的。金庸武侠小说的真正意义在于，"面对地富海涵的金庸小说，读者内心所潜藏的'雅俗之分''经典文本'意识以及社会予之的一系列等级划分与歧视，都在读者身体的个人式愉悦和'武侠迷'群体快慰的交流中，轰然坍塌"[1]。真正的意义不是传统的审美意义，而是身体愉悦的意义，是通俗文学特殊的价值和意义。

金庸无疑是文学大师，但他不是我们通常所说的大师，即纯文学和审美意义上的大师。王一川编的《二十世纪中国文学大师文库小说卷》把金庸列为大师，并且位居小说作家第四位，实际上是换了一种文学标准来看金庸，他说："长期以来，我们仅以'现实主义'这一标准衡量文学创作，这未免失之偏颇。金庸作品的特点是，用通俗手法表现深刻内涵，情节和细节虽然荒诞，但写出了中国古代文化的魅力。"[2] 只有换一种文学标准，金庸才能有如此的地位，也只有换一种文

---

① 宋伟杰：《从娱乐行为到乌托邦冲动——金庸小说再解读》，江苏人民出版社，1999年版，第187页。

② 中国社会科学院文学研究所当代室：《六十年与六十部：共和国文学档案，1949-2009》，生活·读书·新知三联书店，2009年版，第377页。

学标准，为金庸辩护才有意义。但问题在于，对于金庸研究来说，仅仅突破现实主义的文学批评标准是远远不够的，还必须超越"新文学"本位性的中国现代文学观，必须超越"审美中心主义"的现代文学本位观。钱理群认为鲁迅和金庸是"双峰并峙"，这个结论需要改变文学观念才能成立。鲁迅和金庸是中国现代文学史上两种不同类型的大师，这种不同不仅仅是雅俗的不同，同时还是审美与身体、思想启蒙与消遣娱乐的不同。鲁迅和金庸作为文学大师当然有共通的地方，但总体上他们有根本性的差异，我们不能用鲁迅的标准来评论金庸，也不能用金庸的标准来衡量鲁迅。这就需要我们调整文学观念，重新确定我们的文学殿堂，对文学与非文学、雅文学与俗文学、主流文学与非主流文学、文学的中心与边缘进行重新划界甚至取消疆界，这就要求我们对所有的文学不带偏见地一视同仁。严家炎认为："金庸的艺术实践又使近代武侠小说第一次进入文学的宫殿。这是另一场文学革命，是一场静悄悄地进行着的革命。"①严家炎这句话富含深意，有很多值得深入思考和追问的地方。说金庸对于中国现代文学来说是一场"革命"，这绝不夸张。这种革命不仅仅是指金庸对于中国现代文学格局的冲击，更是指金庸武侠小说对我们的文学观念的冲击。这句话也说明，从前是有一个"文学的宫殿"，在这个"文学的宫殿"中，不包括武侠小说。但为什么把武侠小说排挤在"文学的宫殿"之外呢？这个"文学的宫殿"是如何形成的？其建构的根据是什么？这些都值得反思。

对于金庸及其武侠小说的评论，据说金庸本人非常看重三件事，一是王一川"排文学座次"尊他为大师；二是严家炎在北京大学开金

---

① 严家炎：《一场静悄悄的文学革命》，《通俗文学评论》1997年第1期，第5页。

庸小说讲座；三是海外召开金庸小说国际学术讨论会。他平时也很注重引用教授学者的意见，也特别看重这些意见。据说他不愿意别人叫他武侠小说家，而更愿意人们称他小说家。这些都说明了他的"大师情结""经典情结"，对小说反复修改也反映了他的经典意识。其实，对于金庸来说，重要的并不是这些，而是以小说挽救了《明报》这一奇迹以及制造了一个虚幻的武侠世界；重要的是他的小说发行了上千万册，这也是最值得骄傲的；最重要的是他拥有无数的"金迷"，并且人数还在不断增加，这是那些红极一时的小说家不可相提并论的。金庸的小说会对一代代的中国人产生影响，并且是文学方面的影响，而不是其他方面的影响。还有什么能比这更好地说明他的作品的文学性呢？这些我们不重视，那么，我们应该重视什么呢？这些不是文学，那么文学又是什么呢？金庸武侠小说的合法性是由大众决定的，大众是它的命脉。但现在，我们的文学史家却转而从纯文学这里寻求合法性。这从根本上是价值倒置的。用不适当的标准，并不能真正给金庸以恰当的地位。本质上，金庸是被误读的金庸。

"五四"新文学与古典传统及其评价

————◎————

　　不可否认，"五四"新文化运动和新文学运动有失误的地方，"五四"之后中国文化和文学的很多弊端都可以从"五四"之中找到历史的渊源，所以，对其进行历史反思和现实意义的总结是非常必要的。但我认为，评价和定位"五四"，我们不应该脱离具体的历史语境，我们不能用今天的现实状况和理论水平来要求"五四"，很多人把目前中国思想文化领域存在的问题都归罪于"五四"进而对其否定，我认为这是反"历史"的，也是标准错位的。那么，现代文学与传统文学是否是断裂的关系？在现代与传统的意义上我们如何评价"五四"？本文将主要探讨这两个问题。

一

　　近年来，对"五四"新文化运动和新文学运动的否定性观点越来越多，比如批评白话文运动，郑敏认为："将文言文定为封建文化并予以打倒，其结果是播下整个世纪轻视汉语文化传统的政治偏见的种子。"① 还有诸多具体的批评，但根本性的最多的批评是认为"五四"新文化运动和新文学运动极端反传统，从而丢弃了传统，造成了中国文化与文学的断裂。

我认为，这种观点不仅对"五四"新文化运动和新文学运动的理论有误解，对中国现代文化特征和性质的判断也是错误的。

"五四"新文化运动是陈独秀、胡适等人发起的，他们的理论代表了新文化运动的主流，他们通常被称为"新文化派"。但这以后所形成的中国现代文化包括文学却是一种复合体，"五四"新文化运动时，各种力量相互制衡并且相互作用，因而所形成的中国现代文化和文学也具有各种因素，既有西方的因素，也有中国传统的因素，既具有西方性，又具有中国传统性；这两方面的融合使中国现代文化和文学既不同于西方文化和文学，也不同于中国传统文化和文学，而是具有新的品质。"五四"新文化运动不具有单纯性，中国现代文化和文学也不是单一的整体。

很多人都把中国现代文化和文学理解为陈独秀、胡适等人所提倡的"新文化"和"新文学"，这是很大的误解。"五四"时期，在文化和文学上有各种各样的理论主张和具体实践，从极端传统派到传统派到折中派到西化派到极端西化派，构成了一条完整的从"中"到"西"的链条。极端传统派也可以说是极端保守主义，以辜鸿铭为代表，"五四"时期以主张"复古"出名。传统派即保守主义，代表人物有"学衡派"诸君子以及杜亚泉、章士钊、梁启超、梁漱溟等。折中派即

---

① 郑敏：《关于〈如何评价"五四"白话文运动〉之商榷》，《结构—解构视角：语言·文化·评论》，清华大学出版社，1998 年版，第 126 页。

调和派，以伧父、刘鉴泉为代表。西化派即"新文化派"，当时被认为是激进主义，以陈独秀、胡适、鲁迅、李大钊等为代表。极端西化派则以陈序经为代表，当时以提倡"全盘西化"而著名。这每一派都不是凭空产生的，都有其历史渊源，比如辜鸿铭的极端复古主张就可以追溯到杨光先、倭仁，杨光先非常有名的言论是"宁可使中夏无好历法，不可使中夏有西洋人"[①]。传统派的理论可以追溯到张之洞的"中学为体，西学为用"[②]。西化派实际上是魏源、林则徐、王韬等人"师夷"主张的进一步发展和深入。而陈序经的"全盘西化"则把向西方学习极端化或者说绝对化。

"五四"新文化运动是陈独秀、胡适等人发起的，所以，"新文化派"思想是当时的主流思想，但保守主义的思想同样对"五四"新文化运动有着深刻的影响，只不过方向相反罢了。"五四"新文化运动并不完全是按照"新文化派"的理论和设想行进的，"新文化派"的有些设想和主张实现了，有些则没有实现或者说没有完全实现，比如废汉字改用拼音文字的设想就没有实现。白话文取代文言文可以说是"新文化派"最重要的成就，但"五四"新文化运动之后通行的白话文和胡适所倡导的口语性的白话文实际上有相当大的差距，"五四"新文化运动之后通行的白话文当时叫"国语"，现在叫"现代汉语"，在构成上，它既具有民间口语的成分，又有西方语言的成分，还有古代汉语的成分，也就是说，文言文实际上以词语和话语的方式融入了现代汉

---

① 鲁迅：《随便翻翻》，《鲁迅全集》（第六卷），人民文学出版社，1981年版，第140页。
② 原话是"中学为内学，西学为外学，中学治身心，西学应世事。"张之洞：《劝学篇·会通》，《张之洞全集》第12卷，河北人民出版社，1998年版，第9767页。关于这个问题的来龙去脉，可参见丁伟志、陈崧的《中西体用之间》，中国社会科学出版社，1995年版。

语。"新文化派"的各种理论和主张之所以不能畅通无阻地施行，与保守主义的制衡有很大关系，保守主义实际上以他们的理论和实践对"新文化派"的文化革新进行了修正、补充和完善，这种修正、补充和完善不是主观愿望上的，而是事实上的。

实际上，"五四"时期，激进主义与保守主义不仅相互制约，而且相互作用。关于激进与保守，余英时曾有一个非常精彩的论述："相对于任何文化传统而言，在比较正常的状态下，'保守'与'激进'都是在紧张之中保持一种动态的平衡。例如在一个要求变革的时代，'激进'往往成为主导的价值，但是'保守'则对'激进'发生一种制约作用，警告人不要为了逞一时之快而毁掉长期积累下来的一切文化业绩。相反，在一个要求安定的时代，'保守'常常是思想的主调，而'激进'则发挥着推动的作用，叫人不能因图一时之安而窒息了文化的创造生机。"① "五四"时期激进主义与保守主义就是上述第一种状况，用现在的政治话语来讲，陈独秀、胡适等人的激进派是"执政党"，而"学衡派"等"传统派"则是"反对党"或者"在野党"，"反对党"不是可有可无的，它在整个"五四"新文化运动中扮演着重要的角色，是一种重要的力量，它的主要作用是制约。

"五四"之后，中国文化发生了根本性的变化，所形成的中国现代文化深受西方文化的影响，大量吸收和借鉴了西方思想资源，从而在"类型"上迥异于中国古代文化，这就是我们所说的"现代转型"。比如中国现代知识谱系就与中国古代知识谱系在类型上有根本的差别，中国古代是"四部"之学，而中国现代则是"七科"之学。但是，这

---

① ［美］余英时：《中国近代思想上的保守与激进——香港中文大学二十五周年纪念讲座第四讲（一九八八年九月）》，《钱穆与中国文化》，上海远东出版社，1994 年版，第 216 页。

并不意味着中国传统文化在"五四"之后就消失了，恰恰相反，在中国现代文化中，中国传统文化仍然是非常重要的构成因素，只不过不再以谱系的方式存在。"五四"新文化运动可以说摧毁了中国传统文化的秩序并建立了新的文化秩序，但它并没有完全抹去传统文化，传统文化在新的文化秩序中仍然是重要的组成部分。在传统问题上，我非常赞同这样一种评价："事实上，'五四'以及'五四'以来的半个多世纪，是从未与传统脱过钩的。'五四'的最激进者在态度上仿佛是与传统决裂的，但无论从他们本人的生活还是从他们写出的东西上看，他们都与传统保持着千丝万缕的联系。"[1]

"打倒孔家店"是我们后来对"五四"新文化运动一个非常流行的概括，但却是非常简单的概括。它并不能概括"五四"新文化运动的精神，联系当时提出这句话的语境，它其实有特殊的含义。[2]实际上，"五四"新文化运动真正的口号，肯定性的是"民主"与"科学"（"德先生"和"赛先生"），否定性的是从尼采那里借来的一句话——"重新估定一切价值"，"估定"而不是"否定"则非常明确地表达了"五四"新文化运动对于传统的态度。对于"国故"，胡适主张"整理"而不是"否定"，这同样说明了"五四"新文化运动对于传统的态度。"五四"新文化运动的确具有强烈的反传统色彩，但主要是反封建专制政体和专制思想，并不是全盘否定传统，也从来没有"全盘否定传统"的说法。有人把"五四"新文化运动说成是主张在传统的灰烬上重建中国文化，

---

[1]　孔庆东：《现代文学研究与坚持"五四"启蒙精神》，《中国现代文学研究丛刊》1997年第4期，第98页。
[2]　关于这一问题，严家炎有详细的辨析。严家炎：《"五四""全盘反传统"问题之考辨》，《文艺研究》2007年第3期。

这是非常错误的理解。

"五四"时期，陈序经曾提倡"全盘西化"。但什么是"全盘西化"，我们没有看到陈序经具体的解释，他曾说"全盘"就是"彻底"，但这仍然是词语上的意义循环，没有具体内涵。所以对于"全盘西化"，我们至今仍然在理解上存在着歧义。有人认为，陈序经真正的意思是"要在中国确立现代性"[①]。殷海光则认为"全盘西化"就是把"自己的文化完全洗刷干净，再来全盘接受西方"，所以他说："严格地说，主张全盘西化的人，连'全''盘''西''化'这四个汉字也不能用，用了就不算全盘西化。"[②] 事实上，陈序经"全盘西化"主张是建立在胡适的一个基本判断上，胡适认为"我们必须承认我们自己百事不如人，不但物质上不如人，不但机械上不如人，并且政治社会道德都不如人"[③]，因为不如人所以要学习西方。陈序经似乎是在"百事"上做文章，既然中国"百事"不如人，那就应该"百事"都向西方学习，所以他提倡科学要西化、教育要西化、政治要西化、法律要西化、文化要西化等。[④] 据此，按我的理解，他所说的"全盘西化"应该是"全面西化"，不只是物质上要西化，精神上也要西化，因为西方精神和物质是一体的。所以，"全盘西化"并不是我们一般人所理解的把传统放弃，改用西方的那一套，这既没有必要，也不可能。退一步讲，就算陈序经的"全盘西化"本意是主张照搬照抄西方，完全否定中国传统，这也只是一家之言，并不代表"五四"新文化运动的全部。陈序经的

① 张世保：《陈序经"全盘西化"论解析》，《中南民族大学学报》2008年第2期，第104页。
② 殷海光：《中国文化的展望》，上海三联书店，2002年版，第364、368页。
③ 胡适：《请大家来照照镜子》，《胡适文集4》，北京大学出版社，1998年版，第27页。
④ 陈序经：《东西文化观·第三编》，中国人民大学出版社，2004年版。

理论并不能主宰"五四"新文化运动的方向。

就文学来说，中国现代文学既与中国古代文学有根本的区别，又有深层的联系，中国现代文学并没有割断与中国古代文学的血脉关系。中国现代文学与中国古代文学是"转型"的关系而不是"断裂"的关系。这首先表现在，"五四"新文学运动以后所形成的中国文学格局不只有新文学，还有旧体文学，比如旧体诗词、章回体小说、武侠小说等。其实，"五四"新文学运动之后，旧体文学的力量和势力还非常强大。当今的中国现代文学史以"新文学"为本位，排斥旧体文学和旧体文学色彩比较重的通俗文学，似乎"五四"时期和"五四"时期之后新文学便一统天下，似乎旧体文学一夜之间就从中国文学舞台上消失了。其实不是这样。"五四"时期，新文学运动作为新文化运动的急先锋，作为新兴文学，曾非常风光，给中国文坛造成巨大的震动，并改变了中国文学的格局和发展方向，但当时中国文学的主流并不是新文学，而是旧体文学，旧体文学在出版和发行上都处于绝对的优势地位。事实上，"五四"新文学运动之后很长一段时间内新文学都非常"寂寞"，作家有限，作品有限，读者也有限。赵家璧要主编后来影响巨大的《中国新文学大系》，一个很重要的原因就是"30 年代初五四文学已经衰落并且被迅速忘却""竟有些像起古董来"。[①]这可能有些夸张，但新文学在"五四"时期以及"五四"之后很长时间的确不像我们现在文学史中书写的那样热闹和一统天下，这是事实。在《中国新文学大系·小说一集》的"导言"中，茅盾描写新文学初期的情况："那时候（民国十年春），《小说月报》每月收到的创作小说投稿——想在'新文学'的小说部门'尝

---

① 刘禾:《跨语际实践——文学、民族文化与被译介的现代性（中国，1900—1937）》，生活·读书·新知三联书店，2002 年版，第 310、313 页。

试'的青年们的作品，至多不过十来篇，而且大多数很幼稚，不能发表。""那时候，除《小说月报》以外，各杂志及各日报副刊上发表的创作小说，似乎也不很多。"①茅盾这里所说的"创作小说"其实就是现代小说。1921年，中国的小说并不少，只是属于新文学的现代小说不多。

1943年，郭沫若还这样描述新文学的历程："经过一九一九年的'五四'运动，随着反帝、反封建的政治旗帜的明朗化，新文艺运动乃至整个的文化运动，获得了划时期的胜利，便由叛逆的地位升到了支配的地位。"②20世纪20年代初期，新文学运动可以说取得了胜利，但新文学何时取得支配的地位，这是一个有争论的问题。一个基本的事实是："五四"时期新文学是"反抗者"，是"被压迫者"，而传统文学则是"被反抗者"或"压迫者"，新文学取得支配地位之后，二者的位置颠倒过来，但不管谁是"反抗者"或"被压迫者"，谁是"被反抗者"或"压迫者"，它都说明新文学和传统文学在中国现代文学史上是共存的，并且同等重要，范伯群称之为"两个翅膀"③。传统文学特别是纯粹的旧文学虽然在20世纪40年代之后越来越式微，但总体上它仍然是一种广泛的文学现象，有自己的审美特征以及文学史的贡献，至今也没有从文坛上消失并且仍然有影响。

更重要的是，即使在新文学内部，传统的因素也是非常强大的。今天我们批评"五四"新文学太激进因而导致和传统文学的"断裂"，

---

① 茅盾：《中国新文学大系·小说一集·导言》，上海文艺出版社，2003年版，第1页。
② 郭沫若：《新文艺的使命——纪念文协五周年》，《郭沫若全集》（文学编 第十九卷），人民文学出版社，1992年版，第375页。
③ 范伯群：《我心目中的中国现代文学史框架》，《深圳大学学报》2004年第1期；《"两个翅膀论"不过是重提文学史上的一个常识——答袁良骏先生的公开信》，《文艺争鸣》2003年第3期。

其实，"五四"之后很长一段时间文学界对新文学的批评和现在的方向恰恰是相反的，多是批评"五四"新文学在传统问题上的不彻底性和妥协性。比如茅盾就多次批评"五四"新文学，认为它是失败的："'五四'运动并未完成它的历史的任务：反封建和反帝国主义的斗争。'五四'以'反封建'为号召，但旋即即与封建势力为各种方式的妥协，对封建势力为各种方式的屈服！"①　"'五四'做'启蒙先生'的时候，得意文章之一是'反对封建思想'。不幸他只做了一个头，就没有魄力做下去。"②　又说："'五四'的文学运动在最初一页是'解放运动'；就是要求从传统的文艺观念解放出来，从传统的文艺形式（文言文、章回体等）解放出来。"但实际却是："'解放运动'堕落为白话文运动，而新旧文学之争也被一般人认为文言白话之争；到了问题只在'文''白'的时候，所谓'新文学运动'者只是阉割了的废物。"③　郭沫若在1923年这样评价"五四"新文学运动："四五年前的白话文革命，在破了的絮袄上虽打了几个补丁，在污了的粉壁上虽涂了一层白垩，但是里面内容依然还是败棉，依然还是粪土。"④　这些批评不一定正确，新文学是否在"反封建""反传统"的层面上失败了？是否只是白话文运动？是否是"新瓶装旧酒"？这值得深入讨论。但这种从新文学内部发出来的批评新文学保守的观念，则从另外一个方面说

---

① 茅盾：《"五四"与民族革命文学》，《茅盾全集》第十九卷，人民文学出版社，1991年版，第311页。

② 茅盾：《从"五四"说起》，《茅盾全集》第二十卷，人民文学出版社，1990年版，第52页。

③ 茅盾：《我们有什么遗产》，《茅盾全集》第二十卷，人民文学出版社，1990年版，第54—55页。

④ 郭沫若：《我们的文学新运动》，《郭沫若全集》（文学编 第十六卷），人民文学出版社，1989年版，第4页。

明了新文学的传统性或者说它与传统文学之间的密切联系，新文学对传统文学的反抗和叛逆其实是有限度的。

新文学的开创者们都是从旧文化的母体中脱胎出来，他们从小就熟读古书，他们的语言、思维、对事物的感知方式、情感等都与他们的阅读有很大的关系，中国传统文化和文学的精髓就像血液一样流淌在他们的体内，他们的文学创作不可能与传统文学没有关系，中国古代经籍和文学对他们的影响是巨大的，并且表现在他们的创作中，只不过这种影响是深层的，他们本人可能并没有意识到[1]。

事实上，"五四"之后的新文学并没有完全脱离传统，它具有很强的传统性。冯至认为，"五四"新文学既有对传统的继承，又有对外来文学的借鉴，二者的历史逻辑是先有对西方文学的学习，然后才有对传统继承的自觉。他说："有两种看法：一种是认为新文学是继承和发展了中国进步文学的传统，一种说是受到西方文学的影响。这两种看法各有它的理由，但不能只强调一方面而忽视另一方面，把两者结合起来，才符合实际。……先有了西方文学的影响，新文学才更好地继承和发展了中国文学的优良传统，而不是相反。"[2] 周质平认为胡适的文学观念一方面深受西方文学观念的影响，但另一方面也具有本土性，"他承继了相当的祖宗遗产，他们的综合之力是大于创始之功的"[3]。胡

---

[1] 关于这一问题，笔者在《读古书与现代知识分子》一文中有详细的论述，见《学术界》2009 年第 3 期。

[2] 冯至：《新文学初期的继承与借鉴》，《冯至全集》第八卷，河北教育出版社，1999 年版，第 218 页。

[3] 周质平：《胡适文学理论探源》，《胡适与现代中国思潮》，南京大学出版社，2002 年版，第 167 页。

适说："做新诗的方法根本上就是做一切诗的方法。"① "一切诗"，既包括西方诗歌，也包括中国传统诗歌。新诗作为自由体诗，它的产生深受西方自由诗的影响，但与西方自由诗又有根本的区别。它与中国古典诗歌在形式上迥异，但在深层上包括思想、意境、意象、技法等方面都大量从古典诗歌中吸收营养②，特别是成熟之后的新诗越来越回归中国传统，换句话说，新诗由于回归传统而越来越成熟。

诗歌是这样，小说也是这样。实际上，中国现代"小说"概念既不是西方的"小说"概念，也不是中国古代的"小说"概念，而是综合了中西方两种"小说"概念的新的概念。文学事实是，中国现代小说一方面深受西方各种小说的影响，另一方面又充分吸收和借鉴中国古典小说的形式，在结构、表现手法和写作技巧方面多有继承，因而中国现代小说仍然有很多传统因素。散文、戏剧也是这样。所以，中国新文学是一种调和或中和的文学，既学习西方，又不失中国传统。

对于陈独秀、胡适、鲁迅、李大钊、周作人等"五四"新文学运动的发起者和开创者，我们过去一直把他们定性为"激进派"，认为他们的观点过于偏激。我认为这是极其表面的。的确，现在看来，胡适、鲁迅以及钱玄同、傅斯年、陈独秀等人有很激进的主张，比如鲁迅主张青年人少看或者干脆不看中国书③。胡适主张"全盘西化"。但实际上，胡适、鲁迅等人的这些观点具有策略性，在激烈的表述后面

① 胡适：《谈新诗——八年来一件大事》，《胡适文集2》，北京大学出版社，1998年版，第145页。

② 参见李怡的《中国现代新诗与古典诗歌传统》，西南师范大学出版社，1999年版，"导论"。

③ 鲁迅：《青年必读书——应〈京报副刊〉的征求》，《鲁迅全集》（第三卷），人民文学出版社，1981年版，第12页。原话是"我以为要少——或者竟不——看中国书，多看外国书"。

隐藏着一种中庸的心态和目标。胡适理论上提倡"全盘西化",但真正希望的是采用折中的、调和的方式。"取法乎上,仅得其中;取法乎中,风斯下矣""全盘接受了,旧文化的'惰性'自然会使他成为一个折衷调和的中国本位新文化。"① 对于中国传统文学,他表面上激烈地否定,但本意并不是完全否定,而是在否定中求得平衡,在激进中求得中庸。

鲁迅也是这样,他曾经说:"中国人的性情是总喜欢调和,折中的。譬如你说,这屋子太暗,须在这里开一个窗,大家一定不允许的。但如果你主张拆掉屋顶,他们就会来调和,愿意开窗了。没有更激烈的主张,他们总连平和的改革也不肯行。"② 主张折中、调和,理论上当然正确,但是在当时的语境中,在强大的传统惰性力量中,它会成为保守观念的一种委婉的表达。所以我们可以这样说,"保守派"在理论上主张调和而实际上是保守,"激进派"在理论上主张激进而实际上是中庸。在这一意义上,我们不能根据胡适、鲁迅等人的一些理论主张认定他们否定传统文学并反对继承传统文学。

二

如何评价"五四"新文化运动和新文学运动?过去的充分肯定是没有多少争议的,但目前似乎又成为一个问题,否定性的意见越来

---

① 胡适:《〈独立评论〉第 142 号〈编辑后记〉》,《胡适文集 11》,北京大学出版社,1998 年版,第 671 页。

② 鲁迅:《无声的中国》,《鲁迅全集》(第四卷),人民文学出版社,1981 年版,第 13—14 页。

越多。我认为，"五四"新文化运动对中国现代社会的建构的贡献是巨大的，它所确立的"科学""民主"等一系列价值观，使中国社会和文化发生了转型，中国社会的结构、知识谱系，中国人的思维方式和观念都发生了根本性的改变，从此脱离了"古代"类型，真正进入了"现代"，进而融入世界体系之中，并且不可逆转。张申府这样评价"五四"："中国在思想见解学术文化上，五四以前是封锁的，五四以后是开放的；五四以前是单纯的，五四以后是复杂的；五四以前是停滞的，五四以后是急进的。"[1]中国近代以来向西方学习是从器物的层面上升到社会的层面再上升到文化的层面，这是一个逐步深入的过程，相应地，中国社会的变革也是从科学技术上升到政治体制再上升到思想文化，可以说，"五四"新文化运动是戊戌变法的合理延伸。在当时的历史语境下，"革新"是最佳时机，"五四"新文化运动是最合理的选择、最好的选择，也是最有效的选择。

在文学上，我认为，向西方学习、反传统、积极寻求变革与创新，这无可非议。中国文学在《红楼梦》问世以后到"五四"新文学运动前夕100多年间一直处于低谷，没有伟大的作家出现，也没有伟大的作品产生。中国文学已经长期停滞不前，无论是在内容上还是在形式上都需要革新和创造，"五四"新文学运动可以说是积蓄已久的文学变革的一个总爆发。作为变革，它是长期积累的结果，有其历史根据和逻辑根据，并不是个人的心血来潮和随心所欲。鲁迅认为文学革命的发生有两个原因："一方面是由于社会的要求的，一方面则是受了西洋

① 张申府：《五四当年与今日》，《张申府文集》第一卷，河北人民出版社，2005年版，第428页。

文学的影响。"① 茅盾也说："'五四'不是从天而降的。不是北大的几位教授胡适之随陈独秀他们一觉困醒来时忽然想起要搞个'五四'玩玩。这是有它的必然要发生的社会的基础。"② 也就是说，"五四"新文学运动其实是顺应历史的，它和晚清的"诗界革命""小说界革命"等文学革新运动是一脉相承的。

整个新文学是这样，新文学中的具体文体和问题也是这样。比如新诗，臧克家说："中国旧诗到了'五四'以前的那个时期，已经丧失了它的生命力，从中再也找不到古典优秀诗歌里所具有的那种时代精神和人民性，虽然也还有几个人顶着诗人的头衔，其实他们只是在苦心摹拟古人，只'专讲声调格律'，那种腐朽的内容，和时代的要求相去是多么远呵。"③ 也就是说，诗歌革命是历史的必然要求，也是诗歌发展的一种趋势。

事实上，新文化运动和新文学运动中的很多具体问题都是有历史来源的。比如，"五四"时期，钱玄同提出废除汉文："欲废孔学，不可不先废汉文；欲驱除一般人之幼稚的野蛮的顽固的思想，尤不可不先废汉文。"④ 傅斯年主张"汉字改用拼音文字"⑤。鲁迅在私下里也表

① 鲁迅：《〈草鞋脚〉小引》，《鲁迅全集》（第六卷），人民文学出版社，1981 年版，第 20 页。

② 茅盾：《"五四"运动的检讨 —— 马克思主义文艺理论研究会报告》，《茅盾全集》第十九卷，人民文学出版社，1991 年版，第 231—232 页。

③ 臧克家：《"五四"以来新诗发展的一个轮廓 ——〈中国新诗选 1919—1949〉代序》，《臧克家全集》第十卷，时代文艺出版社，2002 年版，第 219 页。

④ 钱玄同：《中国今后之文字问题》，《钱玄同文集（第一卷）文学革命》，中国人民大学出版社，1999 年版，第 162 页。

⑤ 傅斯年：《汉语改用拼音文字的初步谈》，《傅斯年全集·第一卷》，湖南教育出版社，2003 年版，第 160 页。

示:"汉文终当废去,盖人存则文必废,文存则人当亡。"①这在今天看来也是非常极端的。但实际上,早在晚清就有废汉文的主张,最早对汉文表示怀疑的是谭嗣同,在《仁学》中他提倡"尽改象形字为谐音字"②,这可以说是"废汉字改拼音文字"主张的先声。1904年,蔡元培设想造一种"新字","又可拼音,又可会意,一学就会"③。而在1907年,吴稚晖、褚民谊、李石曾、张静江等人则比较系统地提出了"废汉字"的理论,他们在《新世纪》杂志上对这个问题进行了广泛的讨论,还提出了具体的方案。实际上,"五四"新文化运动前夕,文化界就曾对中国是否应该废汉字改用"万国新语"(世界语)进行过广泛的讨论。④

再比如白话文问题,"五四"新文化运动和新文学运动最明显的成果,就是白话文取代文言文并最终成为中国现代通用语言。但实际上,提倡白话文并不是"五四"的新主张,早在戊戌变法时期,裘廷梁就提出"崇白话而废文言"的主张⑤。事实上,在"五四"新文化运动之前,晚清有一个同样广泛的白话文运动⑥,当时陈独秀和胡适都曾积极参与。白话文在"五四"之后通行并构成了国语的基础或前身,当然与胡适的倡导有关,但它与其说是胡适的"发明创造",还不如说是胡

① 鲁迅:《致许寿裳》,《鲁迅全集》(第十一卷),人民文学出版社,1981年版,第357页。

② 杨思信:《文化民族主义与近代中国》,人民出版社,2003年版,第229页。

③ 蔡元培:《新年梦》,《蔡元培全集》第1卷,浙江教育出版社,1997年版,第435页。

④ 罗志田:《国家与学术:清季民初关于"国学"的思想论争》,生活·读书·新知三联书店,2003年版,第四章。

⑤ 裘廷梁:《论白话为维新之本》,郭绍虞、罗根泽,《中国近代文论选》(上册),人民文学出版社,1959年版,第178页。

⑥ 陈万雄:《五四新文化的源流》,生活·读书·新知三联书店,1997年版,第6章第1节。

适在代历史说话，正如郁达夫所说："要知道白话文的所以能通行，所以不必假执政和督办的势力来强制人家做或买而自然能够'风行草偃'的原因，却因为气运已到，大家恨八股文，恨'之乎者也'，已经恨极了，才办得到。哪里是胡氏的一句话，就能做出这样的结果来呢？"①如果白话文不能通行或者没有必要通行，多少个胡适提倡也是没有用的。

"五四"新文学运动的成就是巨大的，它为中国文学的新发展开辟了广阔的道路。现代文学与古典文学最大的不同就在于，它不再是封闭和自我循环的，而是确立了向西方开放的机制，建立了与西方文学进行有效交流和对话的平台。西方文学不仅仅只是中国文学的资源，更是中国文学创造和革新的参照。郁达夫总结"五四"新文学运动的意义有三条，"最重要的一点，是因五四的一役，而打破了中国文学上传统的锁国主义；自此以后，中国文学便接上了世界文学的洪流，而成为世界文学的一枝一叶了"。②王瑶先生把"五四"新文学运动的精神概括为五个方面："（一）提倡白话文，反对文言文；（二）提倡正视现实，反对瞒与骗；（三）提倡创新，反对模拟；（四）提倡批判精神，反对折中调和；（五）提倡学习外国进步文学，反对国粹主义。"③"五四"新文学运动的精神当然不只是这些，但就是这些已经大大创新了中国文学，使中国文学在内容和形式上都取得了巨大的进步。比如在文学对人的描写和表现上，新文学呈现出一种全新的面貌，胡

---

① 郁达夫：《咒〈甲寅〉十四号的评新文学运动》，《郁达夫全集》第十卷，浙江大学出版社，2007年版，第124页。

② 郁达夫：《五四文学运动之历史的意义》，《郁达夫全集》第十一卷，浙江大学出版社，2007年版，第83页。

③ 王瑶：《"五四"文学革命的启示》，《王瑶全集》第五卷，河北教育出版社，2000年版，第171页。

风评价"人的文学"的文学史进步:"这并不是说,五四以前的一部中国文学史没有写人,没有写人的心理和性格,但那在基本上只不过是被动的人,在被铸成了命运下面为个人的遭遇或悲或喜或哭或笑的人。到了五四,所谓新文学,在这个古老的土地上突然奔现了。那里面也当然是为个人的遭遇或悲或喜或哭或笑的人,但他们的或悲或喜或哭或笑却同时宣告了那个被铸成了命运的从内部产生的破裂。"①

今天我们站在新文学的基础上,享受和沐浴着新文学的阳光时,我们对白话文运动,对"人的文学",对文学革命,对戏剧等新文体的产生,觉得都不算什么,但是在当时的条件下,这是非常了不起的革新。正如臧克家评价新诗的贡献时所说:"新诗之所以'新',首先在于它表现了'五四'时代新民主主义的革命精神,也就是彻底反帝反封建的精神。但是语言形式革命的重要性也不能低估。用了人民的口语或比较接近口语的语言写诗,在形式方面,打破了固定的格律,另作一种截然不同的创造,在当时来说,是了不起。"②正是这种种革新使中国文学走出了低谷,并走向了全新的繁荣,产生了鲁迅、郭沫若、茅盾、巴金、老舍、曹禺等这样一大批文学大师。朱光潜说:"五四运动促成精神的解放,可以说是一种具体而微的文艺复兴。"③中国现代文学发展时期是中国几千年文学史上少有的辉煌时期,就创造性来说,历史上只有春秋战国时期差可比拟。

---

① 胡风:《文学上的五四——为五四写》,《胡风全集》第二卷,湖北人民出版社,1999年版,第622页。

② 臧克家:《"五四",新诗伟大的起点》,《臧克家全集》第九卷,时代文艺出版社,2002年版,第446页。

③ 朱光潜:《五四运动的意义和历史影响》,《朱光潜全集》第九卷,安徽教育出版社,1993年版,第114页。

这样说，并不是说"五四"新文化运动和新文学运动就是完美无瑕的。它们也有失误，也存在偏颇，并且这些失误和偏颇给中国现代文化和文学造成了某些遗憾。比如，对西方文化一知半解，认识上存在很多误解和误读；对西方各种学说和理论缺乏深入的研究，借鉴和学习缺乏审慎的选择和甄别，有时盲目和急躁；还有对某些主张过于自信，陈独秀说："伦理的觉悟，为吾人最后觉悟之最后觉悟。"[①] "独至改良中国文学，当以白话为文学之正宗之说，其是非甚明，必不容反对者有讨论之余地；必以吾辈所主张者为绝对之是，而不容他人之匡正之也。"[②] 今天看来，这些话在词句上过于绝对，也不是很科学的态度。再比如，"五四"新文化运动和新文学运动在价值选择和取舍上过于偏执，极端强调某些价值，而又忽视一些有用的价值，过分强调社会功利目的，如强调理性而忽视和否定非理性，强调科学而忽视和否定宗教，强调现代性、启蒙主义而忽视传统，强调物质价值而忽视精神价值等。在文学上，强调文学的社会价值而忽视文学的娱乐休闲价值，重纯文学而忽视通俗文学，重现代文学而忽视传统文学等。[③] 现代文学因为过分关注国家民族的命运，过分关注社会重大问题，强调启蒙主义和现代主义，有时不免显得太沉重、太严肃乃至陷入林语堂所批评的"方巾气""道学气"或者"冷猪肉气"："动辄任何小事，必以'救国''亡国'挂在头上，于是用国货牙刷也是救国，卖香水也是救国，弄得人家一举一动打一个嚏也不得安闲。有人留学，学习化学

---

① 陈独秀：《吾人之最后觉悟》，《陈独秀著作选》第一卷，上海人民出版社，1993年版，第179页。

② 陈独秀：《再答胡适之（文学革命）》，《陈独秀著作选》第一卷，上海人民出版社，1993年版，第302页。

③ 高玉：《论"启蒙"作为"主义"与现代文学的缺失》，《人文杂志》2008年第5期。

工程，明明是学制香烟、水牛皮，却非说是实业救国不可。"①

又比如，关于中与西对立问题。理论上，"中"与"西"并不是二元对立概念，它们不过是表示不同的地理位置而已，但在近代中国特殊的语境之中，学习西方就意味着要放弃某些传统的东西，所以它们构成了尖锐的对立。可以说，"中"与"西"的对立在鸦片战争之后突显出来，而"五四"新文化运动因为激烈的变革不仅没有理性地缓解二者之间的矛盾，而且加剧了二者之间的冲突。陈独秀说："吾人倘以新输入之欧化为是，则不得不以旧有之孔教为非。倘以旧有之孔教为是，则不得不以新输入之欧化为非。新旧之间，绝无调和两存之余地。"② 这是当时比较普遍的观念，这种对立深刻地影响了"中""西"两种文化和文学在"五四"时期的交融与整合。我们看到，"五四"时期，白话与文言、现代与传统、科学与玄学、专制与民主、体与用、问题与主义、新与旧等构成了尖锐的二元对立，在态势上你死我活、势不两立，互相以否定和打倒对方为前提，从而制造了很多人为的对立和分裂。

在这一意义上，"五四"新文化运动和新文学运动值得反思，也应该反思。但反思不能脱离历史语境，不能是非历史的，不能用今天的标准和眼光，不能站在现实立场和理论水平上来苛求这二者进而否定它们。

科学可以说是现代社会的核心价值，它作为一种精神价值的确立，

---

① 林语堂：《方巾气研究》，《林语堂名著全集》第十四卷，东北师范大学出版社，1994 年版，第 168 页。

② 陈独秀：《答佩剑青年（孔教）》，《陈独秀著作选》第一卷，上海人民出版社，1993 年版，第 281 页。

与"五四"新文化运动有着根本的关系,"五四"新文化运动在某种意义上可以说是"科学"与"民主"的运动。陈独秀说:"凡此无常识之思,惟无理由之信仰,欲根治之,厥维科学。"[①]科学在"五四"时期可以说被提升到至高的地位,张君劢概括道:"盖二三十年来,吾国学界之中心思想,则曰科学万能。"[②]梁启超称之为"科学万能之梦"[③]。在很多人的印象中,科学能够解决所有的问题。抽象来说,把科学强调到极致、绝对化,这的确有问题,从这一意义上来说,我们可以对"五四"时期科学至上主义进行反思。但是,在当时传统思想方式占主导地位的语境下,在最缺乏科学的历史条件下,提倡科学和科学精神,这无可非议。20世纪初,西方都还沉浸在对科学和民主的信心之中,就让中国人对西方的核心价值观进行反思,这样的要求太高了,也是非历史的、极端理想化的。今天,以后现代主义为理论背景,站在西方100多年来社会发展的现实基础上,也即启蒙主义和现代性的问题都充分暴露出来的基础上再来看科学,我们看到,科学的确具有双面性,它给人类带来巨大进步的同时,也对现代社会造成了一些负面影响,比如技术的发展使人类和地球自我毁灭的危险性大大增加,物质的繁荣导致精神上更加空虚和异化,追求知识和真理而忽视幸福、正义和美,压抑"叙事",等等。但"五四"时期,我们根本就不可能有这种理论水平,又怎么会有这种先见之明呢?而且,今天对科学的合理反思并不意味着对科学的根本否定,它只是否定了科学的唯一性、

---

① 陈独秀:《敬告青年》,《陈独秀著作选》第一卷,上海人民出版社,1993年版,第135页。

② 张君劢:《再论人生观与科学答丁在君》,《科学与人生观》,山东人民出版社,1997年版,第61页。

③ 梁启超:《科学万能之梦》,《欧游心影录》,商务印书馆,2014年版。

万能性、至上主义等，在某种意义上后现代主义对科学的反思可以看作对科学的修补和完善。科学仍然是这个社会的主体价值，也是最有用的价值，科学给这个社会带来了一定危害，但如果不要科学，这个社会将会陷入更大的灾难。

实际上，反思科学要求我们具有高度的科学水平，"五四"时期大众对科学认识和了解还非常浅显，首要的任务是确定科学的观念，发展科学，达到西方的科学水平，然后才有可能进一步反思科学。否则，反思就只能是肤浅的、失败的，也是没有意义的。事实上，"五四"初期，新文化运动正在蓬勃开展之时，梁启超就对"科学"有所反思，后来的梁漱溟、张君劢对科学也有所批评，但他们的情绪是悲观主义的，方向是复古主义的"向后转"，其工具是"东方文化"和"玄学"，因而其论证自然是苍白的，不得要害，虽然有一定的影响，博得一定的同情，但总体上是失败的。周策纵评价"科学与玄学"之争："争论的双方在许多方面看来是很肤浅和混乱的，它们更像大众的辩论而不是学术的探讨。"[①]也就是说，当时的中国，无论是对科学的认识还是对传统的认识，都达不到反思的水平。

中国现代社会以及当代社会出现了很多失误，存在很多问题，但我们不能把这些失误和问题都归罪于"五四"，比如把后来的极"左"路线和"文化大革命"归罪于"五四"。今天很多人都主张恢复传统，这有一定的合理性，但恢复传统并不是对"五四"精神的否定，恰恰是对"五四"精神的继承和发扬，即恢复中国现代文化的张力。

---

① 周策纵：《五四运动：现代中国的思想革命》，江苏人民出版社，1996年版，第460页。

林毓生说："我们今天纪念'五四'，要发扬五四精神，完成五四目标；但我们要超脱'五四'思想之藩篱，重新切实检讨自由、民主与科学的真义，以及它们彼此之间的和它们与中国传统之间的关系。"①我非常赞同这种观念。"五四"的反传统，以及提倡科学、民主、自由、人权等在精神上是没有任何问题的，今天我们根据现实的情况对这些问题进行反思和重新调整，恰恰是继承和发扬"五四"精神。中国有几千年的文明，这说明了中国古代文化的合理性，但中国在近代落后挨打、受尽了欺压这也是事实，这又说明了传统的确有它的局限和弊端，需要改革，因而又说明了"五四"反传统以及提倡向西方学习的合理性。"五四"完成了其历史使命，这是一个层面；从现实的角度来反思"五四"，这是另外一个层面。我们应该把历史的"五四"与现实的"五四"区别开来，"五四"留给我们的历史遗产，这是不容否定的，但"五四"时期所建立的一些具体理论和观念在今天是否还有用，我们应该根据今天的现实来反思。在现实的层面上，我们继承的应该是"五四"精神，而不能把"五四"时期的一些具体观点当作绝对真理。社会在发展，我们的思想文化也在发展，我们应该在已有的基础上，大胆革新、创造，推动社会的发展。我们应该走出历史并建立新的历史。

具体于文学也是这样，"五四"新文学运动进行"文学革命"，改革语言，提倡"人的文学""平民文学"，向西方文学学习，改良文体，创造现代小说、现代诗歌、现代散文、现代戏剧四大文体，在内容和形式两方面展示出全新的面貌，具有巨大的创造性。新文学在"五四"

---

① 林毓生：《中国传统的创造性转化》，生活·读书·新知三联书店，1988年版，第149页。

时期乃至 20 世纪三四十年代都有它不成熟的地方，20 世纪 50 年代之后又走过了一段曲折的路程。"五四"新文学运动当然也有它失误的地方，比如对通俗文学、旧体文学的压制和忽略等。在这一意义上，我们今天应该总结"五四"新文学运动的经验，对"五四"新文学运动进行重新研究和反思，但这种重新研究和反思不构成对"五四"新文学运动的否定。中国当代文学需要重估传统，需要重估学习西方文学的问题，需要重估文学的娱乐消遣价值，需要重估传播、接受和市场问题，需要重估作家身份和写作方式的问题，需要重估通俗文学、大众文学的走向问题，等等。当代文学在精神上不仅不应该违背"五四"新文学运动的精神，恰恰相反，它们之间应该是一脉相承的。

中国现代文学史书写思想方式批判

———————— ◎ ————————

"文学史"既是"文学"的问题，也是"史"的问题。笔者认为，迄今为止的中国现代文学史 [①] 书写中，无论是对于"文学"还是对于"史"，都是非常传统的，表现为"宏大叙事""二元对立"的思维方式、"深度模式"等，其结果是中国现代文学的发展具有坚定的方向性、逻辑性或者规律性；中国现代文学具有高度的内在统一性、整体性，具有绝对的思想基础和唯一的中心等。但事实上，中国现代文学史根本就不具有这样一种简单的形而上学性，它的书写可以是差异性的、零散性的、非原则化的、非同一和无中心的，也可以是后现代模式的。本文分别从"文学"和"历史"两方面反思中国现代文学史书写的思想方式。

———————————

① 本文所说的"中国现代文学史"主要是指教材意义上的通史，不包括各种研究意义上的专史。

一

　　什么是"文学"？这是中国现代文学史面对的第一个问题，它涉及书写对象的选择。这在早期的中国文学史上一直是一个困惑。林传甲的《中国文学史》被广泛地认为是中国的第一本文学史，全书约11万字的篇幅竟然包括了文字、音韵、训诂、修辞、经学、史传等诸多内容，作者自称是"仿日本笹川种郎中国文学史之意以成"[①]。这在现在看来可以说相当混乱，而混乱的根源就在于对什么是"文学"缺乏基本的范围限定。因此，随后的各种"中国文学史"作者大多都会在"绪论"或者"总论"部分用一定的篇幅论证或者说明什么是"文学"。比如谢无量的《中国大文学史》"绪论"中就列举了中外关于文学的定义、文学研究和文学分类的观点，并做出相应的选择，从而限定自己的书写范围。曾毅的《中国文学史》第一编为总论，共六章，分别为"文学史上之特色""文学与文字""文学与科举""文学与学校""文学与思想""文学之种类"[②]，这实际上是在对他所叙述的整个文学史进行对象的说明。胡云翼的《新著中国文学史》则在"自序"中对"文学"进行限定，他将"文学"分为广义和狭义，而以狭义文学为准，所以"认定只有诗歌、辞赋、词曲、小说及一部（分）美的散文和游记等，才是纯粹的文学"[③]，这样，他的文学史在对象上就比一般的文学史要简略得多。钱基博的《现代中国文学史》是最早涉及现代文学的文学史著作之一，其"绪论"分为三小节："文学""文学史""现代中国文学

[①]　林传甲:《京师大学国文讲义·中国文学史》，商务印书馆，1934年版，第1页。
[②]　曾毅:《中国文学史》(上册)，上海泰东图书局，1929年版，"目录"第1—2页。
[③]　胡云翼:《胡云翼重写文学史》，华东师范大学出版社，2004年版，第6页。

史"。他的"文学"是广义的，不仅包括文学，还包括学术文化和政治民俗。①

20 世纪 40 年代以后，各种中国文学史都不再花篇幅讨论什么是文学，并不是因为这个问题解决了，而是对于"中国文学"的范围和对象，学术界逐渐形成了共识或约定，虽然理论上仍然有分歧。这一方面得力于学术界的深入研究，比如像刘麟生的《中国文学概论》《中国诗词概论》、卢冀野的《中国戏剧概论》、胡怀琛的《中国小说概论》、方孝岳的《中国散文概论》等类似的著作，它们对于中国文学对象和范围的确定起了重要的作用；另一方面得力于中国学术研究分科的最终完成。中国思想文化从近代向现代转型最重要的特征就是话语体系的转变，伴随着物理、化学、生物、数学、地理学、文学、哲学、历史学、伦理学、语言学这些西方话语在中国的普及和应用，中国知识谱系逐渐由"四部"之学转变为"七科"之学，中国古代思想文化资源也进行了重新划分和组合，"文学"就在和"哲学""历史"等学科的相互关系中被逐渐确立下来。所以，在 20 世纪 40 年代，中国文学史与其说是解决了什么是"文学"的问题，还不如说是完成了学术分工，中国文学的"领地"被大致勘定。

相对于中国古典文学来说，中国现代文学是一个后起的学科，它基本上是中国文学史的现代延伸。20 世纪 50 年代初这个学科形成的时候，它基本上是沿袭中国古代文学的模式，正是这种沿袭，使中国

---

① 钱基博：《现代中国文学史》，中国人民大学出版社，2009 年版。这是一本与现代文学有关的文学史著作，其"现代"是指 1911—1930 年约 20 年的时间。在此之前，类似著作有胡适的《五十年来中国之文学》、赵景深的《中国文学小史》、陈子展的《最近三十年中国文学史》等，关于这些著作的具体特色，可参见黄修己的《中国新文学史编纂史》，北京大学出版社，1995 年版。

现代文学的"领地"一开始就是大致明确的。另外，现代文学本身就是现代社会和现代"文学"观念的产物，因而不存在中国古代"文学""文章"不分、"文学""文字"不分、"文学""历史"不分的情况，划界相对容易。所以，在现代文学研究界，什么是"文学"似乎不是一个问题，至少不是文学史的问题。

其实不然，对于中国现代文学来说，"领地"是一个简明的问题，它的解决只意味着外围对象和范围的圈定，内部各文类、各种现象如何界定并进行相应的书写，仍然取决于我们对"文学"的看法，事实上，当今中国现代文学史编纂中的很多关键问题都与"文学"观念有关。比如对于"主流文学"与"边缘文学""另类文学"的认定与处理，对于"纯文学"与"通俗文学"的区分与书写，对于"文学"与"非文学"的划分，对于"新文学"与"旧文学"的定性与书写，对于作家作品与文学思潮流派之间轻重关系的处理，对于文学的政治与艺术之间关系的认识与处理，对于"经典"与"非经典"的评价和定位，等等，实际上都深深地受制于编纂者的"文学"观念，现代文学研究界虽然不讨论这些问题，但潜在的观念及其影响却是无处不在的。深究中国现代文学史书写的"文学"观，笔者认为，我们对于"文学""现代文学"的观念还非常陈旧，在思维方式上还非常传统，陈旧的观念和传统思维方式深刻地影响了中国现代文学史的书写，从而使中国现代文学史普遍地存在着简单化、绝对化、单一化等缺陷。也就是说，什么是"文学"，什么是"现代文学"，中国现代文学研究并没有真正地解决，我们的现代文学史书写在这方面有很多值得深刻反思的地方。

对于文学史书写来说，"文学"观念本质上是一种尺度。观念不同也就是尺度不同，选择的对象就会不同，对文学现象的评价和定位也会不同，因而会形成完全不同甚至相反的文学史叙事。文学现象本来是混乱的，作为一种精神现象，它的每一种存在都有其合理性，在存在和消费的意义上，它没有主次的不同，没有层次的区分，没有经典与非经典的差别，也没有主流与非主流之分，但当我们以一种尺度来审视它时，复杂丰富乃至混乱的文学现象就被人为地进行了类别、雅俗、艺术优劣、境界高低、思想落后与进步以及风格、流派归属等划分，从而各种文学现象被等级性地排列，有了中心与边缘、主流与支流、重要与不重要等各种层次的区分，各种文学现象也因此变得井然有序。当然，我这样说并不是否定"文学"观念对于文学史的意义，相反，我恰恰是强调"文学"观念对于文学史编纂的重要性。文学史编纂对各种文学现象特别是作家作品的选择不可能没有"文学"观念，我们也不可能无差别地对待所有的文学现象，问题的关键在于，我们现在的文学观念过于单调，过于陈旧，过于整齐划一，并且墨守成规，因而我们的文学史纯粹、僵化、偏执、片面、"挂一漏万"。

很长一段时间里，我们都非常强调文学的社会本质，认同"文学是社会生活的反映"（被称为"反映论"）这样一种文学本质观，从这种文学本质观出发，文学的意识形态性质、文学的社会属性、文学的真实性、人物形象、创作的典型化、创作方法的现实主义和浪漫主义、文学的社会功能等便在文学史书写中被突显出来，从而构成了文学史的红线，符合这些特征的文学现象不仅成为突出的书写对象，而且似乎也代表着时代文学的高度。我们看到，自中国现代文学作为学科成立以来，我们的文学史一直具有高度意识形态的性质，也可以说是高度政治化的，革命文学、"左翼"文学、社会写实文学、政治抒情文学、进步文学等在书写和叙述中占有重要地位，也被给予了高度评价。与之相应，反封建、爱国主义、社会改革、现代化、革命与进步等主题被高度重视，并且成为衡量作品是否优秀或经典的一个重要标准。正因为如此，那些在政治上符合主流意识形态的作家得到传扬，被安排为"章"与"节"，相反，那些政治上偏离主流或者说反主流的作家及其作品则被压制或被否定，只是在不得不提到的时候才被介绍，或者被片面地介绍，又或者被从反方向以否定的方式介绍。

对于高度政治化的革命文学、"左翼"文学、社会写实文学、政治抒情文学、进步文学等，我们的文学史当然应该书写，也应该给予肯定的评价。但对于娱乐消遣性的通俗文学、探索性的先锋文学、翻译文学、传统旧文学等，我们同样也应该叙述，否定并抛弃它们其实没有充分的"文学"理论根据。

比如通俗文学，在中国近代时期就非常繁荣，是当时最为显著的文学现象，也可以说是当时成就最大的文学类型。文学进入现代时期之后，"新文学"成为最红火的文学类型，但通俗文学无论是作家、作品的数量还是社会影响，在整个文学活动中都占据重要的地位，也有很大的成就，这一点只要翻一翻范伯群先生主编的《中国近现代通俗文学史（上下册）》，或者范伯群著的《中国现代通俗文学史》，就可以看得非常清楚。范伯群认为"通俗文学"和"严肃文学"构成了现代文学的"两翼"①，笔者认为是有道理的。但在一般的现代文学史中，通俗文学的介绍却非常有限，经常被提到的无非是张恨水、秦瘦鸥、还珠楼主、郑证因、平江不肖生、白羽、王度庐等人。

但更重要的还不是是否介绍或者提到的问题，而是如何书写的问题。我们看到，由于传统的"文学"观念，即正统的以"新文学"为本

---

① 范伯群：《"两个翅膀论"不过是重提文学史上的一个常识——答袁良骏先生的公开信》，《文艺争鸣》2003 年第 3 期。

位的观念，具有旧体文学痕迹的通俗文学不仅在文学类型上被压制，而且在评价上也被歪曲，我们实际上是以纯文学的标准来评价通俗文学。在一般的现代文学史书写中，张恨水也好，还珠楼主也好，他们本质上不再是通俗文学作家，而是纯文学作家。通俗文学与严肃文学在总体特征上是不一样的，它们各有所"短"也各有所"长"，比如通俗文学追求消遣和娱乐，而严肃文学追求社会意义和价值；通俗文学强调文学内容的自我设定，而严肃文学强调文学与社会生活之间的紧密联系；所以，真实性、教育意义、认识作用、反映社会生活，以及思想取向上的现代性、革命性、进步性等严肃文学的标准，用于评价通俗文学显然是不恰当的，或者说不是有效的标准。"故事性""虚拟性""游戏性""娱乐性""趣味性"等才是通俗文学的"长"，正是在这些方面它弥补了严肃文学的不足，与严肃文学互补。但我们的文学史却总是用"真实性""审美性""反封建性"等评价通俗文学，总是关注它的"短"而不是"长"，总是用严肃文学的标准来评价通俗文学，这是一种错位的评价，有点像是用国际象棋的标准来评判中国象棋，它使通俗文学在被评价之前就已经先在性地被定位为艺术上的低等级。这样，通俗文学实际上不可能得到正确的书写。

再比如中国现代翻译文学，过去我们一直把它定性为"外国文学"，因而把它排斥在"中国现代文学"之外，笔者认为这是一种偏见。实际上，即使从比较传统的以"作家作品"为中心这样一种文学观念来看，中国现代翻译文学也具有"二重性"，它既是外国文学，也是中国现代文学。[①] 翻译文学是由原作者与译者共同完成的，译者是翻

---

① 黄玉：《重审中国现代翻译文学的性质和地位》，《中国现代文学研究丛刊》2008 年第 3 期。

译文学的重要作者，在"翻译"的层面上，译者具有独立的版权。在文本上，中国现代翻译文学是汉语形态的，在外在形式上和中国现代文学没有区别，而且其文学性以及内容都与翻译有很大的关系。更重要的是在"接受"这一维度上，中国现代翻译文学针对的是中国现代读者，它是以现代汉语的方式流传的，它对中国社会的作用和意义等都是通过汉语的方式来实现的，中国人读翻译文学更像是在读中国文学而不是外国文学，我们感到外国作家好像是在用中文进行写作，所以从阅读和接受的角度来说，翻译文学更具有中国现代文学的功能，是中国现代文学的一个重要组成部分。

从文学史的角度来说，中国现代文学深受外国文学影响，现代文学创作与文学翻译始终是一体的，很难分开。文学社团、文学期刊、文学研究都是把文学创作和文学翻译作为文学活动的一个整体来对待的，绝大多数文学期刊都是既发表文学创作又发表文学翻译，二者是并重的。那时文学创作与文学翻译之间的区别就像今天的小说与诗歌之间的区别，它们之间只有文体意义上的差别，只是中国现代文学内部文学类别的不同，而不是外部的现代文学与非现代文学的不同。翻译文学与创作文学成为两个不同的"学科"研究对象，继而走上相对独立的道路，是 20 世纪 50 年代当代学科体系重建之后的事。

整个文学活动是这样，对于具体的作家来说也是这样。现代重要的作家如鲁迅、巴金、周作人、胡适、郭沫若、茅盾、梁实秋、穆旦、冰心、戴望舒等同时也是翻译家，在那个时期，既创作又翻译和既写小说又写诗歌具有同样的性质，翻译家与作家在那时虽已有了分别，但并没有多大的实际意义。尤其对于"五四"那一代作家来说，创作和翻译密不可分，相互影响，从而既开创了文学创作的新时代，也开创了文学翻译的新时代。在社会作用和意义上，现代文学与现代翻译文学更是不分家，为什么要翻译、翻译什么、如何翻译其实都取决于本土需求，都是从本土经验出发的。外国文学被翻译之后就脱离了原来的语言和文化语境，其意义和价值都是由翻译文学与本土读者相互作用而产生，也就是说其意义具有本土性，所以在功能上，翻译文学具有本土文学的意义。可以说，翻译文学与文学创作才是真正的中国现代文学的"两翼"。所以，不书写翻译文学的中国现代文学史是不完整的，不书写翻译文学就不能全面地说明中国现代文学的性质。

"文学"观念的陈旧固然是造成中国现代文学史书写简单、片面的重要原因，而"文学"观念思维上的陈旧则更深刻地损害了中国现代文学史书写。在传统的思维方式下，我们的现代文学史就变成了某种文学观念的文学史，比如"人的文学"史、"审美"文学史、"政治"文学史、"现代"文学史、"新文学"史、"流派"文学史、"作家"文学史、"作品"文学史，或者其中几个因素的"组合"文学史。这样，中国现代文学史总是有机和完整的，内部和谐并井井有条。当我们强调"文学是人学"的时候，"人性"便成为文学史的中心和纲领，"人的文学"不仅是关注的中心，还是整个文学史的隐性线索和尺度，"人的文学"被突显出来，而远离或者背离"人的文学"的如阶级文学、政治文学等则被否定、压制或者曲解。相反，"政治"文学史则会突显文学史中的时代、阶级、政治等因素，强调文学与社会生活之间的关系，"真实性""政治标准第一，艺术标准第二"就成为文学史的写作尺度。同样，当文学史以"审美"为中心的时候，"纯文学"以及审美、形式等便被突显出来，而以游戏、娱乐为主的通俗文学便相对边缘化；当文学史以"社团"和"流派"作为主轴时，作家和作品就变得需要依托，独立的个体作家便因为找不到"组织"和"归属"而被忽略。

20 世纪 90 年代以来，随着文学理论研究的深入，特别是西方文学理论对中国的影响，整个中国现代文学研究界对于"文学"的观念也发生了很大的变化，"审美论""表现论""形式论""心理论""语言论""娱乐论""消费论"等文学本质观都被一定程度地接受。一些重要的文学现象如通俗文学、旧体文学、民间文学、翻译文学以及文学批评等重新被重视，重新被研究，也得到了广泛的认同，但它们却无法进入现代文学史，其中最重要的原因就是它们无法进入传统文学史的有机统一体，不能整合或融入，或者说，我们无法用某种"文学"观念把这些现象统摄起来。在传统的思维方式下，文学史具有高度的严密性、体系性，容不得差异，更容不得对立的形态。各种现代文学史实际上都是一种框架和结构，文学史观念就像是过滤器，把符合某种观念的文学留下来，把不符合的"另类"文学"滤掉"。

以中国现代文学史中的诗歌书写为例。由于各种原因，现代文学中的诗歌基本上被塑造成了新诗从草创、发展、深化到成熟、曲折、提升这样一种演进线路，基本上被归纳为浪漫主义、现实主义和现代主义三大潮流，被概括为白话新诗、"规范化"、现代主义、"新月派"、"七月派"、"中国新诗派"、抗战诗歌、"政治抒情诗"等基本板块。符合这样一种演进、潮流和板块的诗歌，就是最纯正的中国现代诗歌，就得到了着重的书写，反之则被埋没。比如旧体诗词，它是中国现代诗歌的一个重要组成部分，它有悠久的历史文化传统，有坚实的群众基础，有众多的作者和作品，有众多的读者，有广泛的社会影响，也取得了很大的艺术成就，比如毛泽东、鲁迅的旧体诗词，都有脍炙人口的名句，在社会上广为流传，这都是有目共睹的。但旧体诗词进入不了现代文学史，这倒不是艺术价值的问题，或者政治思想的问题，也不是社会影响的问题，而是诗歌观念的问题，是诗歌的"新诗"本位观从根本上阻止了旧体诗词进入现代文学史，也就是说，只要我们站在"新诗"的立场上来写诗歌史，旧体诗词就不可能进入，而强行进入就会造成观念和形态之间的冲突和自我矛盾，在形而上学的思维之下，这种混乱是不被容许的。

不仅"新诗"不能容纳旧体诗词，而且在新诗的内部同样存在着不能容纳的情况，当现实主义、现代主义、"新月派"、抗战诗歌等作为"新诗"正宗的时候，陶行知的诗就不可能得到书写，自然也就没有位置。陶行知不是文学家，但他实际上写了很多诗，就数量上来说，非常庞大，仅《陶行知全集》第7卷就收录600多首，加上第5卷，第11、12卷的"补遗"所收录的，总数超过千首①，这个数量在中国现代诗歌史上可以说是首屈一指的。陶行知的诗歌为什么不能进入我们的文学史，原因就在于它的"另类"：第一，它太浅，其目标不是指向"文学"而是指向"教育"，艺术价值不高，在文学领域缺乏有效的影响，主要属于教育的范畴；第二，它不入派别，陶行知本人也没有加入"文坛"，是文学上的一名"散兵游勇"。所以它无法被纳入我们的文学体系，在现行的文学史"框架"中，它放在什么地方都不合适。不管是讲阶级斗争，还是讲现代性、民间性、通俗性、商业性或者消费性、文学性、语言问题，它都无法被纳入，所以它只能被我们的文学史无情地"抛弃"。

因此，不是文学史事实决定我们的书写，而是我们的观念和思维决定文学史书写。事实上，由于观念和思维方式，只有符合我们观念

---

① 陶行知：《陶行知全集》（1—12卷），四川教育出版社，2005年版。

的一小部分作品进入了现代文学史，而大部分作品则或者因为和我们的观念与体系相冲突，或者因为我们无力解释而被简单地淘汰了。每一种文学现象都有它的合理性，都应该得到历史书写的尊重，但我们却总是先入为主地接受某种文学观念和某种审美标准，并用这种极主观的标准去评价和书写历史，符合我们标准的文学就是好的文学，反之就是不好的文学并对其否定和排斥，实际上这是变相地否定它们存在的事实。我们的文学史逐渐不再是"叙述"，逐渐变成了"批评"，好像不是我们的研究和书写出了问题，而是我们研究的对象出了问题，所以我们总是批评哪个时候的作家写作有问题，哪个时代出了问题，哪个时代的读者有问题，就像一个笑话所讲的，"不是我用错了药，而是你生病了，你不应该生这样的病，你应该按照我治病的要求去生病"。

今天，现代文学研究提倡"历史还原"，提倡"重新回到历史现场"，提倡研究原始资料，提倡重读期刊、重读原著、重读经典，这无疑是正确的。但回到历史现场必须有一个前提，那就是有新的观念，有新的思维方式，有新的期待视野，只有这样才可能有新的发现，重读才有意义；如果按照原来的文学观念和思维方式，回到现场很可能是把前辈们走过的路重新走一遍，最后还是空手而还，这样不是颠覆了过去的错误观念，而是加强了过去的错误观念。

二

什么是"历史"？这是中国现代文学史面对的第二个问题，对这个问题的把握不仅影响我们对对象的选择，而且深刻地影响我们对历史上各种文学现象"书写"的方式。

关于"历史"，史学界同样充满了争议。具体地详述各种历史观念是一个非常复杂的问题，但大致可以说，当今中西方各种"历史"观主要表现出两种不同的趋向，即"传统"的现代历史观和"现代"的后现代历史观。"传统"的现代历史观主要就是形而上学历史观，它本质上以西方理性主义作为信念和哲学基础，具体表现为这样一些特征：逻各斯中心主义、二元对立观、意义的确定性、稳定性、统一性、整体性、元叙事、元话语、本质主义、绝对的基础、唯一的中心、单一的视角等，即詹明信所概括的"深度模式"[1]或者利奥塔所说的"宏大叙事"[2]。而"现代"的后现代历史观则强调解构、隐喻、游戏、差异性、平面化、内在性、延异、阅读、理解、零乱性、非原则化、卑琐性、反讽、狂欢、行动、边缘化、否定、瓦解、颠覆、去中心、非同一性、多元论、反本质、解元话语、解元叙事、创新等，在后现代历史观看来，所谓"理性""宏大叙事""深度模式"等，从根本上就是一种神话，现实科学、文化和学术中根本就不存在这样一种统一的秩序和等级，或者说至少不是这样一种单一的秩序和等级。福柯曾对这两种历史观进行过一些比较，比如他说："不连续性曾是历史学家负责从历史中删掉的零落时间的印迹，而今不连续性却成了历史分析的基本成分之一。""一种总体历史叙事将所有的现象都聚拢到一个单一的中心，即一种原则、一种意义、一种精神、一种世界观、一个包容一切的范型之下；与此相反，一般历史叙事展现的则是一个离散的空

---

① ［美］詹明信：《晚期资本主义的文化逻辑》，生活·读书·新知三联书店，1997 年版。
② ［法］利奥塔：《后现代状态——关于知识的报告》，生活·读书·新知三联书店，1997 年版。

间。"① 这里，"连续性"是现代历史观的特点；而"不连续性"则是后现代历史观的特点；"总体"是现代历史观的特点，而"离散"则是后现代历史观的特点。

对后现代文化思潮如何评价，特别是对它们的理论价值如何验证，这是一个非常复杂的问题，但有一点是肯定的，那就是后现代主义作为文化、哲学和学术思潮，它并非是某几个心血来潮的思想家闭门造车的产物，它既是对自由资本主义的反思，又是对后工业社会的回应。后现代思想家同样是大思想家，他们既不是玩世不恭的颓废派，更不是一群唯恐天下不乱的造反派，而是一些严肃的思想家，他们试图解决现代思想的困境，其思想方式和具体观点对我们都有很大的启发。

中国现代文学史在中国现代文学研究中具有重要的地位，作家研究、作品研究、流派研究等具体研究最终都可以归结为"史"的形态。在当今的文学教育中，文学史更是具有举足轻重的地位，文学知识、文学欣赏在很大程度上都是通过文学史教育的方式来实现的。但实际上，"史"在中国现代文学研究中是很薄弱的，早在20世纪80年代初就有人提出："有的文学史编研工作者没有把文学史的研究和文学作品的研究各自的对象和范围区别开来，把研究工作局限在时代背景、作家生平、作品的思想性、作品的艺术性这四个框框里。研究文学作品如此，研究文学史也是如此，只抓住'文学'，忽略了'史'。"② 但笔者认为，中国现代文学研究"史"的薄弱更重要的还不是态度的问题，而是观念的问题，不能说我们对"史"不重视。根

---

① ［法］米歇尔·福柯：《知识考古学》，生活·读书·新知三联书店，1998年版，第9、12页。

② 范宁：《论研究中国文学史规律问题》，《中国社会科学》1980年第2期，第117页。

本问题是我们对"历史"缺乏深入反思，我们的历史观还是非常传统的，"真实性""客观性""规律性""统一性""有机性"等是我们的基本观念或者说信念，也就是说，在思维方式上我们还是形而上学的。

纵观当今中国现代文学史书写，我们看到，书写者们不管是以一种什么样的视角和标准来看中国现代文学，不管对中国现代文学中的作家、作品以及思潮、流派等存在多么大的意见分歧，在思维方式上却惊人的一致，即都把复杂的、混乱的中国现代文学纳入某种统一的模式中，或政治的，或民间的，或人民的，或某种创作原则和方法的，或性质的，文学历史在述说中变得有条不紊，呈现出清晰的逻辑和有序的结构，变得单纯、透明和僵硬。对"文学""文学史""文学性"等概念，对文学的作用、意义、发展、演变等问题，我们总是希望得到一个终极性的结论。我们在信念上始终认为有一种绝对客观的、具有内在规律性的、不以人的意志为转移的终极性历史，现代文学史作为观念形态的使命就是追求这样一种终极历史。过去之所以没有找到这种终极历史，是因为学术积累不够、认识能力不强等，具体表现为材料不充分、方法和观念有问题、学术水平有限等。正是怀着这样一种信念，文学史研究者们穷尽精力，将中国现代文学史作为一个历史事件，对其逻辑演进、历史过程、总体性质等各个方面进行了各种描述和表达，虽然这些描述和表达明显互相抵牾，但他们都认为只有自己在向这个终极目标迈进，或者干脆认为只有自己找到了最终的答案。所以，"取代"而不是"累加"，是当今中国现代文学史编纂最基本的思维方式，文学史总是以一种否定的方式更替，最后文学史教材变成了一个非此即彼、你死我活的战场。

本质主义是理性思维的基本特点，人类已经习惯了理论上的概括。不可否认，人类的认识总是从分散和混乱的现象开始，进而对规律进行总结，对本质进行概括，这是人类思想的主体，是绝对必要的，但本质主义不能绝对化。对于自然科学来说，寻求事物的发展规律，对现象进行本质总结和概括是最终目标或者最高目标，甚至可以说是唯一的目标。但对于思想文化来说，思想虽然有规律可循，但规律不是唯一的，文化现象可以被概括和归纳，但概括和归纳只是就一般情况而言的。文学属于艺术，高度个性化，具有高度创造性和高度偶然性，特别是优秀的文学作品具有不可复制性，很难进行规律性的总结与概括。

事实上，在人类的精神活动中，文学是非常特殊的活动，在写作中，人感觉上的、无意识的、直觉上的、梦幻的、关于灵感的东西非常多。写作是一种理性活动，也是一种非理性活动，而且其艺术性有时更多地就体现在这种非理性的不可言说之中。所以文学作品无论是在思想内容上还是艺术表达上，都既具有理性的一面（它可以通过理性分析来把握），又具有非理性的一面，它只能感觉、意会和想象，难以分析。也就是说，一方面，文学作品具有逻辑性，具有人情人性的共通性，具有自然形态性，因而具有客观性，正是因为如此，所以我们能够理解，能够在看法上形成某种共识；但另一方面，文学作品又具有反逻辑性，具有矛盾、含糊、混乱、偶然、不可捉摸、不可表达、不可化约等特点，"诗和其他艺术作品，作为人的精神创造产品，与生俱来便赋有内原'自相矛盾'或悖论。这种矛盾性本身，表现了创造作品的作者思想情感的复杂性，同时也表现了表达这些复杂思想情感的高难度。上述复杂性和表达的高难度，都无法找到唯一准确的手段或其他中介加以解决"[1]。文学作品具有物质性，但它从根本上不同于

---

① 高宣扬：《后现代论》，中国人民大学出版社，2005年版，第411页。

106

自然物质，不可以进行科学的解剖和分析，不可能具有某种固定不变的意义，我们可以对它进行把握，但这种把握具有模糊性、不确定性，是精神交流性质的，而不是单纯的掌控和分析。对于文学作品，特别是那些经典的文学作品，不同的读者有不同的理解和感受，并且它在意义和价值上向未来无限开放。

文学史上的各种文学现象是混乱的，是杂乱无章的，各种文学现象有的具有关联性，有的则没有关联。关联也是各种各样的，有些现象之间联系紧密，前后既是时间顺序，也是因果关系；有些现象以一种对抗的方式相联系，相辅相成；有些现象表面上平行发展，但实质上具有深层的内在联系，同属于时代、阶级或者重要历史事件的产物；有的现象在表面上相似，并且具有前后关系，但实际上并没有联系，比如"五四"白话文运动似乎是承袭晚清白话文运动而来，但实际上，二者之间缺乏内在的关联，仅只是表象的相似性，而在逻辑理路、思想基础、目标对象等方面都有根本性的差别。而大量的文学现象则犹如森林里的植被各自生长，既有盘根错节的，也有互不相干的；有一些共同的价值标准，但更多的则是价值差异；有必然性，但更有偶然性；有统一性，但更多的是矛盾和冲突。"历史既非由任何超历史的存在（如上帝）或外在意义、标准所先验地决定，它就不可能像黑格尔所设想的那样，是一个如同由最初的种子发育成橡树似的内在统一的有机演化过程。与黑格尔用思辨辩证法的语言所表达的相反，历史并不是在诸多异质层面的辩证展开中起点和终点自相呼应，最终否定之否定地围绕某一同质中心'自我发展'的所谓辩证有机体。相反，所谓历史，原是以时间为外延划就的一片包含各种不同内涵事物的多元异质空间。'是一个由众多不同元素构成的、不受任何综合权力主宰的复杂系统。'"①

　　但在今天对中国现代文学史的描述中，现代文学似乎像一个被修剪得整整齐齐的花园；似乎像一棵参天大树一样主干、支干以及树叶分明；似乎各种文学现象都是经过精心安排设计出来的，都是某种理念的产物，因而排列有序、井井有条。似乎每一种文学现象的产生都有它充分的理由，又都会合理地延伸，也就是说，它既是一种现象的果，又是另外一种现象的因，因而文学史就是这样的有机体。文学似乎是沿着某种方向坚定地向前发展，每一种文学现象既各自向前发展，又具有内在的一致性，文学分阶段的发展似乎有理有据、有条不紊，似乎是有规律地进行的，每一阶段都起始分明，人既可以有效地掌控现在，也可以准确地预测未来。所以我们看到，以这样一种形而上学的观念来书写中国现代文学史，中国现代文学就变得精巧、单纯和简洁，也变得透明，似乎一目了然。"五四"新文学运动似乎是"万事俱备，只欠东风"的文学事件；鲁迅的产生似乎是必然的；新文学产生之后似乎就是新文学一统天下，似乎旧体文学在一夜之间就从中国的文学中消失了；中国现代文学在思想内容上似乎就朝着"启蒙"与"现代性"诸如此类的时代方向前进；现代文学似乎都是沉重而严肃的，单纯地具有崇高感和使命感；抗日战争爆发后中国文学的一切似乎都是围绕着战争来展开的；国民党统治区文学似乎只有对国民党统治的批判与讽刺；延安文学似乎只有工农兵文学。这样，现代文学史似乎就是一部主题文学史，就是一部具有等级、秩序和层次的文学史，就是一部文学规律史。

---

① 　陈嘉明：《现代性与后现代性》，人民出版社，2001 年版，第 298 页。

规律，即事物之间的必然联系，这种联系反复出现，人可以认识它、把握它并利用它。我们承认规律的广泛存在，也承认文学发展过程中的某些规律或者说法则，比如文学的时代性，文学的意识形态性质，文学的教育、认识和审美作用，文学的诗性，文学的娱乐性，文学的形象性，小说的故事性，诗歌的抒情性，戏剧的戏剧性，风格与人的关系等，但是这些规律对于中国现代文学史来说只具有抽象的意义。文学无论是对于个人来说还是对于民族和国家来说都是个性化的事业，中国现代文学在遵循文学总的法则之下的丰富多彩才是它的魅力所在，所以，个性、丰富性、复杂性、独特性、创造性等才是中国现代文学史书写所应该极力突显的。任何文化现象的发展都是对过去的一种突破，而文学尤其如此，它是在一种破坏与反叛中发展的，文学史上越优秀的作品越具有背叛性，越伟大的作家越藐视过去的法则。对于自然科学来说，规则是非常有用的东西，掌握的规律越多、越精细，科学也就越发达、越进步；但对于文学史来说则恰恰相反，文学的发展恰恰是破除陈规戒律，文学的规律恰恰是没有规律。我们看到，文学史上每一次对规律的突破都会造成文学的新发展，比如过去认为小说必须有情节、人物和环境三个要素，但有人就是写出了没有人物的小说、没有环境的小说、没有故事情节的小说，这是对小说艺术的推进。

文学史可能惊人地相似，但相似不一定就是规律。文学发展本质上是一个不可重复的过程，不可重复决定了文学史书写的不可模拟。所以，规律对于文学史来说不是一个有效或者有用的概念。当然，我们也可以说"反规律"就是"规律"，或者把"反规律"看作新的"规律"，但笔者认为这实际上是消解"规律"，也可以说是关于"规律"的诡辩。文学史不应该是规律史，而应该是反规律史。把文学史写成规律史是乏味、平庸的，也是没有多大价值和意义的。但当今所编纂的各种中国现代文学史却充满了这样一种乏味。以关于作家的书写为例，真正具有艺术精神的作家都是富有个性的，他们多怪诞、狂放、冒险、冲动，甚至不近人情，但我们的文学史却把他们书写成了中规中矩的人，书写成了文学规律的"奴隶"。从"规律"出发，我们总是关注作家生活中普通的一面，而忽视了他们作为作家个性的一面，我们的文学史似乎不是在书写作为作家的普通人而是在书写作为普通人的作家。作家作为常人，具有世俗的一面，但作为文学家，他们又非常人，有其特殊的艺术禀赋、才能和气质，过去我们常常把某人从"神坛"上拉下来，把政治人物"还俗"，出于特殊的政治目的这是可以理解的。我们当然也可以把伟大作家"还俗"，把他生活中平常的一面呈现出来，但对于文学史来说，真正有价值的地方还是他的艺术和个性，是他之所以成为伟大文学家的独特性，包括他的才华、他的勤奋、他的机遇、他的成长经历、他的生活环境、他的个性、他的爱好、他的执着等，重要的不是把他作为常人的特点写出来，而是把他作为伟大作家的特点写出来，从而揭示他在艺术上伟大的根源，这既是对伟大作家的阐释，也是对文学史的阐释。事实上，鲁迅、郭沫若也好，茅盾、巴金也好，其他著名作家也好，他们除了文学上的才华以外，在生活上都是富有个性的人，这种个性是成就他们文学事业的一个重要因素，正是这种个性使中国现代文学史充满了趣味性。但实际上，我们的现代文学史却被书写得索然无味，作家们都被书写成了板着面孔的人、充满了革命思想和威严的人、不苟言笑的人，都是一本正经的正人君子，他们从小就是循规蹈矩的好孩子，似乎丰富多彩的中国现代文学就是在这种单调、乏味和沉闷中产出的。

客观性是历史学者的基本追求，也可以说是他们的理想或者梦想，作为一种准则这没有错，但任何书写的历史都不可能客观。历史既然已经发生了，已经固定不变，那么它就是一种客观存在，所以历史的客观性是存在的，但这种存在只是理论上的。事实上，人不可能绝对重现这种客观。我们可以接近历史的真实，但却永远不能抵达真实。"我们没有理由宣布任何一种历史描述是否是真实的。我们所能主张的最多就是：我们关于过去的信仰与我们关于世界本质的其他信仰之间，正好是相符合的。"① 当然，我认为历史也是分层次的，有简单的历史和复杂的历史，有物质层面上的历史和思想意识方面的历史，有形而上的历史和形而下的历史。日常生活现象、自然现象都可以说是形而下的，而思想、文化、政治等则是形而上的，对于形而下的历史，人类可以非常接近它甚至无限地接近它，但对于思想和文化等形而上的历史，因为其复杂性以及本身的主观性，人的把握则相当主观。比如对于"五四"新文学运动，作为一个历史事实这是客观存在的，具体而言，胡适的《文学改良刍议》、陈独秀的《文学革命论》等理论文章作为史实我们可以把握，胡适的新诗"尝试"、鲁迅的小说创作、郭沫若的诗歌创作等作为史实我们也可以客观叙述，但整个新文学运动的原因、过程、价值和意义则太复杂了，涉及政治、经济、文化各方面，内容庞杂，我们很难把握或者说我们很难客观地把握。

　　书写的历史之所以不具有客观性，从根本上是由历史的复杂性和人的认识的局限性本身决定的。历史太复杂了，人的思想文化太复杂了，而人的认识具有局限性。人是迄今为止被发现的最高级动物，但

---

① ［澳］麦卡拉：《历史的逻辑：把后现代主义引入视域》，北京师范大学出版社，2008年版，第11页。

面对宇宙，面对自然，面对人类自己创造的文化，人类却无能为力。人的精力有限，人的思维和思想能力有限，世界上有很多问题比如想象的极限、生命的永恒等都是我们永远不能解决的，其中历史的客观性也是难题之一。文学是思维的产物，但更是情感与直觉的产物。鲁迅为什么写《阿Q正传》？写作时思维是什么状况？情感是什么状况？鲁迅究竟想表达什么？事实上他表达了什么？这在文学中应该说都是简单的问题，但就是这样简单的问题都没有"客观"的结论。文学作品在文本上具有物质性，也具有客观性，但这种客观性对于文学史来说是没有多少实质意义的，文学的真正价值在于读者的阅读和欣赏，意义在读者和文本的对话中产生，而不同的读者阅读的感受不同，大到时代、阶级、政治，小到个人兴趣、爱好、性格等都会对读者的阅读和理解造成影响，从而对文学作品的意义和价值造成影响。文学史不可能只是作品的"编年史"，必须有作品内容上的叙述和评价，只要有叙述和评价，就必然具有主观性。

　　简单的文学作品叙述具有主观性，复杂的社团、流派以及文学发展的叙述更不可能客观。单个的作家都非常复杂，有前后的变化，有内在的矛盾和冲突，而把不同的作家归纳在一起，把他们看作一个整体，并且阐释他们内在的一致性，这谈何容易？可以想象有多少理论上的难题。文学发展像流水，我们很难对它进行绝对的阶段性划分，从哪里开始，在哪里结束，这完全是文学观念的问题，也是历史视角的问题。关于文学史"分期"的争论其实是没有意义的，就像"趣味无争辩"一样。文学是一种表达和参与，文学史其实也是一种表达和参与，文学史既表达我们对于"文学"的观念，也表达我们对于"历史"的观念，表达本质上是一种态度和期望，也是一种评判。通过对表达的书写，我们实际上就在对当下文学的发展与进程施加影响。因此，文学史本质上是我们对过去文学发展的一种理解、一种建构。

既然文学史从根本上是理解和建构，既然文学史没有绝对的客观性，既然追求一种终极性的文学史是不可能的，那么我们的中国现代文学史就应该是多元的，我们就应该承认各种现代文学史的合理性。文学史模式可以有影响大小之分，但没有绝对的合理与绝对的不合理之分，一定要说哪一种模式是正确的或者哪一种模式是错误的，是令人质疑的。实际上，我们可以从各种角度来书写中国现代文学史，我们可以写广义的政治文学史，也可以写狭义的政治文学史；我们可以写广义的审美文学史，也可以写狭义的审美文学史；可以写"人"的文学史，也可以写艺术形式的文学史；可以是作家作品模式的，可以是阅读模式的，也可以是思潮、流派、社团模式的。文学是语言的艺术，语言的演变深刻地影响中国现代文学史的发展，实际上我们也可以从语言的角度来书写中国现代文学史[①]。更重要的是，我们既可以写统一的、主题单纯的中国现代文学史，也可以写无中心、无主题、无体系的中国现代文学史。我们的文学史写作必须逻辑严密，但这并不意味着文学史本身是逻辑严密的，文学史写作的逻辑和文学史的逻辑是两个不同的概念。我们的文学史书写不能前后矛盾，但这并不意味着回避文学史本身的矛盾，按照鲍曼的观念，现代性就有矛盾性，"矛盾性并不是语言或言语病变的产物。确切地说，它是语言实践的一个正常方面。它产生于语言的一个主要功能：命名和分类功能"[②]。矛盾性实际上也是一种复杂性，中国现代文学史不应该回避矛盾从而

---

① 刘泉：《语言革新与新文学史的叙述模式》，《山东师范大学学报》2008 年第 3 期。

② ［英］齐格蒙特·鲍曼：《现代性与矛盾性》，商务印书馆，2003 年版，第 3 页。

回避复杂性。

"后现代主义者都是反历史主义的，一方面他们否认传统文化所确认的历史秩序，否认存在着某种有方向、有目的和有意义的历史过程，另一方面他们也反对启蒙运动以来基于历史主义所提出的'进步'的口号和基本原则，反对将历史看作'规律性'的事物。在此基础上，后现代主义者往往也反对传统的时空观，反对各种将历史和时间当成连续不断的流程的基本观点。"① 笔者认为，这是非常有道理的，特别是在思维方法上，对于我们书写中国现代文学史是非常有借鉴意义的。

---

① 高宣扬：《后现代论》，中国人民大学出版社，2005 年版，第 20 页。

论王瑶《中国新文学史稿》的"超越性"

———— ◎ ————

王瑶先生《中国新文学史稿》(以下简称《史稿》)在中国现代文学学科上的学术贡献、地位以及影响等,温儒敏、樊骏、孙玉石、钱理群、夏中义的文章[①]以及黄修己的《中国新文学史编纂史》一书的有关章节,都有比较集中的讨论,已经有非常精湛的论述,但仍然有值得进一步探讨的地方。笔者认为,《史稿》的开创性是多方面的,它确立了中国现代文学史的基本模式,这种模式在 20 世纪 80 年代以后一直为大多数的中国现代文学史教材所沿用。王瑶所谈论的问题比如现代文学的性质、内容、范围、起讫时间等,今天仍然是我们研究的基本问题。关于《史稿》在"学术性"以及"学科"规范等方面的学术品格,笔者另有专文论述。本文主要探讨《史稿》产生的时代原因以

---

① 温儒敏:《王瑶的〈中国新文学史稿〉与现代文学学科的建立》,《文学评论》2003 年第 1 期;樊骏:《论文学史家王瑶 —— 兼及他对中国现代文学学科建设的贡献》,《文学评论》1994 年第 5 期;孙玉石:《作为文学史家的王瑶》,《学术界》2000 年第 5 期;钱理群:《王瑶先生的研究个性、学术贡献与地位》,《徐州师范大学学报》1995 年第 3 期;夏中义:《王瑶和他的〈中国新文学史稿〉》,《南方文坛》2000 年第 3 期。

及它的"超越性"问题，探讨王瑶的个人学术素养是如何成就《史稿》并使它成为中国现代文学学科的奠基性作品的。

一

  有"新文学"就应该有"新文学史"，最早在"史"的层面上书写新文学的是胡适，1922年3月，他完成《五十年来中国之文学》一书，其中第十部分即最后一部分专门讲述新文学[①]。1929年，朱自清在清华大学讲授"中国新文学研究"，这是新文学最早表现出"学科"的特点。王瑶说："朱先生讲授'中国新文学研究'课程，始于1929年春季。"他对朱自清"中国新文学研究"的基本评价是："这门课程实际上既有文学史的性质，也有当代文学批评的性质。""朱先生的《纲要》[②]无论从哪一方面说都是带有开创性的，它显示着前驱者开拓的足迹。"[③]之后，1930年，沈从文在中国公学和武汉大学讲授"新文学研究"。但沈从文实际上只讲了新诗部分，讲义后来以《新文学研究》为名印成线装书。全书分为两部分，"前半部是编选以供学生参考阅读的新诗分类引例，后半部是作者6篇谈新诗的论文"[④]。1932

<hr />

① 《五十年来中国之文学》完成的时间是1922年3月3日。初为文章，收入1923年2月《申报》五十周年纪念刊《最近之五十年》，1924年3月《申报》出版此文之单行本。后收入《胡适文存》二集，见《胡适文集3》，北京大学出版社，1998年版。

② 指《中国新文学研究纲要》。——编者注

③ 王瑶：《念朱自清先生》，《王瑶全集》第五卷，河北教育出版社，2000年版，第607、698页。

④ 沈从文：《新文学研究——新诗发展》，《沈从文全集》第16卷，北岳文艺出版社，2002年版，第70页。

年，周作人在辅仁大学讲授"中国新文学的源流"，具体时间是 1932 年 2—5 月，一共讲八次，讲稿出版，分五讲，其中第五讲为"文学革命运动"。前面四讲虽然内容上是古代文学，但都是站在新文学的立场来讲的。[①]1940 年，周扬在延安鲁迅艺术学院讲授"新文学运动史"，但讲稿只完成"引言"、第 1、2 章和第 3 章的一部分，直到 1986 年才发表于《文学评论》第 1 期。[②]此外，还有一些重要的中国新文学史的著作，如王哲甫的《中国新文学运动史》（1933 年版）、李何林的《近二十年中国文艺思潮论》（1940 年版）、任访秋的《中国现代文学史》（上卷）（1944 年版）等。这些课程和著作可以说为中国现代文学学科的确立奠定了基础。

但是，真正使中国现代文学作为学科确立的，还是王瑶先生，其标志性成果就是《史稿》，温儒敏说："王瑶的《中国新文学史稿》是 20 世纪 50 年代最具代表性的一部现代文学史著作，通常已被看作学科的奠基之作。"[③]王瑶自己在"重版后记"中也说："本书出版较早，自难免'始作俑者'之嫌。"[④]可以说，《史稿》既具有"史"的性质，又具有"课程"的性质，而这两方面对于中国现代文学"学科"来说

---

① 周作人：《中国新文学的源流》，河北教育出版社，2002 年版。

② 1938 年 4 月，"鲁迅艺术学院"成立，1940 年，改名为"鲁迅艺术文学院"，1943 年"鲁迅艺术文学院"并入延安大学，更名为"鲁迅文艺学院"。1938 年"鲁迅艺术学院"成立时，周扬任文学系主任，讲授"文艺论"和"中国新文学运动史"两门课。1940 年，周扬升任副院长，仍然兼教职，讲授上述两门课。参见王培元的《延安鲁艺风云录》，广西师范大学出版社，2004 年版，第 12、195 页。

③ 温儒敏：《王瑶的〈中国新文学史稿〉与现代文学学科的建立》，《文学评论》2003 年第 1 期，第 23 页。

④ 王瑶：《中国新文学史稿》，《王瑶全集》第四卷，河北教育出版社，2000 年版，第 450 页。

都是非常重要的。

王瑶之所以能够完成这样一个重大的历史使命，笔者认为既有时机成熟的原因，又有他个人天才性的预见以及学术上的探索和创新的原因，或者说，他以他的敏锐和直觉以及超前的意识，很好地把握了这样一次历史的机遇，也以他的历史感、科学精神以及体例的独创、材料的丰富、论涉的全面，很好地把握了这次历史的机遇。时代提供给每个人的机遇是一样的，但只有王瑶抓住了机遇，这显然与他个人的条件和学术素养有关，显然具有开创之功。

就时代方面来说，中国现代文学作为学科的诞生有非常重要的两方面的因素，一是政权格局的变化，二是相应的教育体制的变化。1949 年，标志着一个时代的结束，也标志着中国现代文学阶段性的完成，对这样一个完整的文学阶段进行总结就是必然的。但这并不是最重要的，最重要的是如何总结。1949 年以后，中国现代文学虽然在类型上没有根本性的变化，但文学在社会生活中的位置和作用、文学本身的格局、文学评价的尺度和标准等都发生了巨大的变化。1942 年的《在延安文艺座谈会上的讲话》实际上就为未来的中华人民共和国的文学定下了基调，也为未来的中华人民共和国文学发展确立了基本原则和前进的方向，《新民主主义论》等毛泽东著作则为未来的文学研究奠定了理论基础。而第一次"中华全国文学艺术工作者代表大会"实际上是以"意识形态"的形式把整个中华人民共和国的文艺事业的理论基础、发展方向、基本精神确定下来，毛泽东、周恩来、朱德等人的到场，则可以说是从政治上对这种"工作原则"的确认。从此之后，中国的文学事业就沿着这种"格调"前进，任何人都不可能逆转。第一次"中华全国文学艺术工作者代表大会"上郭沫若、周扬、茅盾三人所作的报告不仅对过去的文学工作进行了新的总结，同时也对未来的文学工作进行了大致上的"规划"。而就文学研究来说，三人的报告从理论到方法、思想原则、具体的重大结论等各方面都为未来的中国文学批评和文学研究确立了范本。具有特殊意义的中国现代文学史不过是中国文学事业的一种合理衍生。

与国家政治制度的变化一致，整个中国的教育体制也发生了根本性的变化。1949年9月27日，中国人民政治协商会议通过了《中华人民共和国中央人民政府组织法》，规定政务院下设教育部，10月19日，中央人民政府决定成立教育部，11月1日教育部成立。1950年，政务院出台《关于实施高等学校课程改革的决定》，随后，教育部成立"高等学校课程改革委员会"，1950年8月，该委员会的"文法两学院各系小组"制定了《高等学校文法两学院各系课程草案》。"文法两学院各系小组"下设"中国语文系小组"，"中国语文系小组"中又分各课程，其中就有"中国新文学史"一课。从这个时间顺序里，我们可以看到，一切都是自上而下、按部就班、有条不紊地进行的，中国现代文学作为学科实际上是新教育体制在高等教育中文专业中层层推进的产物。从这一意义上来说，中国现代文学作为学科的产生、学科的特点、学科的思想基础、学科的基本框架和话语方式等其实都具有必然性。今天，当我们回头看当时的那些中国现代文学史时，我们可能会对其中的"某些意志"对文学史的科学性所构成的伤害感到惋惜，甚至提出强烈的批评，但回到历史现场，我们看到，这是无可奈何的。时过境迁，现在以及未来我们都可以超越性地看问题，但在当时总体上是非常困难的。

但王瑶就做到了超越。时代的制约力量固然是强大的，但个人的努力同样也不应该被轻视。王瑶作为中国现代文学学科"奠基人"具有崇高的地位，一个重要的原因就在于，他一方面顺应了历史潮流，另一方面又对时代有所超越；也就是说，他一方面把握了历史的机遇，但另一方面又成功地摆脱了某些历史的"暂时性"。所以，在今天看来，他的《史稿》虽然不可避免地有某种历史的局限性，但无论是在大的写作态度、体例还是小的观念、技巧上以及材料运用上，都值得我们学习，他的某些观点可能会过时，但其学术性以及相应的学风是不会过时的。他的问题意识和研究方法对我们现在的中国现代文学研究仍然具有重要的参考价值。反观现今的中国现代文学研究，笔者发现，在很多问题上，我们并没有超越王瑶，没有超越他的问题范围，没有超越他的基本框架，没有超越他的思想方式，他的很多具体观点我们今天仍然还在沿用，并且已经成为现代文学的基础性结论，很多新的见解实际上都是建立在这些观念基础上的。从这一意义上来说，《史稿》和那些纯粹的"历史产物"有很大的区别。

二

如前所述，政治上的变革对于中国现代文学学科的产生具有举足轻重的作用，而相应的教育体制和课程改革则直接催生了中国现代文学学科的产生。但反过来，我们不禁要问：教育部课程改革的资源又是从哪里来的呢？为什么要设"中国新文学史"这一课程呢？除了政治上的原因以外，有没有学术上的渊源和根据？答案是肯定的。

1951 年的《〈中国新文学史〉教学大纲（初稿）》中有一个说明："其中'中国新文学史'一课的教学大纲的草拟工作，由老舍、蔡仪、王瑶和我（原定有陈涌同志，他因忙未能参加）担任。因为大家都忙，我们只在一起商讨了两次：第一次根据蔡仪、王瑶和东北师大中文系张毕来三同志所草拟的三份大纲，交换了一些意见；会后再由我参照这三份大纲草拟一个大纲，第二次即讨论这个大纲，略加修改通过。"①
之所以邀请这几位来制订中国现代文学教学大纲，显然与他们的"先行"有关。事实上，新的课程改革在中华人民共和国成立前就开始了。
1949 年，蔡仪在华北大学二部国文系讲授"中国新文学史"②，张毕来
在东北师范大学讲授"新文学史"③，王瑶则在清华大学讲授"中国新文学史"，王瑶说："1948 年北京解放时，著者正在清华讲授'中国文学史分期研究（汉魏六朝）'一课，同学就要求将课程内容改为'五四'至现在一段，次年校中添设'中国新文学史'一课，遂由著者担任。"④
而《〈中国新文学史〉教学大纲（初稿）》正是综合上述三人的"提纲"
而来。在这里，个人与时代是互动的关系，一方面，时代对个人具有
决定性，个人从属于时代，个人应该顺应时代的潮流；另一方面，个

① 《〈中国新文学史〉教学大纲（初稿）》署名老舍、蔡仪、王瑶、李何林四人，"说明"
系李何林所写，时间为 1951 年 5 月 30 日。见李何林等的《中国新文学史研究》，新建设杂
志社，1951 年版，第 1 页。
② 讲课记录稿以《中国新文学史讲话》为名，1952 年 11 月由新文艺出版社出版，版权页
上的时间为 1953 年 1 月。另参见黄修己的《中国新文学史编纂史》，北京大学出版社，1995
年版，第 149—150 页。
③ 讲稿后来以《新文学史纲（第一卷）》为名，1955 年 10 月由作家出版社出版。1952 年
8 月 30 日，在"《中国新文学史稿（上册）》座谈会"上，李广田曾说："就这方面的著作
说，东北大学张毕来也写过一本中国新文学史，思想性较强，不过有些武断。可是他很慎
重，一直不出。"见《〈中国新文学史稿（上册）〉座谈会记录》，《文艺报》1952 年第 20 号
（总第 73 期）。这里的"东北大学"应为"东北师范大学"。张毕来在《新文学史纲（第一
卷）》"后记"中这样说："1949 年到 1953 年的数年间，我在东北师范大学中文系工作的时
候，由于工作需要，讲授'新文学史'，先后编印过三份讲义。……1953 年冬天，调到华东
师范大学工作。""后记"的写作时间是 1954 年 9 月 12 日，此时作者已经调到北京工作。见
张毕来的《新文学史纲（第一卷）》，人民文学出版社，1985 年版，第 247—248 页。
④ 王瑶：《中国新文学史稿（上册）》，《王瑶全集》第三卷，河北教育出版社，2000 年
版，"初版自序"第 30 页。

人又推动历史的发展。教育部组织制订的"中国新文学史教学大纲"对中国现代文学作为学科的确立具有关键性作用，但这个"大纲"又是王瑶等人制订的，所以，仅就制订"中国新文学史教学大纲"对中国现代文学学科的作用和意义来说，王瑶功不可没。

虽然新文学从 1917 年就开始了，并且是中国现代史上绝对的主流文学，但在旧教育体制的中文系文学课程设置中，它根本就没有地位。中华人民共和国成立之前的文学课程主要是中国古代文学，"占时间最多者为中国文学史，文选、诗选、词选、曲选诸科"①。王瑶说："虽然在《大学一览》里说中国文学系的责任在创造中国新的文学，虽然在《向导专号》里也说本系要注意文学的鉴赏和批评，可是在《大学一览》里所列的七八门学程当中，涉及近代文学的也只有'新文学研究'和'习作'两门，然而也有好几年没开班了。"②从这个抱怨里，我们可以看到当时的大学课程设置状况。1935 年清华大学中国语言文学系开设了一些课程——刘文典，选学、诸子、中国化之外国语；杨树达，国文法、汉书；闻一多，诗经、楚辞、唐诗；陈寅恪，佛教文学；俞平伯，词。③而在 1949 年，王瑶比较早地在清华大学开设中国新文学史课程，这在当时是很超前的。

---

① 朱光潜：《文学院课程之检讨》，《朱光潜全集》第九卷，安徽教育出版社，1993 年版，第 79 页。

② 王瑶：《从一个角落来看中国文学系》，《王瑶全集》第七卷，河北教育出版社，2000 年版，第 182 页。此文原载于 1936 年 9 月 6 日的《清华暑期周刊》。

③ 朱自清：《中国文学系概况》，《朱自清全集》第八卷，江苏教育出版社，1993 年版，第 414—415 页。一年才开设五门课，这在现在看来是非常少的，但当时的中文系无论是老师的人数还是学生的人数，都非今日所能比。1934 年清华大学中文系的全体教职工如下：教授兼主任朱自清；教授陈寅恪、杨树达、俞平伯、刘文典、闻一多；专任讲师浦江清、王力；讲师赵万里、唐兰；教员许维遹；助教余冠英、安文倬；书记张健夫。出处同上。

王瑶的这种超前意识显然受他的老师朱自清的影响。也许是新文学出身的缘故，朱自清在 20 世纪 30 年代就主张大学中文系的文学课程应当增加新文学的分量。1929 年，朱自清率先在清华大学开设"中国新文学研究"课程，后又分别在北平师大和燕京大学两校讲授，现在留下三种稿本[①]。王瑶 1934 年考入清华大学中国文学系，1943 年毕业，随后又考入清华大学文学院中国文学部，师从朱自清读中古文学（大约相当于今天的硕士研究生），1946 年毕业于研究院中国文学部，同年受聘于清华大学中国文学系。[②]从大学本科到硕士研究生到留校任教，王瑶一直跟从朱自清，不仅对老师感情笃深，而且在思想上、学风上、学术方式上都深受其影响。在中国现代文学问题上也是这样，对比王瑶的《史稿》和朱自清的《中国新文学研究纲要》，我们可以看到，二者之间明显一脉相承。比如"史稿"按文体来讲文学史，这在当时曾遭到批评，但它实际上是从朱自清那里沿袭而来。朱自清的《中国新文学研究纲要》实际上分为两部分，第一部分为"总论"，分别讲"背景""经过"和"外国的影响"；第二部分为"各论"，分别讲"诗""小说""戏剧""散文"和"文学批评"。

　　从这里我们也可以看到，中国现代文学学科的产生与中国现代文学的学术发展、学术积累和学术承传有很大的关系。王瑶在清华大学特别是闻一多、朱自清那里所接受的学术训练，他所秉承的传统学术精神对《史稿》的写作具有深刻的影响。正是这一点使《史稿》一方

---

① 朱自清的三种讲稿，由赵园整理，收入《朱自清全集》第八卷，共 50 页。赵园的整理，"以铅印本为主，而将其余两种稿本中'剪贴补下'的内容，斟酌插入有关章节"。参见朱自清的《中国新文学研究纲要》和赵园的《整理工作说明》。朱自清：《朱自清全集》第八卷，江苏教育出版社，1993 年版。

② 杜玲：《王瑶年谱》，王瑶，《王瑶全集》第八卷，河北教育出版社，2000 年版。

面具有鲜明的时代性，另一方面又超越时代，后一点在今天看来弥足珍贵，并且对于中国现代文学学科的确立尤其重要。中华人民共和国成立后，特别是"中国现代文学"作为大学中文专业的基本课程确立以后，产生了很多中国现代文学史著作，有些著作，现在真是难以卒读，但王瑶的《史稿》，我们不仅能读下去，而且仍然能从中得到很多启发，《史稿》的结构、框架、体例以及具体的观点，很多我们现在还在沿用。这显然与学术上的师承和延传有很大的关系。"师承"在王瑶那时甚至构成了一种超越性的力量支撑。

任何时候"时代潮流"都是强大的，都会对学术具有制约性，但王瑶特别之处就在于他一方面顺应"时代潮流"，积极投身到"时代潮流"之中并推动时代向前发展；但另一方面，他又没有完全被"时代潮流"所淹没，他在响应"时代潮流"时，不失个性，很好地保持了个人与时代的平衡。时代精神固然深深地影响了王瑶，影响了他对中国现代文学史的书写，但个人的学术积累、学术承传同样也深刻地制约着他对中国现代文学史的书写。他在政治上洋溢着时代的热情的同时，又保持着学术上的冷静和清醒，恪守学术规范，充分尊重已有的学术成果，并以前人的学术积累为基础向前延伸，这是王瑶非常重要的学术品格。

正是在这一意义上，与那种粗糙的开创不同，王瑶的《史稿》对中国现代文学学科的开创具有很高的起点。政治是那个时代最为鲜明的特点，无论是在生活上还是在学术上，王瑶都不可能回避这一问题，事实上，《史稿》在指导思想上具有很强的政治性，是符合当时的思想潮流的。但在具体问题上，王瑶尽量撇开政治，尽量不对作家和作品作政治方面的评价，尽量不把文学史引入政治的范围，在政治的框架中保持学术的独立性，这为现代文学研究走学术化的道路奠定了很好的基础。《史稿》之后，出现了很多中国现代文学史著作，但总体上呈"滑坡"态势，一直到 20 世纪 80 年代初期我们才重新回到这一起点。并且 20 世纪 80 年代之后的中国现代文学史著作基本上是沿着王瑶所开创的方向前进的。《史稿》充分地吸收了当时的研究成果，可以说，全面、客观、公正地叙述了中国现代文学史，在研究方法、学术规范上都值得我们学习。今天，中国现代文学研究在具体内容上已经有了很大的变化，但基本问题并没有根本性的改变。王瑶所谈论的问题比如现代文学的性质、内容、范围、起讫时间，现代文学与中国古代文学、外国文学之间的关系，现代文学的民族性、地域性，现代文学中的创作方法与流派等问题，仍然是我们今天研究的基本问题，也正是在这一意义上，我们说王瑶的《史稿》具有"超越性"。

论王瑶《中国新文学史稿》的学术品格

———— ◎ ————

关于王瑶先生《中国新文学史稿》（以下简称《史稿》）在中国现代文学学科上的学术贡献、地位以及影响等，温儒敏的《王瑶的〈中国新文学史稿〉与现代文学学科的建立》一文以及《先驱者的足迹 —— 王瑶学术思想研究论文集》中的很多文章，都有比较集中的讨论。但笔者认为仍然有值得申论的地方。本文即以这些成果为前提，把《史稿》放置于学科发展史以及当时的时代背景和学术背景中来研究它的学术品格，特别是探讨它何以具有超越性，它的学术精神对中国现代文学学科的影响以及当代意义。

一

王瑶先生《史稿》的品格首先表现在它的"学术性"上。根据王瑶的有关自述和《史稿》本身，我们可以看到，王瑶在写作《史稿》时，政治自觉意识是非常强的，并且是非常真诚的。《史稿》的第一段话是这样的："中国新文学的历史，是从'五四'的文学革命开始的。它是中国新民主主义革命三十年来在文学领域中的斗争和表现，用艺术的武器来展开了反帝反封建的斗争，教育了广大的人民；因此它必然是中国新民主主义革命史的一部分，是和政治斗争密切结合着的。"①这段话开宗明义表明政治态度。"绪论"部分共有七段"正面"引文，其中四段是毛泽东的话，全部来自《新民主主义论》，并且是大段引用。"绪论"分"开始""性质""领导思想""分期"四部分，其实就是用毛泽东"新民主主义论"来解释中国现代文学，在这种解释中，中国现代文学史就具有了浓厚的思想倾向性。

但这只是《史稿》的部分特征，问题一旦深入到具体的叙述和评价，毛泽东思想反而没那么浓厚了，于是，中国现代文学史在王瑶专业性的讲述中又显示出它的学术本性来。对于这一特色，温儒敏有非常精到的分析："王瑶用于指导或统领这部文学史的基本观点是政治化的，而在实施这种政治化的文学史写作中，王瑶有矛盾，有非学术的紧张。他的出色之处在于尽可能调和化解矛盾，并在一个非常政治化的写作状态中探讨如何发挥文学史家的才华与史识。"②

其实，《史稿》的这种指导思想具有明显倾向性而具体研究相对学术化的特点，早在《史稿》刚出版的时候就被学者注意到了。《史稿》上册出版以后，出版总署和《人民日报》联合召开了一次专题

---

① 王瑶：《中国新文学史稿（上册）》，《王瑶全集》第三卷，河北教育出版社，2000年版，第35页。

② 温儒敏：《王瑶的〈中国新文学史稿〉与现代文学学科的建立》，《文学评论》2003年第1期，第25页。

座谈会，虽然当时的学术气氛还相对比较宽松，叶圣陶作为主持人的开场白语气也很平和，但"批评"和"批判"的基调却似乎是定好了的，而批评或批判最多的就是《史稿》思想和学术的"脱节"。比如吴组缃说："他的这部书显然存在着严重的缺点。简单说：第一，可以说是主从混淆，判别失当。三十年来文艺统一战线的斗争发展，是马克思列宁主义居于主导地位。在本书每编每章总的叙说里，作者对此点是有认识的，可是一到具体论列作家作品的时候，这一要点就被抛开了。"杨晦说："讲领导思想的时候，也讲到无产阶级思想的领导问题，但是，他对于作家和作品的批评上，几乎看不出有什么无产阶级思想的领导来。"钟敬文说："本书总论性质的部分，是有社会阶级的分析的（虽然不怎样深刻），但是在对待具体的作家、作品的时候，就很少运用阶级观点，甚至完全抛弃了这种观点。"[1] 当时参加座谈会的学者，大多数和王瑶的私交都比较好，有的是他的同事，这些批评在当时还是比较客气的，联系当时的背景，这也是可以理解的。

但我们现在重新读这些"批评"，笔者感觉，虽然它们表面上咄咄逼人，但在学术层面上的"批评"根本就"软弱无力"。批评中所说的优点未必是优点，缺点也未必是缺点。座谈会上学者对《史稿》在思想上的批评主要是认为王瑶对文学史缺乏阶级斗争和阶级分析的观念，主要表现在两方面：一是不应该讲那些按照当时的标准在政治上有问题的作家（及作品），比如胡适、周作人、林语堂、沈从文、李金发、王独清、张资平，甚至于闻一多、冰心，特别是不应该把他们和

---

[1] 《〈中国新文学史稿（上册）〉座谈会记录》，《文艺报》1952年第20号（总第73期），第27页。

郭沫若、蒋光慈等人同等对待；二是对作品分析不应该把思想内容和艺术形式并重。很多人都批评王瑶对文学作品缺乏阶级斗争性的批判，对作品的分析偏向艺术形式。1958 年，中国人民大学现代文学教研室专门写了一本书，题为《王瑶〈中国新文学史稿〉批判》，全书约 2.6 万字，所谓"批判"，其实就是思想批判，基本的结论是王瑶没有用阶级斗争的观念来写中国现代文学史。

可到了 20 世纪 80 年代之后，中国现代文学史研究却一步步地恢复到了王瑶的思路上，《史稿》中很多东西比如模式、方法和具体观点等，后来都被发扬光大了，正是沿着被批判的方向，中国现代文学史研究在 20 世纪 80 年代之后取得了长足的进步。中国现代文学学科以后还会有新的发展，思想和意识形态对于中国现代文学史的作用和意义也许会有新的阐释，思想化的中国现代文学史也许会以新的形式出现，但至少在过去 20 多年的时间里，《史稿》的价值是被现代文学界广泛认同的。今天回顾中国现代文学学科历程，我们看到，《史稿》中最有价值、最有建设意义、对今天仍然具有启发性的恰恰是当时被批评的地方。王瑶的《史稿》之后，学者吸取王瑶的"前车之鉴"，按照"正确的观念"写作，曾经产生了很多种关于中国现代文学史的著作，但这些著作在今天看来，除了"历史资料"和"经验教训"以外，似乎再难有什么其他价值，在当时看是"成熟的"，但在今天看却让人感到"幼稚可笑"。

在学术与思想的关系问题上，笔者觉得我们不必从智慧的角度去理解王瑶，那样实际上是轻贱了《史稿》。对于 1952 年"《中国新文学史稿（上册）》座谈会"的"批评"、1955 年甘惜分的"批判"和 1958 年的"学术大批判"，王瑶实际上都是有反应的。"《中国新文学史稿（上册）》座谈会"之后，王瑶写了《读〈中国新文学史稿（上册）〉座谈会记录》一文；甘惜分的文章发表之后，王瑶写了《从错误中汲取教训》一文；1958年的"学术大批判"之时，王瑶写了《〈中国新文学史稿〉的自我批判》一文。应该说，在当时的那种环境下，王瑶也是很"紧张"的。但从这些回应性的"检讨"文章来看，他对这些"批评"和"批判"实际上是很不以为然的。对于所有的"批评"和"批判"，王瑶一概"笑纳"，对于"座谈会"上关于《史稿》上册的批评，王瑶的意见是："对于各位所提的那些意见，根据我现在的认识和思考的结果，我以为都是正确的；我愿意表示接受，并希望能在今后的工作中把这种结果来具体地体现出来。"[1] 但实际上，他根本就没有改正"错误"，1953年出版的《史稿》下册仍然充满了这些"错误"。对于甘惜分的批判，王瑶也说"完全同意""在我所作的《中国新文学史稿》中，对这个问题就犯了不可原谅的原则性的错误"[2]。对于1958年的"学术大批判"，王瑶更是对自己进行了全面的否定。但仔细读这些检讨，笔者发现，这些自我否定和贬损其实都非常空洞、抽象，并没有实质性的内涵——王瑶虽一再表示自己思想水平和认识水平不够，但却从不对作品进行修改。

在"《中国新文学史稿（上册）》座谈会"上，"客观主义"被认为是《史稿》的重要错误之一，比如有学者说："作者处处都好似站在纯客观的立场说话，把进步的与落后的、革命的与反革命的作家等量齐观。"在今天看来，用"客观主义"来评价《史稿》，恰恰是一

---

[1]　王瑶：《读〈中国新文学史稿（上册）〉座谈会记录》，《王瑶全集》第七卷，河北教育出版社，2000年版，第276页。

[2]　王瑶：《从错误中汲取教训》，《王瑶全集》第七卷，河北教育出版社，2000年版，第280页。

种褒扬，正是严谨的学风使《史稿》超越了时代的局限。

二

　　王瑶的《史稿》的开创性是多方面的。它确立了一种新的中国现代文学史的模式，这种模式在20世纪80年代以后一直为大多数的中国现代文学史教材所沿用，钱理群、吴福辉、温儒敏等人所著的《中国现代文学三十年》则可以说使这种模式达到了相当完备的程度。笔者认为，《中国现代文学三十年》最大的特点就是充分吸收学术界的研究成果，著者在初版的"后记"中说："我们广泛吸收了最新研究成果，力图能够显示本学科已经达到的水平……同时充分注意科学性与准确性，以及文学史教材应有的相对稳定性与可接受性。"[①] 在修订本"后记"中作者说："本书的修订，主要是吸收1987年以后近十年的研究成果，以及我们自己研究的新的心得。"[②]《中国现代文学三十年》出版以后，影响巨大，一直被很多高校当作教材，也被很多"自编"教材模仿甚至抄袭。唐弢曾经说："我个人觉得，文学史可以有多种多样的写法：吸收已有成果，介绍基本知识，反映学术界普遍达成的水平，这是一种写法。"[③]《中国现代文学三十年》正是这种写法，再加上著者的素养和写作的严谨，所以它取得了成功并获得了广泛的认

----

① 钱理群、吴福辉、温儒敏等：《中国现代文学三十年》，上海文艺出版社，1987年版，第664页。

② 钱理群、吴福辉、温儒敏等：《中国现代文学三十年》，北京大学出版社，1998年版，第665页。

③ 唐弢：《中国现代文学史简编》，人民文学出版社，1984年版，第583页。

同。但实际上，充分吸收前人的研究成果，正是王瑶《史稿》最重要的特征之一。

吸收别人的研究成果，这在当时被认为是"客观主义"的表现之一，被认为是没有立场和见解的。在"《中国新文学史稿（上册）》座谈会"上，大多数人都对这种学术方式提出了批评，林庚说："作者依靠史料的地方较多，表现自己看法的时候较少，书中大半是引用别人的意见，因此从整个文学史上，就显示不出一个一贯而有力的主流来。"钟敬文说："无原则地、大量地引用别人的批评文字或作家自己的话。著者在这本书中，随处引用别人对于作家的批评或作家自己的叙述、评论。他或者以为这样可以比较客观，比较少犯错误。实际上，却正相反，由于这样的引用，不但使这部书在形体上显得臃肿，而且在思想内容上失去了严明的立场和公正的判断。"① 当然，现在看来，王瑶在引用材料方面的确存在着一些技术上的问题，比如引用太长，有些材料完全可以用概述的方式来叙述而不必大段引用。但不管怎么说，充分吸收别人的研究成果，把文学的水平建立在过去的积累的基础上，这并没有错。

就大段地引用材料来说，李何林的《近二十年中国文艺思潮论》可以说更为突出，虽然为"论"，但全书将近一半的篇幅是引文，有的章节比如第三编第四章第三节的"B"问题，共13页，而引文就占了约12页。② 这虽然过于"偷懒"，但不失为一种学术真诚并具有史料的价值，所以并没有遭到批评。比起李何林的《近二十年中国文

---

① 《〈中国新文学史稿（上册）〉座谈会记录》，《文艺报》1952年第20号（总第73期），第27页。

② 李何林：《近二十年中国文艺思潮论》，陕西人民出版社，1981年版，第471—484页。

艺思潮论》，王瑶的《史稿》在引文问题上可以说处理得好多了。现在重读《史稿》，我们并不会觉得王瑶在吸收别人的研究成果上有什么问题，恰恰相反，我们觉得这是非常规范的。今天的许多中国现代文学史著作恰恰在这一点上存在着严重的问题。中国现代文学史上作家众多，作品浩如烟海，优秀的作品也数量庞大，一个人的精力毕竟有限，把这些优秀的文学作品读完非常困难，对每一位作家及其作品都进行认真的研究，并提出自己的观点和看法，这根本就是不可能的。而且，中国现代文学史在过去的评论和研究中已经积累了丰富的成果，很多结论都是真知灼见，对作家和作品的定位也非常准确到位，完全漠视这些学术成果，是违反基本学术规范的。充分吸收过去的学术成果，这既是对其他人学术研究的尊重，也使自己站在一个较高的学术基点上。《史稿》不仅具有开创性，而且在很长一段时间内都保持着"先进性"，在今天仍然具有较高的学术价值，与其充分吸收前人的研究成果，建立在一个较高的基础上有很大关系。不充分吸收别人的研究成果，这在今天看来简直是不可思议的，事实上，只有那些学术不规范的人才这样做。不借鉴是不可能的，而借鉴了别人的研究成果又不注明，今天已经明确地被定义为"学术不端"。

在体例上，《史稿》也具有开创性。按照文体来叙述文学史，这在今天已经非常流行，而这种体例的确立应该说与《史稿》也有一定的关系。当然，它不是王瑶首创的，1933 年出版的王哲甫的《中国新文学运动史》，就是按照文体来叙述中国现代文学史的。朱自清的《中国新文学研究纲要》分"总论"和"各论"两部分，"各论"就是按文体来讲述。但王瑶的《史稿》把文体模式发扬光大了，从而使其成为主流的模式。20 世纪 50 年代，这种模式是有争议的，比如杨晦说：

"在文学史里，把诗歌、小说、戏剧那样分章地处理，很是机械，因为文学的发展并不是这样的。"① 甘惜分说："把每一时期的各种作品，按诗歌、小说、戏剧、散文等类排列起来。如果一个作家用了各种文学体裁写作，那么他就被陷于五牛分尸的命运。"② 应该说，这种批评有一定的道理。但王瑶也有他自己的理由，在《念朱自清先生》一文中，他借讲朱自清表达了他对文体线索的观点："长期以来这种先有总论然后按文体分类来写的文学史的方法就为一些人所诟病；的确，事实上是有少数擅长多种文体的作家，例如郭沫若，就诗歌、小说、戏剧、散文都写过，而用这种按文体分类评述的方法自然会把一个作家的创作分割于不同的章节，不容易使读者得到完整的印象。但事情有利有弊，历史现象总是错综复杂的，当人们用文字来叙述历史过程时，只能选择那种最容易表现历史本来面目和作者观点的体例，很难要求一点毛病也没有。这正如旧小说中的'话分两头'一样，其实两件事是同时发生，但作者只能分开叙述。"③ 这同样是有道理的。

其实，不仅是文体划分存在这样的问题，几乎每一种分类都有这样的问题，比如时期划分，同样也有利和弊。不分时期当然有问题，但分时期又有另外的问题。作家的创作也有变化，可以进行时段划分，但作家的时段划分与整个中国现代文学的时期划分并不一定吻合，这样中国现代文学史在时间上就经常表现出某种错位性。同时，作家的

---

① 《〈中国新文学史稿（上册）〉座谈会记录》，《文艺报》1952 年第 20 号（总第 73 期），第 26 页。

② 甘惜分：《清除胡风反动思想在文学史研究工作中的影响——评"中国新文学史稿"下册》，《文艺报》1955 年第 19 号，第 30 页。

③ 王瑶：《念朱自清先生》，《王瑶全集》第五卷，河北教育出版社，2000 年版，第 609—610 页。

创作具有整体性，因为时期划分的限制，把同一作家的创作放在不同的时期进行论述，就可能打破它的整体性。文学史至今没有很好地解决这一问题，唐弢主编的三卷本《中国现代文学史》采取的方法是把重要作家分专章来讲，这一做法被今天绝大多数的中国现代文学史著作者所采用，但这也只是部分地解决了问题。文学史有各种各样的写法，理论上都有其合理性，选择哪一种方式与不选择哪一种方式，有很大部分人为因素，关键在于如何选择。而《史稿》的很多选择都对中国现代文学学科有很大的影响。

　　一个学科的发展往往与开创时的"奠基"有很大的关系。奠基时的问题意识、问题范围、学术精神、学术规范等都会对这一学科产生长远而深刻的影响。中国现代文学学科之所以在短短的 50 多年时间内从诞生到发展壮大，再到现有的规模、成就以及影响，这应该说与学科最初的基调有很大的关系。王瑶作为中国现代文学学科的开创者，可以说开了一个好头，为中国现代文学学科定下了一个很好的基调。

第二辑

当代文学及其"时间段"划分

———— ◎ ————

一

一般以 1949 年即中华人民共和国成立作为当代文学的起始时间，这有一定的合理性。1949 年之后，随着社会政治的变化，文学也发生了深刻的变化，无论是在形式上、内容上还是在文学精神上，1949 年之后的文学都明显迥异于现代文学，事实上，新文学明显以 1949 年为界分为两个时代。但是，"现代"和"当代"，都是以"当下"为坐标而确立的，而"当下"是变化的，因此，"现代文学"与"当代文学"在时间范围上也不是一成不变的。

1949 年以前，"现代文学"一般被称为"新文学"，中华人民共和国成立初期这种称谓仍然被沿用，比如王瑶的《中国新文学史稿》、刘绶松的《中国新文学史初稿》、张毕来的《新文学史纲》等都是以"新文学"命名。第一个使用现在意义上的"现代文学"的是丁易，其著作是 1955 年出版的《中国现代文学史略》，对于为什么用"现代文学"而不用"新文学"，丁易在书中并没有解释，但从其大量运用毛泽东

"新民主主义论"来看，他应该是借用了当时历史学领域关于社会阶段划分的成果，即称1848—1918年为"近代"，称1919—1949年为"现代"，自然，1919—1949年的文学就应该是现代文学。

"现代"一词虽是不经意使用，但意义却很大，它不仅是一个词语，同时也是一种话语。"新文学"主要是一个性质概念，它相对于"旧文学"而言，所以"新文学"从根本上不是文学史概念，不标示时间范围。而"现代"一词则具有广泛的社会历史性质以及阶段划分的思想文化背景，它的词义是在和"古代""近代"等词语的相互关系中确定的，并预设了"当代"的基本含义以及独立价值和意义。"现代文学"一旦确立，当代文学从"新文学"中分离出来并且和现代文学具有平等的地位就是必然，不过当时的当代文学才刚刚开始，并且在成就上远不能和现代文学相提并论。

笔者查阅到的最早的"当代文学史"是山东大学中文系编著的《1949—1959中国当代文学史》（1960年由山东人民出版社出版），大约同一时间，北京大学则编写了《中国现代文学史当代部分纲要》（内部出版），随后，华中师范学院中文系编著的《中国当代文学史稿》（1962年由中国科学出版社出版）和中国社会科学院文学研究所编著的《十年来的新中国文学》（1963年由作家出版社出版）先后出版，这些著作最重要的贡献就是确立了当代文学的基本框架，使当代文学学科具有了雏形。

现在看来，20世纪60年代初期的当代文学学科还很不成熟，原因除了时间很短、文学现象非常有限以外，更重要的是当代文学作为明显异于现代文学的阶段性文学，其文学成就非常有限。新时代作家无论是在文化素质上还是在创作能力上，抑或是在文学成就上都没法和鲁迅、郭沫若、茅盾、巴金、老舍、曹禺那代人相比，也没有《呐喊》《彷徨》《子夜》《雷雨》这样的伟大作品，当代文学当时在内涵上可以说非常空洞和贫乏，这样从研究对象上就使它的学科价值打了折扣，所以很长一段时间，人们都认为当代文学不能和现代文学相提并论，其学术性也被质疑。当代文学学科真正走向成熟，真正可以和现代文学学科相颉颃是在20世纪80年代之后，这既与现实的社会政治、教育体制的发展变化有关（比如当代文学在20世纪80年代之后普遍被设置为一门独立的课程，在时间上承接现代文学），更与当代文学的发展有关，"新时期"文学在当时被认为成就巨大，这使当代文学学科底气十足。其中，1980年出版的张钟、洪子诚等五人编写的《当代文学概观》（北京大学出版社出版）和郭志刚、董健等人编写的《中国当代文学史初稿》（人民文学出版社出版）可以说是比较完备的中国当代文学史著作。

现在来看，20世纪60年代人们把1949年作为当代文学的开端，这是合理的，20世纪80年代依旧沿袭这一约定仍然是合理的。在时间和文学现象上，二者是大致相当的，也可以说是平衡的，非常符合学术分工的原则。但今天看来，这种分期无论从时间上来说还是从内容上来说都明显不合理。现代文学在时间上可以说是固定的，就是30年，而当代文学因为没有时间下限所以在时间上是持续增长的，至今已经70年，是现代文学的一倍多，且还在增长，这明显不均衡。在内容上，现代文学30年虽然有鲁迅、郭沫若、茅盾、巴金、老舍、曹禺这样内涵丰富的作家及其作品，还有很多复杂的文学现象，但总体上，由于传媒和技术等条件的限制，其现象是非常有限的，所以，在今天，现代文学研究在内容上越来越窘困，在选题上不重复几乎已经不可能，以至于一些小作家、一些不重要的文学现象都被反复"发掘"。而当代文学则可以说"阔绰"且"铺张"——作家多、作品多，文学现象也非常复杂。据有人统计，当下每年约有 1000 多部长篇小说出版，中短篇小说就更多，除此之外，还有大量的诗歌、戏剧、散文作品。除了出版社出版的作品和文学期刊上发表的作品以外，还有大量的网络文学作品；除了正统的传统意义上的文学作品以外，还有大量的准文学或者说新式文学作品；除了纯文学作品以外，还有大量的通俗文学作品，比如武侠小说、玄幻小说等。当下一年的文学作品在数量上就远远超过现代文学 30 年，我们可以批评某些作家和作品，但我们不能把这些作家和作品排斥在研究之外。目前的现代文学与当代文学在研究上形成强烈的对比和反差：一方面是现代文学"吃不饱"，博士生找不到论文选题，资源越来越枯竭，研究无限重复，一些很不重要的现象都被拿来大做文章；另一方面则是当代文学"撑得慌"，大量的作家、作品以及文学现象在研究上无人问津，文学现象太多，已经让当代文学不堪重负。

因此，笔者主张把"十七年文学"和"文革文学"切割出去，纳入现代文学研究范畴。这除了均衡和学术分工等原因以外，更重要的是缘于现代文学与当代文学的性质。现代文学与当代文学在性质上有很多不同，但其中一个很重要的不同就是，现代文学具有"历史化"倾向，而当代文学则更具有批评性①。这倒不是说当代文学研究只有批评，而是说当代文学研究和当代文学始终具有一体性，当代文学研究深刻地影响或者说参与了当代文学的发展进程，其本身在未来也会成为当代文学史的一个组成部分。而现代文学研究和现代文学发展是脱离的，现代文学对于现代文学研究来说纯粹是历史事实，现代文学研

---

① 关于当代文学批评性，可参见郜元宝的《尚未完成的"现代"——也谈中国现当代文学的分期》，《复旦学报》2001 年第 3 期。

究主要是陈述事实、解释事实，属于学术的范畴。什么是当代文学？张未民的理解是："当代文学是今人的文学，是活着的文学生活、文学参与者创造的不断发展前行的文学。在具体理解上，我们要把当代文学作为一种生命时间现象，体现着生命伦理和生命历史的意味。"① 当代文学是活动的文学，而现代文学是静止的文学，与之相应，现代文学研究属于文学史范畴，而当代文学研究则具有批评性。

程光炜认为："始终没有将自身和研究对象'历史化'是困扰当代文学学科建设的重要问题之一。"② 所以他主张当代文学应该"历史化"，从而增加学科的学术分量。这其实反映了当代文学学者对于当代文学越来越"非当下"的一种焦虑。如何消除这种焦虑，笔者认为，最好的办法不是把当代文学"历史化"，走现代文学的学问之路，而是摒弃当代文学中需要历史化的内容，保持当代文学的批评性特色。现代文学注重史实固然是有学问，当代文学注重批评、理论和现实价值同样也非常有学问，我们不能过于狭义地理解"学术"和"学问"。

在 20 世纪 60 年代，20 世纪 50 年代的文学是标准的当代文学，在 20 世纪 80 年代，20 世纪 50 年代的文学仍然是当代文学，但 21 世纪到来已经快 20 年，20 世纪 50 年代的文学还被称作"当代文学"就很不恰当了。笔者非常赞同陈思和的说法："半个世纪前的文坛旧事，还是被称作'当代'，显然是荒谬和不符逻辑的。"③ 回顾 70 年来的文学，我们看到，以 1976 年为界，前后存在着巨大的反差，程光炜称之为"两个当代史"，即"文化大革命"结束之前的"当代史"和"文化大

① 张未民：《解放"当代文学"》，《文艺争鸣》2008 年第 4 期，第 1 页。
② 程光炜：《当代文学学科的认同与分歧反思》，《文艺研究》2007 年第 5 期，第 4 页。
③ 陈思和：《新世纪文学的学科含义》，《文艺争鸣》2007 年第 12 期，第 3 页。

革命"结束之后的"当代史","两个'当代史'之间的政治目标、历史内涵、文化体制和个人存在方式，也即当代文学'生成'的总体环境，都已有了根本性的差别"。进而认为："如果在文学史意义上重新认识'当代文学'，那么继续再用它统领'十七年'（包括'文化大革命'）和'新时期'并描述所有不同的文学现象，就会成为一个很大的充满争议的问题。"[①] 这是深刻而敏锐的见解。我们当然可以把"十七年文学"和"文革文学"放在"当代文学"之中，但这种当代文学已经不具有统一性。两种当代文学的研究方式显然应该不同，对于1949—1976年的文学，评论或者批评显然已经没有太大的意义。这里，前一个"当代"实际上具有"现代"的品格。要想解决这种争议和难题，把前一个"当代"历史化，后一个"当代"继续"批评模式"，当然不失为一种办法。但笔者认为，把1949—1976年的文学纳入现代文学的范畴是最为简捷的办法，也就是说，与其划分两个"当代"，分裂"当代"，还不如把"现代性"的"当代"分割出去，归入"现代"，回归本位。

二

"新时期文学三十年"是目前流行的一种提法，作为时间概括，笔者认为它没有什么问题，在政治学上这种说法也非常有意义。但笔者更愿意把"三十年"的起始时间定在1976年而不是1978年，笔者认

---

① 程光炜：《二十世纪八十年代的"现代派文学"》，《文艺研究》2006年第7期，第33页。

为，1976 年以来的中国文学具有整体性，是真正意义上的当代文学，所以更准确的提法应该是"当代文学三十年"。三十年时间虽然不长，但文学现象却非常复杂，无论是从研究的角度、学科的角度还是从教学的角度来说，都需要进行"阶段性"划分，也需要进一步的学术分工与协作。

笔者认为，"当代文学三十年"大致可以划分为四个"时间段"：新时期文学、20 世纪 80 年代文学、20 世纪 90 年代文学和新世纪文学，其中"新世纪文学"是未完成时，还在进一步发展。我觉得这四个时间段大致显示了当代文学的阶段性特征和演进逻辑，这种演进逻辑总体上可以概括为新时期文学向"十七年文学"回归；20 世纪 80 年代文学进一步向现代文学回归；20 世纪 90 年代文学在现代文学回归的基础上前行；新世纪文学则是自主发展，没有目标，具有相当的独立性。

新时期文学开始的时间究竟是 1976 年还是 1978 年，存在争议。我赞成 1976 年这一说法，实际上，新时期文学具有过渡性，在时间上非常短，大约六年。最早在政治学和文学意义上使用"新时期"这个词是在 1978 年[①]，从具体使用来看，"新时期文学"其实是一个权宜命名，属于区别性描述，不是一个严格的学术概念，没有具体内涵规定，也没有时间下限。张炯等人当时的提法是"新时期文学六年"[②]，即 1976—1982 年。1986 年，中国社会科学院文学研究所曾召开一个"新时期文学十年学术讨论会"，仍然把 1976 年作为"新时期文学"的开始。为什么要把"新时期"起始时间定在 1978 年？一般的解释是以十一届三中全会为标

---

① 丁帆、朱丽丽：《新时期文学》，广西师范大学出版社，2002 年版，第 150—151 页。
② 中国社会科学院文学研究所当代文学室：《新时期文学六年》，中国社会科学出版社，1985 年版。

志，中国历史进入了一个新的历史阶段，所以称为"新时期"。但笔者认为这个解释不太合适，强调 1978 年的重要性是可以的，但 1976 年是一个更重要的历史"界碑"，它标志着一个时代的结束，也是一个新时代的开始，十一届三中全会其实是新时期的一个重要事件，它的影响当然是巨大的，但它从属于"新时期"，具有"次生"性，是"新时期"的产物。

在性质上，"新时期"带有强烈的"复兴"意味，当时叫作"拨乱反正"，所谓"乱"，就是指"文化大革命"，所以"新时期"明显是相对"文化大革命"作为"旧"的历史时期而言，"新"针对的是"文化大革命"，"新时期"可以解释为"文化大革命"的结束。"新"含有"否定"的意味，但它的否定仅限于"文化大革命"。而所谓"正"，则是"十七年文学"，在文学上，"拨乱反正"就是否定"文革文学"，恢复"十七年文学"传统。最能够代表"新时期文学"成就和特点的是"伤痕文学""反思文学"和"归来者"文学。所谓"伤痕"主要是指"文化大革命"给社会和人的心灵带来的伤痕，所谓"反思"主要是反思"文化大革命"，所谓"归来者"主要是指在"文化大革命"中沉寂而在新时期又开始活跃的一批作家和诗人。

现在来看，"伤痕文学""反思文学""归来者"文学包括之后的"改革文学"，在艺术精神上和"十七年文学"非常接近，并且事实上存在着千丝万缕的联系。董之林认为 20 世纪 80 年代前后的小说具有"亦新亦旧"的特点，"1980 年前后的新时期小说与'文革'前十七年文学在思想意绪、艺术想象和表现手法方面，有着千丝万缕的联系"①。李扬曾提出："没有'十七年文学'与'文革文学'，何来'新时期文

① 董之林：《亦新亦旧的时代——关于 1980 年前后的小说》，《南京大学学报》2005 年第 1 期，第 121 页。

学'？"①这都说明了新时期文学与"十七年文学"之间的承继关系，更重要的是从另一方面说明了新时期文学的特点。"文革文学"是承续"十七年文学"而来，所以以"十七年文学"为准则和目标的新时期文学虽然反抗和批判"文革文学"，但仍然不可避免地带有"文革文学"的痕迹，特别是艺术方式上并没有完全摆脱其影响。

在内容上，新时期文学总体上可以说非常"革命化""进步"，符合主流意识形态，爱国、忠诚、信仰、集体主义等是新时期文学重要的主题。文学批评话语和讨论的问题很多都是从"十七年文学"延续下来的，比如文学为谁服务的问题，文学与政治的关系问题，歌颂与暴露的问题，人性、人道主义的问题，真假马克思主义的问题，干预生活、写真实的问题。在创作方法上，新时期文学主要是传统的现实主义以及浪漫主义，所以反映现实生活、追求典型形象仍然是新时期文学的主流。比如伤痕文学，有人总结其特点："其一，伤痕文学与政治紧密联系，具有强烈的意识形态性；其二，伤痕文学的作家具有强烈的责任感。"②这种特点和"十七年文学"具有惊人的一致性，所以，程光炜认为："'伤痕文学'是直接从'十七年文学'中派生出来的。它的核心概念、思维方式甚至表现形式，与前者都有这样那样的内在联系。""在'十七年'，'主题''题材''内容'和'思想立场'曾经是当时文学的核心概念。"③事实上，在新时期，"主题""思想""教育意义"等仍然是文学批评的核心概念。

---

① 李扬：《没有"十七年文学"与"文革文学"，何来"新时期文学"？》，《文学评论》2001年第2期，第5页。
② 邓利：《再论伤痕文学的历史价值和现实意义》，《当代文坛》2008年第5期，第71页。
③ 程光炜：《"伤痕文学"的历史局限性》，《文艺研究》2005年第1期，第18页。

"归来者"文学是新时期文学的重要现象，不仅有"归来者"诗歌，还有"归来者"散文、"归来者"小说，其中很多人都曾在"十七年文学"中崭露头角。事实上，"归来"也是新时期文学的主题之一，据有关研究表明，新时期小说中普遍存在着一种"归来者"的叙事："这些作品都隐藏着继承权的母题，都有着儿子或者类似于儿子的讲述角度，都有'被父亲抛弃、剥夺继承权找到母亲、获得继承权'的叙述结构，都有一套'忠孝相通''家国同构'的思维模式，都引申出爱国主义、英雄主义、理想主义的主题。"① 一句话，"十七年"是幸福的时光。

新时期文学为什么要以"十七年文学"为标准和目标？这首先与"拨乱反正"的大方向和文学"政局"有关。1976 年，随着政治的变化，文学领域也发生了巨大的变化，"当政者"多是"十七年文学"的名人，对于文学活动，他们具有决策权和话语权，他们同时运用行政手段和批评手段引导文学向"十七年文学"回归。新时期文学中很多作家都是从"十七年文学"中过来，他们不仅经历了"十七年"，而且积极参与了"十七年文学"的建设，取得了很大的成绩，并在文学史上占有重要的地位，"十七年"是他们人生的上升阶段，也是他们人生的辉煌时期。在当时的政治和文化环境中，按照当时所能达到的文学高度，并且以"文革文学"作为参照，他们认为"十七年文学"成就巨大，是一个黄金时期。在这一意义上，"归来"不只是新时期重要的文学现象，更是新时期文学精神的重要品格。

所以，新时期文学向"十七年文学"学习，以"十七年文学"为榜样，具有历史必然性，但也正是这种历史性决定了新时期文学在成

---

① 　陈建新：《"新时期"文学中的继承权话语分析》，《当代文坛》2008 年第 4 期，第 46 页。

就上的局限性。笔者认为，新时期文学具有"轰动效应"，但不具有经典效应，其文学史价值远远高于文学价值，这尤其表现在"改革文学"上，《乔厂长上任记》《燕赵悲歌》《拜年》《阵痛》《沉重的翅膀》《围墙》等在当时都是"风行一时"的作品，在各种文学奖中大多"拔得头筹"，也有着广泛的社会效果，但在今天，如果不是出于研究，很少有人愿意去读这些作品，或者有耐心把它们读完。

新时期文学从"伤痕文学"到"反思文学"再到"改革文学"，这是一种逻辑递进关系，"伤痕文学"主要着眼于"文化大革命"，"反思文学"建立在"伤痕文学"的基础之上，"反思文学"的结果就是"改革文学"。但中国社会和思想文化包括文学一旦走上改革之路，就开始脱离"新时期"的轨道，开始回溯"五四"且把目光投向西方，开始了新思想和新思维，在文学上表现为政治特征越来越淡化，理想主义的色彩越来越淡化，思想越来越复杂，从苏联那里承继过来的文学观越来越受到质疑，文学的主题、题材、创作方法、艺术手法等都开始发生变化并脱离"十七年文学"模式。这样，当代文学就进入了20世纪80年代文学。

"新时期文学"在当时明显是临时性的称谓，后来一直称呼下去，笔者觉得有违当时命名的初衷。笔者非常赞同雷达的观点："'新时期文学'的概念已叫了快三十年，这个时间长度几近现代文学，且当下的中国文学与'新时期文学'最初命名时的情形已经大不相同，若是一直沿用这个概念是不恰当的。"[①]20世纪80年代的先锋小说、20世纪90年代"新生代"文学、21世纪的青春文学和"伤痕文学""反思文

---

① 雷达：《论"新世纪文学"——我为什么主张"新世纪文学"的提法》，《文艺争鸣》2007年第2期，第28页。

学"在文学精神和文学理念上都有着天壤之别，放在一起统称为"新时期文学"，实在太笼统。

三

20世纪80年代文学一方面承接新时期文学，表现为新时期文学的精神继续延传，"伤痕"和"反思"以及"改革"主题的文学仍然可以称得上是主流文学，但其地位已经不再显赫，不再具有轰动效应。另一方面则是产生了一批新锐作家，这些作家大多在"十七年文学"时期出生，他们的世界观和文学观以及对未来的文学理想完全不同于新时期作家，他们认为"十七年文学"也并非理想的文学，他们更认同现代文学，认同现代文学向西方学习，所以他们选择走现代文学的道路，重视向西方文学学习。

但是在当时的政治思想和文化语境下，学习西方在思想上不可能走得很远，所以20世纪80年代文学的突破主要是艺术上的，或者说是形式上的。20世纪80年代文学当然也有一些思想上的探索，比如关于自由、人性、异化等问题的表达，但这些文学刚有些端倪就被制止，所以并没有形成气候。王蒙曾经描述20世纪80年代初期的文学状况："一九八〇年到一九八二年，文学表现出一种开拓的精神。题材上、手法上、文体上都进行了广泛的探索。一九八三年以来，又出现了新的选择的可能性。大量的新观念、新名词、新体系涌了出来或是发掘出来。许多作家也提出一些新的主张，打出些新的旗号。"[1] 由此可

---

① 王蒙:《小说家言》,《王蒙文存 19 中国文学怎么了》, 人民文学出版社, 2003年版, 第231页。

见 20 世纪 80 年代文学对于艺术形式的关注。艺术形式上的探索之所以被提倡，与当时的文艺政策有很大的关系，这集中表现在邓小平的《在中国文学艺术工作者第四次代表大会上的祝词》上，在这篇讲话中，邓小平非常具体地指出："在文艺创作、文艺批评领域的行政命令必须废止。……写什么和怎么写，只能由文艺家在艺术实践中去探索和逐步求得解决。"① 这项政策对 20 世纪 80 年代文学具有深远的影响，它使 20 世纪 80 年代文学在艺术形式上的探索取得了很大的成就。

这首先表现在"朦胧诗"上。朦胧诗最早兴起于"文化大革命"时期的"地下文学"，正是"改革开放"的文艺政策使它"浮出历史地表"。实际上，在思想内容上，它是"反思文学"和"伤痕文学"的延续，表现为对"文化大革命"的反思，但在艺术形式上，它明显不同于"新时期文学"，也不同于"十七年文学"，而更接近于现代文学中的象征主义和其他"现代派"诗歌，更注重艺术形式和表达，它对于当时文学的冲击也主要是艺术形式上的而不是思想观念上的，所以被概括为"新的审美原则"。以王蒙为代表的"意识流"小说也是这样，它显然在学习西方，但西方思想层面上的"意识流"到了王蒙等人笔下主要变成了一种叙事、一种新的时间表达方式，不再涉及思想和观念，且变得理性，和西方"意识流"小说的反理性以及对人的潜意识、无意识等深层心理揭示从而表现人的复杂性的"意识流"具有本质的区别。

20 世纪 80 年代中期兴起的先锋文学是非常典型的"八十年代文学"，在中国，这也是一种比较典型的具有形式意味的小说。对此，马原的解释很有代表性，他在一次演讲中说："仅仅是有一小撮像马原、

---

① 邓小平：《在中国文学艺术工作者第四次代表大会上的祝词》，《邓小平文选（第二卷）》，人民出版社，1983 年版，第 185 页。

余华、孙甘露、残雪这样的对写小说有热情的年轻人，他们当时心里觉得有什么不对了：那些小说不都是说事的嘛，那些事有什么好说的？他们家谁谁谁被诬陷了，他们家谁谁谁被冤枉了，他们家怎么怎么样，这种事情说来有什么意思？就是有那么一拨当时和现在在座的你们年龄差不多的、可能比你们还年轻的年轻人，他们就觉得如果看小说只是光让我看这些事，我并不一定非看文学呐，我可以看《故事会》、看各种各样的法制小报，那里面都是案例和离奇古怪的事情，你们说的事情没有多大意思。所以我说，在文学洪流平平稳稳向前移动的时候，有一些人慢慢觉得出了问题：那时没人关心小说怎么写，大伙关心小说写了什么。"[1] 这深刻地说明了20世纪80年代先锋小说的文学史逻辑，也深刻地说明了它的性质和特征。新时期小说主要是用传统的方式讲故事，重内容轻形式，即重"故事"、轻"讲述"，20世纪80年代先锋小说则更注重"讲述"，它们仍然是讲"谁被诬陷了""谁被冤枉了"这些故事，仍然是"伤痕"和"反思"的内容，但内容本身已经相当淡，退居其次，不仅仅是讲故事，更重要的是如何讲故事。

　　"寻根文学"也是20世纪80年代非常重要的文学。对于"寻根文学"，过去我们多强调它的民族文化意识，这固然是正确的，但在深层上，它不过是中国文学向西方文学学习的一种独特方式，它本身深受美国"寻根文学"的影响。韩少功的《文学的根》其实反映了20世纪80年代新一代作家回归"五四"传统时如何面对西方文学的焦虑："十七年文学"不是理想的文学，于是目标更进一步前溯到"五四"时期，但"五四"新文学又来源于西方，那么，我们文学的"根"在西

---

① 马原：《我与先锋文学 —— 在第二届上海大学文学周的演讲》，《上海文学》2007年第9期，第84页。

方吗？我们固然要向西方学习，但学习西方是我们的终极目的吗？在这种逻辑中，"寻根文学"不过是中国文学重新向西方学习的一种反映。

20世纪80年代文学和"五四"文学一样，具有或隐或显的西方色彩，"寻根文学"是这样。20世纪80年代末期产生的"新写实"小说也是这样，"新写实"小说虽然"以写实为主要特征""从总体的文学精神来看新写实小说仍可划归为现实主义的大范畴"，但它也非常"善于吸收、借鉴现代主义各种流派在艺术上的长处"①。虽然"写实"性使它和传统的现实主义文学非常相似，并且因为"写实"而具有很强的可读性，似乎很有民族性，但实际上，在思想方式上，它比先锋小说更具有西方性，它深受西方后现代主义思潮的影响，它在写作上的客观化、零碎化、叙述化、平面化、无中心、生活流，比先锋小说的"叙事策略""游戏性"等更具有"前卫"性。

对比20世纪80年代涌现的作家和"新时期"的代表作家，我们看到，两代作家在知识结构和文学观念上都存在着很大的差异，"新时期"作家很多在"文化大革命"时期就开始创作甚至小有名气，他们在思想上和文学观念上都深受"文革文学"和"十七年文学"的束缚，在思想上比较"正统"，在艺术方式上比较"传统"。而20世纪80年代开始活跃的这批作家虽然也经历了"文化大革命"，对"文化大革命"有很深的理解和体会，但他们主要是在改革开放的时代环境中成长起来的，思想方式不仅超越了"文化大革命"，也超越了"十七年"，更贴近"五四"传统，因而他们在回归"五四"传统的基础上对西方文学表现出深切的理解与宽容。如果说"新时期文学"是在批判和否定"文革文学"的基础上建立起来的话，那么20世纪80年代文

---

① 《钟山》编辑部：《"新写实小说大联展"卷首语》，《钟山》1989年第3期，第1页。

学就是在超越"十七年文学"和"新时期文学"的基础上建立起来的，"文革文学"始终是"新时期文学"的参照系，而"新时期文学"则是20世纪80年代文学的基础和起点。

整体上，20世纪80年代文学在思想观念、思维方式上并没有超越"五四"文学，而是重复"五四"文学，陈思和这样描述20世纪80年代的思想方式："80年代是一个充满了二元对立观念的时代，它以共名的主题'改革开放'为主导，体现为一系列互相对立的范畴：思想领域划分为'解放／保守'的对立，政治领域划分为'改革／僵化'的对立，学术上划分为创新／传统的对立，对外政策上则以开放／自闭的对立，经济领域更是以市场经济／计划经济的对立，生活形态以自由活泼／守旧刻板的对立。"① 而"二元对立"正是现代性"宏大叙事"的基本方式，也是现代文学最基本的思想方式。事实上，20世纪80年代很多话题比如"启蒙主义""人道主义"等不过都是接着"五四"说的，所以被描述为完成"五四""未完成的现代性"。

20世纪80年代初，徐迟、冯骥才等人重新提倡"现代派"，非常有策略地把它和"现代化"联系在一起，但现在看来，当时的"现代派"其实是中国现代文学层次上的"现代派"，这从冯骥才的表述中看得非常清楚，他说："所谓'现代派'，是指地道的中国的现代派，而不是全盘西化、毫无自己创见的现代派。浅显解释，这个现代派是广义的，即具有革新精神的中国现代文学。"② 在思想方式上，这

---

① 陈思和：《试论90年代文学的无名特征及其当代性》，《复旦学报》2001年第1期，第22页。

② 冯骥才：《中国文学需要"现代派"——冯骥才给李陀的信》，《上海文学》1982年第8期，第90页。

种对于"现代派"的言说甚至还没有达到"五四"时期的维度与视野,所以有些学者称之为"伪现代派"。笔者的理解是,所谓"伪现代派",主要是指20世纪80年代以来中国文学向西方学习的"有形无质"。

"现代派"问题可以说是20世纪80年代文学回归"五四"文学的必然话题,程光炜说:"'现代派'之所以在80年代引起人们如此激烈的反应,最大原因莫过于它对以《白毛女》为代表的当代'文学经典'的轻看、遗忘和规避。"[①] 程光炜所说的"当代经典"主要是指"解放区文学"中的优秀作品,但也包括"十七年文学"中的典范作品。也就是说,正是因为不满足于"十七年文学",所以20世纪80年代才回溯"五四"时期。1986年"新时期文学十年学术讨论会"上,有人提出的"新时期文学危机论"实际上可以说是20世纪80年代学术界对"新时期文学"的一种理论反思,反映了20世纪80年代文学超越"新时期文学"和"十七年文学"的整体诉求。1985年,钱理群等三人在《论"二十世纪中国文学"》中,提出"二十世纪文学"的概念,实际上是把当代文学与现代文学一体化,可以看作是对当代文学回归"五四"文学的一种期待。随后的"重写文学史"也是这样,它启示我们重新思考现代文学,思考当代文学,思考新文学的整体性,也是对20世纪80年代文学的一种期望,具有话语策略性。20世纪80年代文学在精神上最契合20世纪30年代,和生活比较贴近,具有很强的现实性、社会功利性和启蒙性。

---

① 程光炜:《二十世纪八十年代的"现代派文学"》,《文艺研究》2006年第7期,第32页。

四

20 世纪 80 年代文学主要是在艺术形式上进行探索，朦胧诗、"意识流"小说、先锋小说，包括"新写实"小说，主要是在艺术形式上有所突破，总体上并没有脱离"如何写"的范畴。而 20 世纪 90 年代文学一方面承续 20 世纪 80 年代文学的艺术形式探索，另一方面则在"写什么"上有所突破，更深入文化和思想的深层。"新时期文学"可以说非常单纯，20 世纪 80 年代文学也相对单纯，而 20 世纪 90 年代文学则开始变得复杂，更加多元化，不仅形式上多元，价值上也多元，文学的多种可能性变成了一种机制。20 世纪 90 年代文学继续向西方学习，但明显突破了 20 世纪 80 年代学习艺术形式的局限性，开始真正理解西方，也以一种更为开放的姿态学习西方。

20 世纪 90 年代文学之所以发生了巨大的变化，与中国社会的转型有很大的关系。改革开放之后，中国社会一直在缓慢地转型，但 1992 年邓小平南方谈话之后，转型就"提速"了，整个文化形态可以说由政治意识形态制约向政治意识形态、市场经济和媒介意识形态共同制约转变，相应地，文学的体制和机构、文学的传播、文学的接受等都发生了很大的变化。对于 20 世纪 90 年代文学，学术界有各种概括，比如陈思和认为 20 世纪 90 年代文学处于"无名"状态，不是没有主题，而是多种主题并存，即价值多元，共生共存。[①] 张光芒把 20 世纪 80 年代文学称为"启蒙辩证法的文化／审美逻辑"，把 20 世纪

---

① 　陈思和：《试论 90 年代文学的无名特征及其当代性》，《复旦学报》2001 年第 1 期。

90 年代文学称为"欲望辩证法的文化／审美逻辑"。① 吴义勤认为："90 年代的中国文学正在变得暧昧、犹疑、矛盾重重，它已经丧失了 80 年代中国文学那种坚定的自信心和方向感。"② 还有人认为："消费性是 20 世纪 90 年代中国文学的基本特征，它在五个方面明显地表现出来：文学活动全面市场化；文学期刊策划频繁；审美理想保守媚俗；长篇小说独领风骚；文艺政策适应市场经济的调整。"③ 作家冯骥才甚至用"一个时代结束了"④ 这样的言辞。凡此种种都说明，20 世纪 90 年代文学与 20 世纪 80 年代文学存在着巨大的差异。

差异究竟有多大？有人说是"转型"，有人说是"断裂"⑤。必须承认，20 世纪 90 年代文学仍然是承袭 20 世纪 80 年代文学而来，所以"转型"和"断裂"显然过于夸张，我们可以说新生代作家与 20 世纪 60 年代的作家以及时间更靠前的作家群体之间具有断裂性，但说整个 20 世纪 90 年代文学和 20 世纪 80 年代文学是断裂的关系则不符合客观事实。但 20 世纪 90 年代文学在总体上迥异于 20 世纪 80 年代文学，这也是客观事实。

笔者认为，20 世纪 90 年代文学主要有以下三个方面的突出特征：

---

① 张光芒：《从"启蒙辩证法"到"欲望辩证法"——20 世纪 90 年代以来中国文学与文化转型的哲学脉络》，《江海学刊》2005 年第 2 期。

② 吴义勤：《诱惑与困境——20 世纪 90 年代中国文学的内在矛盾》，《理论学刊》2004 年第 4 期，第 110 页。

③ 丁鹏、段云华：《论 20 世纪 90 年代中国文学的消费性》，《武汉理工大学学报》2003 年第 3 期，第 322 页。

④ 冯骥才：《一个时代结束了》，《文学自由谈》1993 年第 3 期。

⑤ 1989 年，作家朱文曾对主要的新生代作家做过一次问卷调查，包括"你认为中国当代作家中有谁对你产生过或正在产生着不可忽略的影响？""对于茅盾文学奖、鲁迅文学奖，你是否承认它们的权威性？"等 12 个问题，结果，回答大多数是否定的，其结论就是所谓"断裂"，即新生代作家与前代作家存在着根本差异。参见汪继芳的《断裂：世纪末的文学事故——自由作家访谈录》，江苏文艺出版社，2000 年版。

第一，在机制上可以是双轨制，即行政化体制和市场化体制并行。20世纪90年代，中国的计划经济体制已经式微，但文学上计划经济时代的体制却完好地延传下来，作家协会模式仍然是主流的组织方式，正常运转并对文学发展造成了很大的影响，但它的权威性已经大不如前，体现为越来越非文学化、机构化，比如党组书记掌握着实权，主席和副主席并不是按照文学成就来任命的，组织者在作家协会中扮演着比作家更为重要的角色。

但这只是20世纪90年代文学体制的一种方式，还有另外一种方式，那就是市场化的模式，其文学我们称为"市场化的文学"，或者"体制外的文学"。我们可以说它是作坊式的、小商品式的、小商贩式的，但它们在整个20世纪90年代的文学份额中占有相当大的比例。作家协会模式可以说是精英模式，它以文学期刊为中心，以专业作家为主导，依赖于国家行政体制；而市场化模式则是绕开作家协会的领域，另外开辟领地，开发网络和出版资源，走通俗化的道路，争取新的读者。杨扬这样描述20世纪90年代文学的格局："20世纪90年代以来的中国'当代文学'中，快速增长的是市场经济、职业写作、稿费制度、互联网、传媒、书商、欲望、日常生活、解构、反宏大叙述、成长经验、都市、怀旧、性别、全球化、炒作、文化研究等概念。在原来的'当代文学'生存空间中，国家与写作者个人之间，似乎出现了第三个空间，即社会空间。尽管原有支撑'当代文学'的国家价值体系还在运转，但新增长的'文学'观念在更为宽广的社会空间中争奇斗艳，自由绽放。"[1] "第三个空间"正是体制变化的产物。

---

[1] 杨扬：《什么是中国"当代文学"——对一个文学史问题的回答》，《扬子江评论》2008年第4期，第7页。

"市场化的文学"对文坛并不构成威胁，它们不过是在文坛之外另外开辟一块天地，因为在"体制外"，所以它们不受作家协会的约束，也不受传统的文学规则甚至文学道德约束，对于体制内的文学批评，他们表现出相当的"宽容"。20世纪90年代市场化的文学虽然还不成熟，还缺乏经典性的作家和作品，但它大大拓展了文学的空间，因而具有重要的地位。

　　第二，与机制变化一致，20世纪90年代文学具有多元化的特征。有人把20世纪80年代末概括为"多元鼎立的话语时代"①，但笔者觉得，20世纪80年代的"多元化"具有表象性，20世纪90年代才是真正的"多元化"时代。20世纪90年代文学一方面向西方学习，产生了一批真正在精神上具有现代性的现代派文学，比如新生代小说、新生代诗歌、小剧场戏剧等；另一方面传统文学也得到了充分的发展，比如文化小说、通俗文学、纯情文学、"民间写作"等都有新的突破。现实主义小说仍然有影响力和市场，但20世纪90年代的现实主义文学已经和传统的现实主义文学有巨大的差异，其中一个很重要的方面就是它具有现代主义的参照，比如余华的《活着》《许三观卖血记》等小说，我们也可以说它是现实主义的回归，但它不是简单的回归，在现实主义表象的背后它有着深层的先锋意识。

　　20世纪90年代文学的政治和意识形态仍然存在，并且仍然存在一定影响力，特别是在某些方面，比如评奖中仍然具有主导地位，但它已经不能完全制约文学的发展，不能阻止文学越来越脱离政治和意识形态。主流媒体有时也采取经济鼓励的方式邀请"体制外"的作家

---

① 唐凡茹、刘永志：《多元鼎立的话语时代——"后新时期文学"思潮的话语类型解读》，《天府新论》2006年第3期。

写一些主旋律的作品，并且也能获得某种效果，但这是特殊情况，不具有代表性。意识形态批评话语已经衰弱，有时一些行政化的措施影响也有限，效果不佳，甚至起反作用。

多元化意味着个人化，或者说，真正的个人化必然会产生多元化，个人化就是多元化的具体表征。20世纪90年代文学重要的特点就是个人化写作，集中表现在女性写作、晚生代诗歌写作和晚生代小说写作上。个人化写作不是风格上的，而是思想观念和文学内容上的，它使过去一直回避的个人欲望、隐私、身体等得到充分的展示，大大加深了我们对"个体的人"也包括"社会的人"的认识。穆乃堂对个人化写作的成就进行总结："'个人化写作'从多个方面推动了当代文学的创作进程，具体表现在：从写作传统上而言，它大大脱去了政治、经济、文化等各种现实因素对文学的干扰，对以前的普遍主义写作即意识形态写作和符号写作进行定向反拨；从写作方式上而言，作为无名时代背景中自觉的个人立场的选择，'个人化写作'既以边缘姿态，指涉个人的经验领域，加深对个体的内在生命体验的表现深度，又在继承新文学的现实战斗精神之时，也绝不放弃对现实的关心与思考，并诱导文学由传统向现代转型；从写作形态上而言，'个人化写作'注重以技艺性和差异性为基本特征，自由、民主而又注重依据个人意识对世界进行独特的理解与表达，建构一种与宏大叙事美学理念相反相成的小叙事。"[1]这也充分说明了个人化写作的成就。

第三，文学的通俗性和大众化得到充分的宣扬。20世纪60年代金庸在香港就十分受欢迎，后来风靡华人世界，但直到20世纪90年代，我们的学术界才开始认同他，1994年，北京大学聘请他为名誉教

---

① 穆乃堂：《90年代以来"个人化写作"研究》，《文艺争鸣》2007年第8期，第74—75页。

授，这可以说具有象征意味。通俗文学是 20 世纪 90 年代文学多元格局中特别重要的"一元"，它的显著地位以及广泛的市场占有率对 20 世纪 90 年代文学格局造成了很大的冲击。当时武侠小说非常风行，后来有新的突破，比如派生出玄幻小说等。侦探小说、言情小说、神怪小说等都得到了不同程度的复兴，又兴起了商业小说、官场小说、"情欲小说"、公安小说、帝王小说等[1]，特别是网络文学，主要以通俗为特点，再加上便捷、成本低等原因，吸引了大批读者，并且扩大了文学读者范围。在市场和读者的层面上，通俗文学事实上占领了"半壁江山"，并且在影响上有和纯文学分庭抗礼的意味。

通俗文学对 20 世纪 90 年代文学格局的冲击不只是通俗文学的兴盛，更重要的是其在文学精神上对精英文学造成的影响。我们看到，传统的精英文学在写作上主要追求艺术价值，重才华的表现，具有很强的历史意识，而把读者的阅读放在相对次要的地位，所以巴尔扎克的小说敢在小说的开头用几页的篇幅来描写巴黎的大街。考虑市场、卖点以及稿费制度等，20 世纪 90 年代文学在写作上比较迎合读者，为了吸引读者，多数小说家都广泛吸收通俗文学的写作技法和表述方式，所以巴尔扎克、屠格涅夫那种冗长的风物描写再难看到。事实上，20 世纪 90 年代的纯文学已经不纯，比如池莉、方方、苏童、王朔、鬼子、东西的小说都充分吸收了通俗文学的经验，具有很强的趣味性和可读性。张志忠认为，20 世纪 90 年代文学的启蒙主义和教化开始衰退，而消遣性、休闲性、娱乐性凸显出来。[2] 消遣、休闲和娱乐正是通俗文学的主体特征，因此，20 世纪 90 年代文学具有很强的世俗性，

---

① 汤哲声：《中国当代通俗小说史论》，北京大学出版社，2007 年版。

② 张志忠：《90 年代，市场化时代的文学》，《青年思想家》2000 年第 5 期。

张卫中甚至认为20世纪90年代的文学个性就是世俗化，表现在创作中就是写日常生活、私语化、表现人的各种感性欲望。[①]世俗化写作在理论上就表现为对"日常生活审美化"的重视。

<h1 style="text-align:center">五</h1>

"新世纪"本来是一个按照时间划分的概念，但更多的是反映话语的力量，即人们借助"新世纪"的时间转折来积极推动文学的转折，所以中国文学在21世纪的确发生了很大的变化，其中最大的特点就是中国文学进入了高度的"自由"（康德的概念）与"自为"的状态。"新时期文学"主要是学习"十七年文学"，以"十七年文学"为目标；"20世纪80年代文学"学习"五四"进而学习西方，以现代文学为目标；"20世纪90年代文学"沿着"五四"的方向前行，借鉴西方，以西方文学为目标；而到了21世纪，人们发现西方文学也不是我们的目标，我们没有目标了，批评家也好，作家也好，都认为我们应该走自己的路，不排斥西方但也不媚从西方。笔者认为"新世纪文学"就进入了这种状态。

"新世纪文学"完全摆脱了西方的束缚，对于西方文学我们不再仰视，而是平等地对待，不再模仿，而是借鉴或吸取，中国文学开始走自己的独立之路，开始在世界文坛上发出自己独特的声音，并建构自己的形象。正如张未民所说："新世纪文学正试图走出一种文化'依

---

① 张卫中：《90年代文学的文化个性及其渊源》，《文艺评论》2003年第1期。

附'式的心态和形态，20世纪80年代文学的那种普世主义的世界文学理想也已风光不再，在新的全球化的背景下，新世纪文学正越来越明显地体现出中国自主性、汉语文学的自主性。"① 他后来用"新现代性"②来概括新世纪文学的品质，笔者认为非常准确。所谓"新现代性"，就是那种既不排外，又充分承继传统，更重要的是反映中国现实，从中国实际出发，具有世界性、本土性、时代性、民族性的文学品性。

20世纪90年代，文学的机制和格局已经有了很大的变化，主要是市场化模式与行政化模式并行不悖，而到了21世纪，这种发展更加充分，文坛明显二分。尤其是市场经济对文学的发展具有深层的影响，雷达、任东华把这种影响总结为三个方面："其一，市场经济改变了文学原有的生产运作模式。""其二，市场经济改变了文学创作的主要对象。""其三，市场经济深刻地影响到文学的功能转变。"③ 白烨认为21世纪文坛发生了结构性变化，"以文学期刊为主导的传统文坛，已逐渐分泌和分离出以商业出版为依托的大众文学，以网络媒介为平台的网络写作"④。文坛的改变不仅仅是文学格局的改变，作家身份、写作方式以及阅读、批评等都发生了深刻的变化。

"新世纪文学"在现象上非常复杂，王干把它概括为"文学的界面延伸"，表现在三个方面：文学的载体在延伸；文学的类型在延伸，软

---

① 张未民：《开展"新世纪文学"研究》，《文艺争鸣》2006年第1期，第47页。

② 张未民：《中国"新现代性"与新世纪文学的兴起》，《文艺争鸣》2008年第2期。

③ 雷达、任东华：《新世纪文学初论——新世纪以来中国文学的走向》，《文艺争鸣》2005年第3期，第8—9页。

④ 白烨：《新世纪文学的新格局与新课题》，《文艺争鸣》2006年第4期，第30页。

文学悄然问世；作家和作家队伍在延伸。①"延伸"一词用得特别准确，"新世纪文学"与"新时期文学"迥然不同的是，"新时期文学"是在破坏"文革文学"的基础上建立起来的，而"新世纪文学"并不否定"20世纪90年代文学"乃至"新时期文学"，它主要是增加新的文学或者文学的新质，大众文学和网络文学的崛起并不意味着传统精英文学必然衰退，仅意味着精英文学不再独占文坛。在21世纪，"新时期文学""20世纪80年代文学"等延续并得到新的发展，传统的现实主义文学仍然具有独立的发展空间，而网络、出版的发展，则大大拓展了文学的空间，使文学出现了新的体裁和新的特点。现代文化的丰富性使文学不再独领风骚，但并不意味着文学的边缘化，不如说文学逐渐恢复了它的本来面目，即还原了。"十七年文学"时期，作品发行容易，且容易得到高度评价，容易感动读者；"新时期文学"时期，文学很容易引起轰动性；20世纪80年代，文学仍然具有轰动效应，但难度加大了，有时要依靠一些"条件"才行；而20世纪90年代以及21世纪，文学很难具有轰动效应了，那种人人争看一部作品的"洛阳纸贵"的盛况事实上已经没有了；进入21世纪，文学种类、作品数量、读者都大大增加了，文学仍然关注现实、关注人生，仍然感动人，但文学作用于人和社会的方式明显不同了。

进入21世纪，文学创作也发生了很大的变化。张未民把"新世纪文学"称为"写作的时代"，这里的"写作"是相对于"创作"而言。如果说20世纪80年代至90年代的文学在体制和形态上属于"创作化""专业化"和"精英化"的话，那么，"新世纪文学"则是"由

① 王干：《文学的界面在延伸——论新世纪文学兼驳文学边缘论》，《文艺争鸣》2007年第8期。

一个主流文学写作及若干新兴的边缘文学写作所构成的大文学格局，是一个包容着以'创作观'为轴心而以'写作观'为基础的一个广阔的文学空间"。张未民把边缘写作称为"新性情写作"，"是一种表现'真性情'的写作，直抒胸臆，率性率真，秉具童心，倾笔言情"[①]。创作在过去严肃而神圣，具有思想的沉重性，而在 21 世纪，精英文学创作仍然是主流的，但平面化的、随意性的、游戏性的、世俗化的、娱情娱性或者说自我消遣性的文学也变得非常普遍。程光炜描述："'新世纪文学'在对文学松绑的过程中，它乐意回到'寻常百姓家'，写一些家长里短，'闲聊'些乡村女界秘闻，或将大'秦腔'分散为一些无足轻重和琐碎的个人记忆，并称之为'边缘性写作'。"[②]文学写作不再是高不可攀的，不再是遥不可及的，不再是神秘而艰深的，写作充满了轻松、随意、自由和快乐，只要愿意谁都可以写作。

与这种写作方式相关，"作家"身份也变得模糊，程光炜说："与二三十年代的'现代文学'的某些场景多少有些相像，'新世纪文学'的'作家身份'表现出令人难忘的混杂性、多重性，表现出回到市场和文学圈子之中的历史的特点。……一定程度上，'新世纪文学'是否可以称其为是一种回到'文人圈子'的文学？"[③]张炯这样描述"新世纪文学"的作者状况："专业作家比重在下降，非专业作家比重不断上升。各种行业的人都参与文学写作，自由撰稿人成为举足轻重的创作力量，大、中学生也更多热衷文学及其写作，来自农村的广大'打工

---

①　张未民：《关于"新性情写作"——有关"80后"等文学写作倾向的试解读》，《文艺争鸣》2006年第3期，第44页。

②　程光炜：《"新世纪文学"与当代文学史》，《文艺争鸣》2005年第6期，第7页。

③　同注②。

族'不仅成为文学的重要阅读群体，而且从中涌现大批写作者。官员、学者、演员、电视节目主持人、企业经理和白领等中产阶级也纷纷加入散文、诗歌甚至小说的写作领域。"① 文学越来越变成了一种日常生活的"雅"方式，或者说是文化人思想、情感的表达与交流方式，变成了文化人生活的一部分，文学越来越泛化。

过去，一个写作者是否是"作家"，文学批评起很大的鉴定作用，文学机构的认定具有象征性，但现在，文学机构对文学的控制越来越无力，文学批评对作家和作品的定位越来越失去意义。过去，文学批评就像法庭，表扬和批评对作家的成长至关重要，比如某作家的抄袭行为一旦被揭露，他就会受到读者和文学界的广泛谴责，从此会没有立身之地，会背上沉重的精神负担，但现在，文学伦理似乎在变化，甚至"抄袭"也不能从根本上毁坏作家的声誉。新一代"写手"越来越脱离作家协会，脱离"文联"，脱离文学批评，越来越走市场化路线，他们更看重读者和市场，不加入作家协会，如果能够得到"作家"的地位，能够获得官方的奖，他们当然会很高兴，但如果没有，也不影响他们的写作。作家过去被称为"人类灵魂的工程师"，但现在的"写手"不过是一种生存方式、一种职业而已。

"新世纪文学"最突出的现象就是"80后"文学，最初我们称之为"青春写作"和"校园写作"，但目前它越来越脱离"青春写作"和"校园写作"的范畴。笔者认为，"80后"写作不是年龄的问题，而是时代和审美风尚的问题。当代作家中，王蒙、刘绍棠、苏童、格非等都在20岁左右就写出了非常成功的作品，但他们的写作不能称为"青

---

① 张炯：《"新世纪文学五年"与"文学新世纪"之我见》，《文艺争鸣》2005年第4期，第34页。

春写作"。"80后"写作深受网络文化、青年文化和大众消费文化的影响①，和传统的文学相比具有异质性。1999年《萌芽》杂志举办的"新概念作文大赛"是"80后"文学的一个重要事件，它对"80后"文学具有深远的影响。在笔者的理解中，"新概念作文大赛"就是文学性的作文，事实上，"80后"的写作始终不脱离"作文"的范畴，当然它与传统的"作文"又有本质的区别，但这种写作却极大地改变了"新世纪文学"的面貌，它异军突起，占领了相当一部分的文学市场，在一定程度上填补了空白，使中国文学更丰富、更复杂。

当然，笔者认为，"80后"作家很难说已经取得了很大的成就，和"新生代"相比还有一段距离，更不能和余华这一代作家相提并论，但他们在迅速成长，并显示着强大的后劲。2004年，"80后"作家春树的照片登上了《时代周刊》亚洲版的封面，成为第一个登上该杂志封面的中国作家。笔者更愿意把这看作是西方对中国文学的一种乐观态度，更愿意把这看作是中国文学发展变化的一种征候。

---

① 江冰：《论"80后"文学》，《天津师范大学学报》2007年第3期。

"80后"小说的文学史定位

———— ◎ ————

　　"80后"文学特别是"80后"小说是中国当代文学的一个重要现象，拥有众多的读者，具有广泛的社会影响，"80后"作者已经成为一个很大的写作群体。和一般的通俗小说不一样，"80后"小说是一种全新的小说，无论是在生产过程上还是在艺术观念、审美特征上，它都对中国当代文学乃至文坛造成了巨大的冲击。那么，"80后"小说是如何产生和命名的？"80后"小说产生的社会根源和文学根源是什么？如何给"80后"小说进行文学史定位？本文主要论述这三个问题。

关于"80后"文学命名

　　用"80后"为某类文学命名始于21世纪初，但究竟谁是这个名称的命名者，很难说清楚。可以肯定的是，2000年就有了"80后"这种说法，比如2000年8月《诗参考》开辟"80年出生的诗人的诗"专栏。《文艺研究》2000年第6期蒋原伦的文章《"断裂"喧响中的先锋与传统》一文中提到"80后作家"这个称谓，但他声称这是沿袭大众传媒的说法。2004年之前，"80后"作为文学称谓主要在诗歌领域流行，比如2001年初"民刊"《冬至》有"80年代出生少年诗人力作展"的字样，同年的"民刊"《诗与思》有"80年代后少年诗人力作展"字样。2002年，《诗潮》开设"80后诗歌大展"栏目。2003年，《诗林》推出"80后九人诗选"，《诗选刊》推出"80年代出生的诗人作品展"。2003年前后，诗歌评论中也广泛使用"80后"这个术语。[①]可以说，在诗歌领域，到2003年，"80后"已经是一个被广泛使用的概念。

但用"80后"为某类文学命名得到广泛的认同并流行，则是在2004年，这一年，美国著名的《时代周刊》亚洲版2月2日号刊登了一篇关于中国"80后"的文章，题为《新激进分子》(*The New Radicals*)，其中提到"80后"作家春树和韩寒，特别是该刊的封面登载了春树的照片，这是中国作家第一次登上《时代周刊》封面，这对用"80后"为某类文学命名具有广泛的影响和巨大的推动作用。2004年之后，"80后"这个术语就在网络、文学期刊、文学批评以及学术研究中被广泛地使用，成为"新世纪文学"领域最重要的命名之一。《时代周刊》这篇文章及其封面的照片对"80后"另一个影响则是使"80后"文学核心内容从诗歌领域转移到小说领域。2004年之前，"80后"文学主要是指"80后"诗歌，

---

① 比如下列文章都使用了"80后"这个术语：徐江《这一代人的诗与事》，《诗潮》2002年第1期；于艾君《好诗不是制造出来的》，《诗刊》2002年5月下半月；徐江《给诗歌的献词（2003）》，《诗探索》2003年第1—2辑；阿翔《民刊：隐秘的生长与现状——从第三期诗歌月刊"民刊专号"说开去》，《诗歌月刊》2003年第7期；汪志鹏《浮出水面的冰山——湖南诗人扫描》，《诗歌月刊》2003年第7期；刘春《文学史情绪中的诗坛命名》，《文化观察》2003年第10期。

而2004年之后，"80后"文学则主要是指"80后"小说。20世纪末和21世纪初所流行的"少年文学""校园文学""青春文学"等逐渐统归到"80后"这一名称上来，此后"80后"几乎成了"80后小说"的代名词。

"80后"最初只是一个时间泛称，指20世纪80年代（1980—1989年）出生的作家，以区别20世纪60年代出生的作家和20世纪70年代出生的作家，并预示了与20世纪90年代出生的作家的区别。在文学中，"时代"是一个重要的因素，丹纳把它和"种族""环境"并列，称为决定文学发展的"三要素"。由于中国特殊的社会、政治原因，20世纪50年代、60年代、70年代出生的作家总体上都表现出不同特征，现在看来，20世纪80年代出生的作家特征也非常明显。但用来为某类文学命名的"80后"，其最初的意义是非常简单的，主要是指"少年"。

现在看来，用"80后"命名是非常有意义和价值的，它表面上是把"60后""70后"以及"90后"从年龄特征上区别开来，但更深层的作用则是从"时代"的角度重新认识和研究当下文学，重回文学研究的"广义社会学"。"80后"最初主要是"年轻人"的代称，但在"代际"的意义上，它的内涵非常丰富。它最初的意义主要与年龄有关，即一群1980—1989年出生的年轻的"孩子作家"，勉强近于"流派"和"社团"层面的归类，但今天则大大超越了"流派"和"社团"的范畴，成为一种新文学"现象"的概括，进而上升为"代"的概括。贺绍俊说："'80后'绝不仅仅是一个年龄的概念，它的背后包含着新文学革命的内涵。""'80后'完全是在另一个知识系统中进行思维和言说的。"[①]"一代有一代之文学"，"80后"迟早是要登场的，不同之处

---

① 贺绍俊：《充满革命性的"80后"青春写作》，《永无岛》，中国少年儿童出版社，2009年版，第5—6页。

在于他们比"60后""70后"在整体上出场要早，并且以一种叛逆的姿态呈现出来，因而特别引人注目。

"80后"本质上是对某类文学的命名，命名的本质即约定俗成，"80后"这一名称被广泛接受和使用，充分说明了它的合理性。现在看来，从"时代"和社会学的角度来说，还真是"80后"这个概念最为恰当，目前还找不到一个可以替换这个称谓的名称。实际上，"80后"文学和"十七年文学""文革文学""新时期文学""新世纪文学"等具有同样的效果，也可以和"左翼文学""延安文学""解放区文学""沦陷区文学""国统区文学"等相提并论，虽然它们并不在同一逻辑层次上。"80后"不是流派，也不是通常意义上的团体，而是一个广泛的社会群体或者说"阶层"，也是一种"代"的划界，它的意义不取决于名称本身，而取决于"代"本身的特点。

"80后"作为文学批评概念，其内涵在使用中也是有变化的，而且随着创作的变化，未来肯定还会有变化。"80后"最初在诗歌领域纯粹是一个年龄概念，与文学特征没有任何关系。后来延伸到小说领域之后，除了强调作者年龄特征以外，还在文学特性上承继了"少年""青春""校园""叛逆"等内涵，《时代周刊》亚洲版的封面上和文章中用了"breaking out"（可以翻译为"断裂"）、"different"（与众不同的）、"radicals"（激进分子）、"linglei"（中文"另类"音译）等词语，主要就是强调其内涵的特殊性。叛逆是年轻人的重要特征，正如年轻是人的阶段性特征一样，叛逆对于作家来说也是阶段性的特征，叛逆过后通常是建构，最后还会趋于保守，所以成人之后的"80后"在文学上肯定会有很大的改变。"80后"在21世纪初的时候最引人注目的就是其年龄，但10年之后，年龄已经不再是"80后"的特别之处了。事实上，到2010年，"80后"中最大的已经30岁，最小的也已经 21 岁，所以，"80 后"已经不再具有当初"少年作家"的意义，也就是说，"80 后"的"年龄"问题已经成为历史特征而不是现实特征。与 21 世纪初登场的"80 后"作家不同，"80 后"群体的出场则是"正常"的出场。"80 后"作家在文学上所表达和反映的"他们"的时代和"他们"的追求，也表达和反映出整个时代和"我们"的追求，和"60 后""70 后"一样，他们有他们自己的"代际"特征，但年龄明显将不再是他们的重要特征。"80 后"现在的出场和"60 后""70 后"当初的出场没有本质的区别，虽然时代的不同仍然赋予了"80 后"小说家特殊性，但这种特殊性的意义是非常有限的。所以，笔者主张把"80 后"文学限定在 21 世纪最初 10 年的时间内，也即"少年作家"的"80 后"。

新"时代"与"80 后"小说

20 世纪 80 年代至 21 世纪初，这是 20 世纪 50 年代至 80 年代出生的作家共同的生活时代，但它对于不同的人意义是不一样的。对于 20 世纪五六十年代出生的作家来说，这是一个全新的"时代"，中国社会处于巨大的变革之中，物质条件、价值观念、社会结构、文化生活完全变了，对于这种变化他们总体上是"欣喜"的，在对比中有非常强烈的感受和体验，这其实是 20 世纪五六十年代出生的作家成就特别突出的一个很重要原因。从他们的作品中我们可以看到，他们的人生基点是在 20 世纪 50 年代至 70 年代，20 世纪 80 年代之后只是他们的人生经历，正是这种强烈的反差使他们对 20 世纪 80 年代之后中国思想文化和社会具有深刻的理解，因此这些人中出现的著名作家众多，作品不仅丰富多彩，而且深刻，可以称得上是中国当代文学中的"黄金两代"。而对于"80后"作家来说，情况完全不一样，20世纪80年代至21世纪初是他们经历的时间，但更是他们成长的环境，从一定意义上说，"80后"正是中国社会变革的产物，"80后"小说中的每一个特征我们都可以从时代中找到根本原因。就普遍性来说，教育体制、网络时代、消费社会、市场经济、家庭结构、中学语文教育改革、外来文学与文化等都是影响"80后"小说非常重要的因素，"80后"小说可以说是由各种因素促成的。

"新概念作文大赛"是"80后"小说最重要的源头。与"新概念作文大赛"有关的"80后"作家可以说占了整个"80后"作家的"半壁江山"，而"新概念作文大赛"又与《萌芽》杂志有密切的关系，以至今天的研究者中有人把"80后"作家分为两派——"萌芽派"和"非萌芽派"。① 而"新概念作文大赛"本质是文学与教育联姻的产物。首届"新概念作文大赛"于1999年举行，由《萌芽》杂志联合北京大学、复旦大学、南京大学、南开大学、山东大学、厦门大学、华东师范大学七所全国重点大学主办，邀请大学领导、作家、文学编辑和学者担任组委和评委。② 该活动每年举行一次，到2011年时是第十三届。参加的人数最初是4000多人，到第三届就增加到3万多人，后来最多高达7万多人。其中第一届和第二届一等奖获得者多人被免试和提前录取到上述几所大学，但从第三届开始，教育部取消了"新概念作文大赛"优胜者保送大学的相关规定。"新概念作文大赛"在设立和构思

---

① 许多余：《笔尖的舞蹈：80后文学见证》，电子工业出版社，2011年版。
② 《"新概念作文大赛"倡议书》，《萌芽》1999年第1期；《新思维新表达新体验——"新概念作文大赛"征文启事》《"新概念作文大赛"组委、评委名单》，《萌芽》1999年第2期。

上显然效仿了当时影响巨大的"数学奥林匹克竞赛""全国高中数学联赛""全国中学生物理竞赛""全国中学生英语能力竞赛"等，其保送制也是对它们的"模仿"。但在具体内容上，"新概念作文大赛"表现出对当时中学语文教育强烈的反思和批判色彩，"新概念作文大赛"在"倡议书"中说得非常明白，之所以举办"新概念作文大赛"，就是希望改变中学语文教育的观念和面貌。"新概念作文大赛"提倡"三新"，即"新思维"——创造性、发散性思维，打破旧观念、旧规范的束缚，打破僵化保守，无拘无束；"新表达"——不受题材、体裁限制，使用属于自己的充满个性的语言，反对套话，反对千人一面、众口一词；"新体验"——真实、真切、真诚、真挚地关注、感受、体察生活。"新概念作文大赛"主要是由《萌芽》杂志具体操办，所以以《萌芽》杂志为中心，聚集了一批有影响力的"80后"作家，也可以说是《萌芽》杂志培养、团结了一批有影响力的"80后"作家，比如韩寒、郭敬明、张悦然、蒋峰、小饭、颜歌、李海洋等，他们多以写小说出名。

《萌芽》以外，也有一批非常有影响的"80后"作家，他们虽然是"散兵游勇"，没有组织，没有旗帜，但数量也非常庞大，从而成为"80后"小说重要的组成部分。这些作家没有参加"新概念作文大赛"，或者说没有获得"新概念作文大赛"奖，在写作方式和写作观念上与"新概念作文大赛"的宗旨及风格也有差异，但他们总体上仍然是中学语文教育改革的"产物"，强调自由、真实、贴近生活、创造性、优美等，和"新概念作文大赛"在写作理念上可以说"不谋而合"。在这一意义上，"80后"小说是中学语文教育改革的"产物"，也可以说，中学语文教育提倡作文的文学化，让一大批有文学天赋或者潜力的中学生走上了作家之路。也是在这一意义上，我们承认"新概念作文大赛"对"80后"小说的重要性，但是，即使没有"新概念作文大赛"，"80 后"小说的创作也是必然的，"新概念作文大赛"对于"80 后"小说不过是起了积极引导和推波助澜的作用。

　　同时，中学语文教育对于"80 后"小说的影响不仅仅是作文层面上的，整个教育改革包括学制改革、教学方法改革、考试方式改革等对"80 后"小说的影响也是巨大的。从某种意义上说，"80 后"小说是素质教育的"产物"。20 世纪 80 年代至 90 年代中期的中学语文教育基本上可以说是"应试"教育，以考试为中心，也以考试为目标，中学教育一切围绕着考试而展开。而 20 世纪 90 年代中期以后，我国开始全面实施素质教育，语文考试也开始改革，比如高考不再是全国统一试卷，语文考试更强调语文能力，文言表达等语文个性都得到充分的尊重。因为文学阅读有助于提高语文能力，也有助于高考，不仅语文课堂强调大量阅读和讲析文学作品，而且课外阅读也提倡以文学作品为主。这对于"80 后"文学具有双重意义，第一是激发了中学生的文学兴趣，从而催生了一大批少年作家。事实上，很多"80 后"作家都是因为热衷于"新型"作文而在"优秀作文"的基础上走上文学道路的。王晓虹说："看很多书写得很好，自己也想尝试。"[1] 她曾讲了对她个人写作影响非常深的一件事：有一次语文月考，她有意把作文写得很"出格"，结果老师不仅没有否定她，还给了她高分，这对她的写作影响很大。[2] 这其实很好地证明了素质教育理念下的语文课外阅读和写作对于"80 后"文学的影响。中小学的语文学习对于绝大多数作家的创作都有深刻的影响，不同之处在于，前代作家的语文学习主要是为后来的文学创作打基础，主要是文字和语言的基本功训练，所以

---

[1]　陈平：《80 后作家访谈录》，中国广播电视大学出版社，2009 年版，第 99 页。

[2]　田涯文化工作室：《80 后心灵史》，长江文艺出版社，2006 年版，第 196 页。

他们的语文学习和文学创作之间的关系非常遥远，而"80后"的文学创作和他们的语文学习之间关系则非常直接，也十分紧密，可以说是一个连续的过程，因为现代作文越来越文学化，优秀的作文便是文学作品或者接近文学作品，所以对于"80后"作家来说，文学创作和作文有时很难做严格的区分。

第二是培养了大量的文学爱好者，或者说文学消费者，这一点其实是非常重要的。20世纪90年代之后，由于受电视、电影以及其他娱乐方式比如麻将、扑克、电子游戏等的冲击和影响，中国文学的读者越来越少，工人、农民读文学作品特别是读纯文学作品的可以说极其少见，这严重影响和限制了中国文学的发展。而学生（包括大学生）则是文学阅读的主体，青少年虽然只有3亿人，大约占中国总人口的20%，但却占了文学作品读者的80%，这可以说是一个庞大的读者群体[1]，他们的阅读以及阅读状况、阅读能力、阅读兴趣等，在一定程度上制约着中国文学的发展。20世纪90年代中期以后的中学语文教育改革特别是素质教育的提倡和推行，大大增加了中学生读者的数量，这虽然不能从根本上改变文学在当代中国人生活中的地位，但多少扭转了中国文学越来越边缘化、地位下滑的局面，文学作品"读者荒"多少得到一点缓解。而更重要的是，它为"80后"小说奠定了坚实的基础，"80后"小说之所以作家众多、作品发行量大、社会影响也很大，与众多的普通读者和"粉丝"是分不开的。"80后"读者当然也读传统的经典文学作品，但他们更愿意读同龄人的作品，对于"80后"读者来说，"80后"小说在内容上是他们所熟悉的，在话题上是他们感

---

[1] 本文发表于《学术月刊》，2011年第12期，其统计数据为当年数据。——编者注

兴趣的，在形式上是他们能够接受的，无论是思想观念还是写作方式，他们都能够理解也容易引起共鸣，这其实是"80后"小说兴盛的一个非常重要的原因。

但"80后"小说兴盛更深层的原因则是当代中国社会和文化、市场经济、家庭和社会结构、流行文化、传媒方式等对其造成深刻的影响。20世纪80年代以来，伴随着中国的改革开放和市场化体制改革，中国经济飞速发展，中国人的物质生活得到了极大的改善，与前几代人相比，"80后"的生活条件优越了很多，经济条件的巨大变化也造成了"80后"在生活方式、价值观念、文化心理等各方面的变化，这种变化对文学的影响也是非常大的。一个最简单的事实就是，过去由于经济条件限制，图书出版和发行都需要很高的经济和社会成本，倒不是说以前的图书比现在的图书贵，而是说相对于当时物质的匮乏、生活的艰难而言，图书属于奢侈品，那时买一本书，可能就要花掉一个学生一个星期的生活费，是家庭开销中的一项重要支出，所以，那时且不说中学语文教育将阅读文学书籍当成"不务正业"，就是允许或者提倡学生课外阅读，学生也买不起书、读不起书。而21世纪以来，对于绝大多数家庭来说，买书都不再是沉重的经济负担，买书就和在街上买烤红薯一样，属于日常消费，无足轻重。另外，我国九年义务教育制度从1986年开始执行，但实际上，由于经济条件的限制，20世纪80年代它在落后地区并没有得到真正的贯彻，初中毕业之后能够继续读高中的学生更少。但20世纪90年代中期以后，随着经济条件的改善，九年义务教育制度得到了很好的贯彻，因而高中学生的人数也急剧增加，再加上大学扩招，这样，学生的人数就大量增加。学生是文学作品的重要读者，学生人数的增加在某种意义上就是文学作品读者的增加，这对于中国当代文学的发展是有积极意义的。

20 世纪 90 年代中期以来，中国社会生活发生了巨大的变化，特别是电脑、手机等现代工具以及动漫艺术、游戏、商业文化等在大学生和中学生的生活中占有重要的地位，既改变了学生的生活环境，也大大改变了他们的文学写作方式和文学精神，比如"80 后"小说中的"玄幻文学"就是深受日本动漫艺术的影响而产生的。电脑、网络、手机等大大缩短人与人之间的心理距离，实际上也是加强了人与人之间的交流，对于大学生和中学生来说，现代传媒极大地改变了他们的生活方式，他们之间的交流变得深入而频繁了，他们和社会之间的联系同样加强了，校园越来越像一个小社会，不再封闭、单调、死气沉沉。事实上，我们看到，"80 后"小说虽然主要是写校园和青春，但绝不局限于此，它实际上以校园和青春为中心，广泛地辐射到社会生活的各方面和各年龄层次，与一般社会性的小说差别仅在于"80 后"小说的主要叙事角度是孩子视角，也可以说是校园视角和青春视角。文学是社会生活的反映，小说的丰富与精彩在一定程度上源于生活的丰富与精彩，可以设想，假如中学生的生活一如从前那样单调乏味，"80 后"小说是没有这么多故事的。假如"80 后"小说只是写学生的日常生活和学习，而不涉及更为广阔的社会，也是不可能真正深刻的。

　　对于文学来说，重要的是作家、作品、读者，把这三者联系起来的是生活。但现在看来，传媒方式也是一个非常重要的因素。"80 后"小说的兴盛其实也与网络等现代传媒有关。传统的文学在运作上主要是手写、抄录、投稿，在杂志上发表或者由出版社出版，"工序"非常复杂，作品公开发表即意味着得到了某种承认。作品从写作到发表是一个漫长而艰辛的过程，作家的产生则是一个更为漫长艰辛的过程，所以，传统的写作者从开始写作到成为作家再到成为著名作家，是一件非常困难的事，有的人做了一辈子文学创作，最后可能还是默默无闻，发表的作品非常少，个中原因就是"关卡"太多。首先杂志或者出版社的编辑是一个"关卡"，其次批评家是一个"关卡"，最后政府的作家管理机构又是一个"关卡"，每一道"关卡"都是一个巨大的障碍，作家要有坚强的毅力才能冲破层层关卡，最后走向读者，走向市场，走向文学史。但"80后"文学则简单得多，电脑上打字，复制到网上发表，然后就直接面对读者、面对市场，只要有读者、有市场，就算得到了社会承认。与纸质媒体相比，网络不仅容量巨大，而且发表速度快，传播速度快，还可以互动。在这一意义上，"80后"小说可以说充分利用了现代传媒，也充分体现了现代传媒的特点。事实上，"80后"小说很多都是率先从网上开始流行的，比如孙睿的《草样年华》起初在新浪网上连续8周点击量排名第一，网上巨大的影响使它在法兰克福图书博览会上被33个国家购买版权。[①] 流潋紫的《后宫·甄嬛传》最初也是网络小说，由于点击量巨大，因而引起了出版社的注意，多家出版社争夺纸质出版权，最后图书版税竟然高达10%。"80后"小说是当代文学中最具代表性的类别，2004年，白烨在一次访谈中提到一个数据，称"北京开卷图书市场研究所"曾做过一个调查，"80后"文学约占整个中国文学图书市场的10%，和除"80后"文学以外的整个现当代文学数量相当。[②] 笔者虽不知道这个数字是如何得来的，也不知道其时间范围，但如果它是准确的，应该说这个数量是非常大的，要知道，古今中外文学经典多如牛毛，当下优秀的作品

---

① 《草样年华》共4卷，中文版第1卷由远方出版社于2004年出版，第2卷由长江文艺出版社于2008年出版，第3卷由万卷出版公司于2009年出版，第4卷由长江文艺出版社于2011年出版。

② 白烨、张萍：《崛起之后——关于"80后"对话》，《南方文坛》2004年第6期。

也很多，而"80后"一代人的作品竟然占了整个中国文学市场份额的10%，这在文学史上可以说是前所未有的。

经济发展，特别是现代科技成果极大地改变了当代中国人的生活，可以说解决了很多实际问题。但同时也带来了很多问题，这些问题同样深刻地影响着"80后"小说。比如，"80后"大多数都是独生子女，生活相对优裕，他们不再为吃饭、穿衣发愁，上大学变得相对容易，但他们也有自己的苦恼和困扰，"80后"中有人曾经这样自嘲："当我们读小学的时候，读大学不要钱；当我们读大学的时候，读小学不要钱。我们还没能工作的时候，工作是分配的；我们可以工作的时候，撞得头破血流，才勉强找一份饿不死人的工作做。当我们不能挣钱的时候，房子是分配的；当我们能挣钱的时候，却发现房子已经买不起了。当我们没有进入股市的时候，傻瓜都在赚钱；当我们兴冲冲地闯进去的时候，才发现自己成了傻瓜。"[1] 这虽然过于夸张，但也反映了一部分事实。"80后"有得天独厚的一面，但他们也痛苦、困惑和迷茫，这些迷茫和困惑也会反映在他们的作品中，从而形成鲜明的"80后"小说特色，比如忧伤就是"80后"小说的一个重要主题。初读"80后"小说，我们对于这种无尽的忧伤似乎很不理解，"80后"一代不愁吃、不愁穿，生活条件优越，何来忧伤？而且"伤"得如此之重，后来才想明白，忧伤正是不愁吃、不愁穿、生活条件优越的一种结果或者说表现，而且生活条件越优越则越可能忧伤，所以对于"80后"来说，忧伤不仅仅是年轻人的多愁善感或者青春的疼痛以及童年逝去的伤感，更是物质上无忧无虑之后精神上的苦闷与空虚。

---

[1] 赵丰：《聚焦80后·序言》，湖北教育出版社，2008年版，第2页。

文坛"异军"

现在看来，20世纪50年代、六七十年代、八九十年代的文学相对具有鲜明的时代特征，在艺术形式上也比较单纯，很容易识别。而"新世纪文学"则可以说缺乏个性，在构成上非常复杂，既有20世纪80年代、90年代文学的延传，又有各种新的创造，新旧混杂，各行其是，是一种复杂的组合。这里所说的"延传"包括两方面的含义：一是20世纪80年代、90年代写作的那一批作家，延续过去的写作路数，写了大量在写作手法、写作方式、艺术风格、思想内容等方面都承传过去的作品，继续得到高度评价，也继续吸引读者；二是一批更年轻的作家主要是20世纪70年代出生的作家，他们深受"黄金两代"作家的影响，并且学习和模仿他们的写作，从而把改革小说、先锋小说、实验小说、乡土小说、历史小说以及女性叙事与"底层叙事""新写实"等进一步发扬光大，进而有新的发展，因此，他们的写作实际上沿袭和继承了20世纪80年代、90年代的写作。这里所说的"创造"也包括两方面含义：一是"黄金两代"以及"70后"小说家，他们的创作也有变化，或者回归传统，或者进行新的探索和尝试，与过去的创作相比有很大的发展和变化；二是产生了大量的新的小说，其中"80后"小说就是"新世纪文学"中具有创新性的最显著的文学现象之一。

"80后"小说本身也是非常复杂的现象，其内部大致可以分为通俗小说和纯小说两种类型。就数量来说，通俗小说处于压倒性的地位，不仅有大量的纸质出版物，而且有更多的网络小说。在类型上不仅有传统的武侠小说、侦探小说、推理小说、言情小说、公安小说、科幻小说、商战小说、官场小说等，还出现了一些新的小说类型，比如玄幻小说、神话小说、"同志"小说、城市风水小说、"盗墓"小说、"穿越"小说、架空小说等，这些新类型小说有的是全新的，比如"百合"小说、"耽美"小说等，但大多数则是传统小说的变形或者交融，比如"穿越"小说就是把传统科幻小说、荒诞小说中的"穿越时空"发扬光大，并融入言情的因素从而使它成为一种类型小说。"80后"小说拥有庞大的读者群，但由于其文学成就非常有限，所以影响力也非常有限，正统的文学批评和文学史研究对它们甚至视而不见。相反，在数量上，纯小说只是整个"80后"小说中很少的一部分，其类型当然也是多种多样的，但文学成就最高、影响最大的就是青春小说或者说校园小说，一般所说的"80后"小说主要是指这类小说。

对于"80后"小说的特点，笔者认为学术界有很多误解。我们总是把它解释成某种单一原因的结果，比如把它解释成网络的结果、市场的结果、后现代文化语境的产物、教育改革的产物等。我们总是对它进行某种单一化的概括，比如"本真写作""自然写作""无忧虑写作""网络文学""大众文学""消费文学""商业文学"，还有"碎片化""偶像化""个人化""娱乐化""通俗化"等。其实，"80后"作家千差万别，"80后"小说丰富而复杂，不具有某种单一性，笔者同意这样一种说法："试图用任何的总体性来概括新世纪文学或概括'80后'的写作，都是无效的，即便他们从同一个地方出发，最终抵达的也不会是相同的目的地。"[①]"80后"这一代人在生活方式、价值观念等方面更加多元化，在文学上也是如此，即使是"《萌芽》系"内部，其艺术追求和文学观念也存在着巨大的差异，表现形态上也是如此，

---

① 谢有顺：《那些坚固的东西都烟消云散了——新世纪文学、〈鲤〉、"80后"及其话语限度》，《文艺争鸣》2010年第2期，第23页。

如果一定要说"80后"小说有什么特别之处的话，那么，"多元化"正是它的特点。

"80后"小说在总体上与"50后""60后"以及"70后"小说有巨大的差别，但这并不意味着"80后"小说与传统小说断裂。"80后"小说有自己的创新，但"80后"小说中每一种创新都可以说是有源头的，青春文学不是他们的首创，校园文学不是他们的首创，网络文学不是他们的首创，文学的消费性不是从他们这里开始的，文学的市场化不是从他们这里开始的，文学的游戏化也不是从他们这里开始的。但是，"80后"小说把青春、校园、网络、消费、市场、游戏这些因素发扬光大、提升、创新，并突显出来，从而成为一种显著的文学现象。比如"少年写作"，其实文学史上"神童""早慧"现象并不少见，但"80后"小说本质上是青春叙事或者说是校园写作，不是个别现象，而是普遍现象，如此大规模的"青春文学"或"校园文学"，对社会和文学都造成巨大的影响，这在中外文学史上可以说是罕见的。其实，"80后"小说的很多写作方式，前人都曾尝试过，"80后"小说所表达的思想内容，前人都曾涉猎过，只不过"80后"小说更集中、更普遍、更突出而已，所以我们只能从普遍性、集中性的角度来区别"80后"小说与非"80后"小说。

"80后"小说仅仅是"80后"这一代人的小说，是"代际"小说，而不是"时代"小说，它代表了"他们"这一代人，而不能代表"我们"这个时代，甚至可以说还没有达到这个时代的文学高度。但是，"80后"小说是当代文学的一个重要组成部分，它的存在极大地改变了当代文学的格局，并且笔者相信它对于未来的中国文学还将有更深刻的影响。那么，"80后"小说与当今文坛究竟是什么关系？它在当代文学中究竟处于一种什么地位？"80后"小说是如何运作的？也许从这些角度我们能够对它进行更准确的文学史定位。

有人把"80后"文学归属为一种"亚文化"，比如有人这样说："青少年写作连同阅读行为在本质上更接近于一种亚文化，一种通过风格化方式挑战主流文化以便建立某种群体认同的附属性文化形态。"[①]我不同意这种观点，"亚文化"即"subculture"，又称"小文化"，一般是指次级的、附属性的、边缘性的文化现象。就当下中国文化状况而言，青少年文化在整个中国文化结构中是一个重要的组成部分，没有它，中国文化是不完整的。相对而言，它不占主导部分，但它绝对不是副文化、次属文化、边缘文化。就"80后"文学来说，它具有自己独立的价值观念和体系形态，它不是从传统文学中衍生出来的，不是传统文学的派生物；恰恰相反，它是对传统文学叛逆的结果，对传统文学的颠覆和批判是它重要的特点；所以，它与传统文学是并行的，而不是种属关系。

2006年，文学批评家白烨和韩寒曾在网络上打过一次"口水仗"，除开一些哗众取宠的俏皮话和人身攻击的语言以外，其实质性的内容就是关于"80后"文学与文坛的关系问题。白烨认为"80后"文学只是文学的"票友"写作，"进入了市场，尚未进入文坛""文坛对他们只知其名，而不知其人与其文；而他们也似乎满足于已有的成功，并未有走出市场、走向文坛的意向"。[②]白烨的观点实际上代表了传统文坛对"80后"文学的看法，不过在文学批评界，白烨对"80后"文学的态度还算宽容和开明。"80后"文学并不是从文坛内部产生，也一直没有得到文坛的认同，但它们已经得到了读者的认同，实际上就是

---

① 孙桂荣：《论"80后"文学的写作姿态》，《文学评论》2009年第4期，第110页。
② 赵丰：《聚焦80后》，湖北教育出版社，2008年版，第157页。

得到了社会的认同。所谓"进入了市场"，实际上是对它们得到社会认同的一种贬义的表达，也表达了传统文坛对"80后"文学的傲慢与偏见。所谓"市场"，其实就是读者，虽然市场还包括"炒作""包装"这样的含义，我们也承认"80后"小说得到了出版社、策划公司的包装和推介，但"80后"小说兴盛的根本原因不是包装，而是它内在的价值，正是因其内在的文学价值，包装才能成功，对于"80后"小说来说，包装真正的作用是宣传。话又说回来，纯文学难道就没有包装吗？

任何文学都不是从天上掉下来的，"80后"小说也是这样，它也是建立在对中国传统文化充分学习和借鉴的基础之上，只是它走的是另外的道路。白烨评价"80后"作家："读他们的作品，你会感到他们的素养之好，起点之高，委实超越了他们的实际年龄。他们之于文字和文学，有不少人好像是天赋异禀，从感觉之微妙，到语言之灵动，都如同天籁。"[1]韩寒无疑是文学天才，但这不是全部，大量的文学阅读和文学积累也是韩寒成功的重要原因。事实上，韩寒从小就大量阅读中外文学名著，韩寒曾提到小学时"我开始读课外书，嗜书如命。一到晚上，我就窝在被子里看书，常常看到半夜"，到了高中，"我每天上课看书，下课看书，图书馆的书更是被我扫荡干净。只好央求老师为我开放资料库。中午边啃面包，边看'二十四史'。为避免我的文风和别人一样，我几乎不看别人的文艺类文章，没事捧一本字典或词典读"。[2]初读觉得有些夸张，但读过《三重门》之后，笔者完全相信韩

① 白烨、张萍：《崛起之后——关于"80后"的答问》，《南方文坛》2004年第6期，第17页。
② 韩寒：《零下一度》，《韩寒五年文集》（下），二十一世纪出版社，2006年版，第177—179页。

寒的自述。韩寒并不是不爱学习，只是不爱"正规"的学习，并不是不爱读书，只是不爱读通常意义上的书，广泛的阅读是韩寒在文学上成功的重要原因。

如果我们一定要把正统的文学界称作"文坛"，那么，"80后"文学就是另外一个"文坛"，一个和传统的文坛并列的文坛，不是"坛中坛"，而是"坛外坛"，且是一个完备的"坛"，它有自己的作家队伍，有自己读者群体，有自己的运作方式，有自己的出版和发行渠道，有自己的审美追求，并且形成了自己的艺术特色，我们可以不认同它，但我们不能否定它的存在。比如传统的文坛有茅盾文学奖，"80后"文坛则有"新概念作文大赛"。文学的生命和意义最终是由读者决定的，读者的接受就是被认同，就社会的认同来说，"80后"小说并不在正统的小说之下。正统的文学很大程度上都是依赖行政行为来支撑和维系的，比如有作家管理机构——中国作家协会，有专门的管理人员，作家中有干部作家、合同制作家、签约作家等，实际上作家是由国家养活的。事实上，庞大的职业作家队伍越来越成为国家的一种经济负担，假如没有行政行为，当代文学是否还有这么多作家、诗人，是否还有这么多文学期刊和文学出版社都将是疑问。同时，青年读者对于正统文学的维系也是非常重要的，假如没有这些读者，正统文学作品的出版、作家的地位等各方面都会受到很大的限制，他们中的很多人都会被迫放弃作家的职业而另谋生路，或者被迫放弃他们的艺术追求而去迎合某种需求，一些类型小说可能会沦为"保护对象"，所以从一定程度上说，青年读者也是支撑中国文坛的一种重要的力量。但问题是，同样是"80后"读者，为什么只有阅读正统的文学是被肯定的，而阅读"80后"文学就被否定呢？都是"80后"读者的阅读对象，为什么只认同正统文学而否定"80后"文学呢？

对于"80后"读者来说，正统的小说和"80后"小说都是正常的小说，没有主流与支流之分，也可以说，对于他们来说，"80后"小说也是主流文学，青春也好，叛逆也好，都是再正常不过的生活，与正统小说所反映和表现的各种社会生活比如贪污、腐败、拆迁、房地产开发等一样，没有质的区别。把"80后"小说所反映的校园生活、青春生活看作"亚"生活，这是一种偏见。现代社会似乎一切都提前了，"80后"可以说提前长大了，他们在身体的成熟上提前了，在知识的学习和掌握上提前了，在融入社会生活方面提前了，在精神文化方面也提前了，但我们的社会仍然用一种传统的老眼光看待他们，文学上我们仍然用"儿童文学""少年文学"来应付和打发他们。他们不满这种现状，于是反抗，并有了自己的文学。我们可以说，"80后"在社会体制之外，但绝不能说他们在生活之外；文学上，我们可以说"80后"文学在文坛之外，但绝不能说它在文学之外。

与正统的"体制"作家不同，"80后"作家基本上是"自食其力""自谋生路"的，没有谁为他们在作家的层面上提供机制上的保障，他们也得不到行政上的帮助和支持，这使得"80后"文学在受到市场和消费限制的同时，也拥有更多的"自由"，从而表现出与正统文学迥然不同的特点。这对于中国当代文学来说是非常有意义的，可以说构成了正统文学的有效补充，也可以说弥补了传统文学的问题和缺陷，对于克服中国文学的当代危机具有重要的作用。有人概括"80后"小说的特点："年轻的作者在向同龄人提供大量当下的现实的意象，以感性表象压倒理性本质，以个性个人压倒普遍原则和集体思维，以感官直接性和欲望裸露化压倒抽象化概念和传统生活方式。文学在这里主要是以'年轻的'意象来反映或表现现实，所体现的主观能力主要是'80后'的感性与想象。"①这个概括是准确的，但"80后"小说远比这复杂，其特征远不只是这些，它的优点和对中国文学的贡献是突出的，它的缺陷及有待改进的地方也是非常多的。

总之，"80后"小说是伴随着"80后"这一代人的成长而产生的，它是当代文学中非常重要的文学现象，它的产生以及特征具有深刻的社会原因和文学根据，它对中国当代文学的格局造成了巨大的冲击，无论未来如何发展，它都将在中国当代文学史上具有一定的地位。

---

① 赵丰:《聚焦80后》，湖北教育出版社，2008年版，第143页。

光焰与迷失："80后"小说的价值与局限

———— ◎ ————

　　"80后"文学是"新世纪文学"中最重要的现象之一，特别是"80后"小说影响巨大，得到青少年的广泛认同和喜爱。对于"80后"小说，既是"推手"也是载体的网络的评介较多，文学批评界也对此有所关注。但总体来看，相关研究更多表现为感受、介绍和批评，多停留在现象的描述上，学理性不强，缺乏宏观的文学史和比较文学视野，即不能将其置于中国现当代文学和世界文学的整体背景中进行评判和定位。"80后"小说是文学史无法回避的现象，需要对其梳理和总结。

　　"80后"小说与传统小说有很大差异，它在创作上具有开拓性，这是其对中国当代文学的重要贡献，也预示着中国当代小说发展的新的增长点。但是，"80后"小说在注重创新的同时，也存在着诸多问题，这些问题若得不到有效解决，将影响中国当代文学的健康发展。从文学史的角度进行审视，应如何评估"80后"小说？它有何独特的贡献和价值，又有何缺失和局限性？从中我们可获得哪些有益的启示？无论是对"80后"小说，还是对21世纪中国文学的发展来说，这些都是不可忽略的问题。

一

"80后"小说对中国当代文学有较大的贡献,它不仅昭示着"80后"这代人的文学出场,更重要的是代表了一代人对中国当代文学的突破和创新。作家马原曾把"80后"的"五虎将"与当年的阿城、莫言等人相提并论,称之为"20年后又是一群好汉"①。与"60后""70后"作家相比,"80后"作家不仅出场早,且富有气魄和特色。其集体登场,可谓声势浩大,一开始就表现出强烈的反传统和颠覆色彩。在近年对市场的影响上,"80后"作家都远远超出"60后""70后"作家。

"80后"小说的写作非常复杂,有雅、俗之分,其中有大量通俗化的"类型小说"写作。这些小说类型有的是古已有之,有的是杂合与衍生,有的则完全是新造。"类型小说"主要以网络为阵地,但优秀的"类型小说"多有纸质版出版,如流潋紫的《后宫·甄嬛传》②是典型的后宫小说,最初主要是在网络上连载,由于点击量超高,引起出版社的兴趣而得以出版,现已被改编成电视连续剧。"类型小说"主要是在小说内容或题材上有所开拓,而在艺术上的突破和贡献却十分有限。真正给"80后"小说带来巨大声誉,在艺术上取得较大成绩和突破的还是"青春小说"。

在中国现当代文学史上,"少年写作"的说法并不陌生。张爱玲早

---

① 马原:《20年后又是一群好汉(序一)》,《重金属:80后实力派五虎将精品集》,东方出版中心,2004年版,第1页。
② 《后宫·甄嬛传》全书共7册,分别由3家出版社出版,第1—3册于2007年由花山文艺出版社出版;第4、5册于2008年由广西师范大学出版社出版;第6、7册于2008—2009年由重庆出版社出版。

就说过"成名要趁早",她自己就是"少年写作"并成名的一位作家。1943年被称为中国文学的"张爱玲年",而此时张爱玲仅有23岁。在中国当代文学中,也有很多作家从少年时代就开始写作,刘绍棠13岁时在报刊上发表作品,16岁时发表小说《青枝绿叶》;王蒙写《青春万岁》时只有19岁,写《组织部新来的青年人》时才22岁;苏童、格非、余华等也都是在20多岁时就写出了成名作。但与"80后"的"少年写作"不同的是,中国现当代文学史上的"少年写作"属于文学"神童"现象,属于作家的"早慧"案例,相关作家虽是"少年写作",但写作活动本身却是成人化的,写作方式也是成人化的,所表达的内容更是成人化的。"80后"小说的情况非常复杂,有的也属于成人化写作,这与过去的"早慧"作家写作并无实质区别,如小饭和蒋峰的小说所表现的人物、事件、环境等方面更偏向社会化,在艺术上注重结构、叙事、技法等方面的探索和试验,这在同龄人中颇为突出。

无论是"校园文学"还是"青春文学",皆非"80后"小说家首创。如20世纪80年代的《女大学生宿舍》《树上的鸟儿》和《北方的河》等都可以说是"校园文学",20世纪90年代的《花季雨季》《晃晃悠悠》等则属于"青春文学"。但"80后"作家的青春叙事、校园写作与以往的青春文学、校园文学有着根本的区别,过去的校园文学也好,青春文学也罢,总体上基于成人视角,校园和青春有时不过是载体,作者通过它们表达某种社会观念,与校园及青春总是有点"隔膜"。"80后"小说的创作主体是学生,是学生写校园,是少年人写青春,校园生活和青春正是他们的经历。在此,校园和青春具有"本体性"。在"80后"小说中,校园、成长、青春是其主体内容,绝大多数"80后"作家都是写与个人生活有密切关系的经历、感受、想象和心理活动。在"80后"作家中,张悦然的写作似乎是非常成人化、远离校园与青春的，但实际上她不写与自己年龄相差较大的人。"80后"作家最重要的特点在于他们以自身的方式表达了自身的经验和感受，而这是中青年和老年作家所不具备的。孙睿说："我写的是大学的生活，我又置身在大学之中，写起来得心应手，而这类题材让一个中老年作家去写的话，其内容的虚假、造作、装腔作势可想而知。"[①] 其他各代的小说家当然也可以写青春和校园，但他们的思维和视角与"80后"作家有巨大差异。"80后"小说在思想内容、价值取向、情感态度、艺术形式、审美特点、语言方式等方面往往与中老年人的欣赏习惯、趣味格格不入，但却十分契合青少年的心理，不仅道出了他们的心声，而且表达了他们对生活的感受和理解。从某种意义上说，这是一种同龄人之间的默契。"80后"小说的畅销及其在中国当代文学中所表现出的独特性等，其实都与"80后"作家的身份密切相关，都可以从中找到有说服力的解释。

"80后"作家不仅通过小说展示自己，而且将"校园文学""青春文学"提升到一个新高度，使之成为一种成熟的文学类型。换言之，在儿童文学与成人文学之间增加了一种成熟的"青春文学"，从而丰富、补充和完善了"文学链"。正如白烨指出："过去我们的文学在针对不同年龄层次的读者上，相当的粗线条。在成人文学之外，就只有成人创作的儿童文学，而这只能对应小学生读者群体。而中学生读者群体这一块，要不去看成人文学，要不去看儿童文学，这实际上都与他们的实际需要并不对位。现在青春文学——'80后'的出现，弥补了这样一个长久以来的欠缺。从这个意义上讲，它是应运而生

① 孙睿、许多余:《80后畅销书作家孙睿访谈录——理想的生活是政治课本里描述的共产主义》，许挺，《最后的盛典（小说卷）》，吉林出版集团有限责任公司，2009年版，第18页。

的。"① "80 后"文学问世后，中学生的阅读文本得以彻底改观，有了从内容到形式都适合他们的文学读物。如果说"新世纪文学"与"20 世纪文学"在文类上有何不同的话，那么，青春文学可以说是"新世纪文学"的最大亮点。如此多的青春文学作品、少年作家，以及众多的青春文学读者，这在中外文学史上都是罕见的现象。

20 世纪 80 年代以来，随着政治、经济和文化氛围的变化，特别是网络等现代传媒的兴起，中国文学状况发生显著变化：作家越来越多，读者却越来越少；作品越来越多，作品的影响力却越来越小；文学在艺术上越来越进步，但在功能上却越来越退步；文学研究的地位越来越高，文学本身却越来越边缘化，对社会生活的影响也越来越小。王蒙曾写过《文学：失却轰动效应以后》一文，认为 20 世纪 80 年代后期中国文学已"热"度不再②，但 20 世纪 90 年代的文学在"热度"效应上，更是江河日下。电视、网络等占据了人们更多的时间。这与文学作品的艺术成就无关，也与文学体制无关。事实上，20 世纪 90 年代以来，中国文学有很大的发展，艺术上取得的成就也越来越高，在体制上更加多元，文学创作环境也变得更好。无论是作家还是作品的层次，都不是 20 世纪 80 年代文学以及更早"文革文学"和"十七年文学"可以比肩的。但问题的关键是，今天已不是一个文学的时代，而是一个网络和电视的时代，文学所谓的"作用"和"意义"自然成为奢谈。

但是，"80 后"小说的出现则令此格局有所改观，它通过开辟新

---

① 白烨、张萍：《崛起之后——关于"80 后"的答问》，《南方文坛》2004 年第 6 期，第 17 页。

② 王蒙：《文学：失却轰动效应之后》，《王蒙文存 23 文学：失却轰动效应之后》，人民文学出版社，2003 年版，第 178 页。

领域，发掘新读者，在一定程度上缓解了中国文学在作用和影响上的滑坡与颓势。20 世纪 50 年代至 80 年代，文学作品的读者虽然很多，但其实还有扩展的空间，其中最大的可扩展空间是青少年读者，青少年是最有文学潜质的读者群，但他们的潜质却被高度抑制。除了在物质层面处于弱势外，最根本的原因是缺乏适合他们阅读的文学作品。学生利用课外时间偷偷阅读文学，他们或者只能读"过时"的儿童文学，或者只能读"超前"的成人文学。在文学的世界里，他们或者"长不大"，或者变得"老成"。

20 世纪 90 年代中期以来，相关情况发生了变化。作家写什么当然重要，而作家写出的作品是否有人阅读同样重要，其实，文学的繁荣和发展是建立在广泛的文学阅读和消费活动基础上的。在此意义上，当成人普遍不读文学作品，文学消费市场越来越陷入困境时，中学生的文学阅读可以说解了燃眉之急。所以，中学语文教育重新确定文学阅读的合法性地位，对中国当代文学的发展功不可没。

更重要的是，中学生的文学阅读培养了中学生的文学兴趣，这将对一代人的文学素养产生影响。在某种程度上，他们中的很多人可能一生都不会放弃文学阅读，这对于中国未来至少 50 年的文学事业来说是非常宝贵的财富，将是中国文学发展的重要保障。同时，中学生的文学阅读又大大激发了他们的文学潜能，他们不仅阅读文学作品，而且动手写作，不仅模仿成人的文学，而且创造自己的文学，而"80后"小说的"写自己"以及少年文学的特点又为他们赢得了众多读者，吸引更多同龄人加入文学创作的行列。这种良性循环促使"80后"小说成为当代文学的一大"奇观"。

"80后"小说还改变了中国当代文学的生产格局，使当代文学呈现为两种不同的运行模式：一是体制化的，二是市场化的。体制化模式主要是传统的运作方式，它以作家协会为核心，有着严格的组织方式、层级秩序和管理办法。成为作家通常的模式是独立创作，向杂志投稿，正式发表，得到批评家和作家协会的认同，然后加入政府性的组织和机构，成为各级作家协会会员，得到官方的资助和奖励，被纳入政府的评价体系。体制化的文坛具有一套严密的制度，包括会议、政策、机构、领导方式、组织方式、期刊、出版、批评、奖励、认证等。由此可见，在体制化中，作家、作品、文学批评和行政组织之间具有紧密的联系，可以说这四者相互依存，从而构成一个完备的机制。在此，市场和读者也是存在的，但并不是最重要的因素，市场销售和读者反响的好坏都不是文学评价的重要标准。

市场化的文学当然不只有"80后"文学，但迄今为止，"80后"文学在市场中已占有重要的位置。"80后"小说始于中学生作文，从某种意义上说是作文的一种提升或延伸。除了上海的《萌芽》杂志外，"80后"小说很少在传统尤其是"权威"的文学杂志发表，它的阵地除了郭敬明主编的《最小说》外[1]，主要是博客、文学网站等，并在网络传播的基础上得以出版。在"80后"作家中，只有极少数以文学为业，他们中的绝大多数都只是文学爱好者。目前，相关状况虽有所改变，如一些人已加入中国作家协会，正规的文学期刊也开始发表他们的作品，但这并未从根本上改变"80后"小说的地位。"80后"小说主要依赖市场和读者，从某种意义上说，读者和市场决定了其前途和命运。作家协会和文学批评对"80后"小说的关注、评论

---

[1]　另外，属于准期刊的文学读物还有郭敬明 2004 年主编的连续性文学读物《岛》，由春风文艺出版社出版，共出版 10 本，2007 年停刊；张悦然 2008 年主编的连续性文学读物《鲤》，至今已出版 13 本，前 8 本由江苏文艺出版社出版，后 5 本由上海文艺出版社出版；韩寒 2010 年创办《独唱团》杂志，由山西书海出版社出版，但仅办 1 期即宣布停刊。

并不重要，也没有多大的作用和影响。"80后"小说的文学荣誉多来自民间，由市场和读者赋予。这在一定程度上决定了"80后"小说的个性和特点：在思想上不写主流或极少写主流，在内容上主要写校园、青春、个人的思想情感和经历，在艺术上表现出强烈的反传统色彩。

长期体制化下的文坛弊端丛生，很多问题积重难返。"80后"所开创的市场化文坛也许能为中国文学制度改革提供有益的可借鉴的经验。

二

不可否认，"80后"小说在艺术上取得了很大的成绩。无论从对中国当代文学生活的影响来说，还是从文学史的角度来说，它都是不容忽视的文学现象。"80后"小说有自己的审美追求，并在创作中形成了自己的审美特色。

"80后"小说是在一种新的社会文化环境中生发的，新媒体、消费社会、市场经济、现代教育体制、外来文化等都对它有深刻的影响。从写作到阅读，从知识到思维，从伦理到情感，"80后"小说都发生了巨大变化，可谓一种新的艺术方式。除了表象的变化外，"80后"小说深层的变化在于艺术精神和美学方式的变化。

传统的审美主要是悲剧、喜剧、优美、崇高四大范畴，进一步衍生出具体的幽默、讽刺、谐谑、对称、和谐、多样、变化、宏大等审美方式或审美现象。"80后"小说在总体上遵循或者说不违背这些美学原则，但又有所丰富和发展，表现为使传统的审美方式有所增加和变化，或者把过去某些不被重视的审美特点发扬光大，从而形成一种新的审美内涵。如"可爱"就是被"80后"小说突显出的一种新的审美范畴。"可爱"作为审美概念，是日本学者四方田犬彦首先提出来的，按照他的描述，"可爱""是与神圣、完美、永恒对立的，始终都是表面的、容易改变的、世俗的、不完美的、未成熟的。然而，这些乍看之下被认为是缺点的要素，从相反角度来看，却又变成一种亲切的、浅显易懂的、伸手可及的、心理上容易接近的构造"[①]。最能体现"可爱"审美范畴的是日常生活中的一些小装饰，在艺术上比较典型的是动画、漫画，如《蜡笔小新》《老夫子》和"几米作品"等。如果说传统美学主要追求"宏大叙事"，那么，"可爱"追求的则是"小叙事"。[②]"80后"小说中的"可爱"风格，尤其以落落、七堇年、笛安、安东尼、消失宾妮为代表，主要表现在所描写的生活方面，这种生活可能不雅洁、不完善、不高尚、不深刻，甚至俗气、清浅、天真，但它无害、轻松、自然，充满了乐趣，体现出作者对生活的热爱和享受。"80后"小说更关注小巧、精致、玲珑、稚气等特质，追求轻松的愉悦、无关痛痒的快乐、消磨时间的闲适和放松、自娱自乐等。

爱情是"80后"小说最重要的主题之一，绝大多数"80后"作家都曾在小说中描写或表现过爱情。与传统的爱情观和爱情模式相比，"80后"小说的爱情叙事出现了新的趋向，比如，传统的爱情模式通常是"才子佳人"式，或者"歪瓜裂枣"式，即好与好匹配、坏与坏匹配，男人可以不帅，但有才即优秀，或者心灵美、道德完善也行，只有这样才

① 四方田犬彦:《可爱力量大》，陈光棻译，台湾天下远见出版股份有限公司，2007年版，第66页。
② 高玉:《"可爱"：一种新的审美时尚》，《天府新论》2008年第4期。

配得上美人，而成功的男人背后总有一位贤妻良母。这种爱情和婚姻适配，审美原则上是以"对应"和"和谐"作为深层基础的。传统小说中也有"高女人和她的矮丈夫"这样表面上的冲突，但内在上它是和谐的，内在的和谐与表面的冲突恰恰构成一种张力，因而总体上不超出"优美"的审美范畴。但"80后"小说则出现了相反的爱情模式，不再是"才子配佳人"的和谐模式，而是"美人配人渣"或者"美人配野兽"的冲突模式，如李傻傻《红×》中沈生铁和杨晓的爱情、孙睿《草样年华》中邱飞和周舟的爱情，都是这种类型。"80后"小说中不少男主人公是"问题"少年，女主人公则是好学生，不仅漂亮而且充满了女性的美德，二者极不对应。我们仍可以说这是"和谐"的，但它显然不再是传统美学的"和谐"。

有学者认为，"80后"小说已具有新的心理、精神、审美和话语特征[1]。作家莫言也曾说过："悦然她们，总是不按常规出牌，并且出手不凡，将所谓的小说做法，抛掷脑后。其实她们在创作小说的同时，也在创造着自己的小说做法。"[2] 比如，在意义和价值上，传统小说一般追求深刻、本质、典型等"深度模式"，而"80后"小说则多是"平面化"的，为技巧而技巧，为荒诞而荒诞，为玄幻而玄幻，而不追求技巧、荒诞和玄幻背后的意义。"80后"作家感觉敏锐、观察细腻、描述准确，但有时并未真正理解他们所观察的对象，也未真正理解他们自己的讲述，因而并未对所描述的现象进行价值判断，而这恰恰构成了"80后"小说最重要的特征之一。

比如对"性"的处理，"80后"小说就极具特色。"性"是"80

---

① 王涛：《代际定位与文学越位——"80后"写作研究》，巴蜀书社，2009 年版，第 6 页。
② 莫言：《她的姿态，她的方式》，张悦然，《张悦然文集·樱桃之远》，明天出版社，2007 年版，第 268 页。

后"小说的一项重要内容，但它们主要是性"叙述"而不是性"描写"。"80后"似乎不愿在"性"这个敏感问题上过多地纠缠。与过去的小说不同的是，"80后"小说中的"性"不再是欲望的隐喻，也不再有政治化阐释的余地，它是一种自然生理现象而不是文化或政治现象。春树关于"性"的描写和处理，在"80后"小说中非常有代表性。在春树的小说中，"性"不再是神秘、不可描述和言说的，它和吃饭、穿衣、睡觉等一样是生活的一部分，因而也构成了小说的一部分；它甚至不具有叛逆和反抗的意义，它是青春的标志，是生活中的一种满足和调剂，是日常化的，与文化和精神无关，仅仅是一种身体的成长。与"性"有关的身体也不再沉重，它本身就是生活和意义。

"80后"小说在情节结构、叙事方式、人物形象、文学精神等方面都有很大的变化，表现为更自由、真诚、率性、自我和放纵个性，不受各种现行规则的束缚。如《北京娃娃》就写得极为随意而潇洒，小说中这般抒写"自由"："自由自由自由自由，吃饭的自由，睡觉的自由，说话的自由，歌唱的自由，赚钱的自由，点灯的自由，自杀的自由，自由的权利一直是自己的，这个自由都没有，还谈什么自由。毫无疑问的是我再也忍受不了了。自由自由自由自由，看书的自由，吃饭的自由，睡觉的自由，听歌的自由，做爱的自由，放弃的自由，回家的自由，退学的自由，逃跑的自由，花钱的自由，哭泣的自由，骂人的自由，出走的自由，说话的自由，选择的自由，看《自由音乐》的自由，自由自由自由自由自由，自由自由自由，如果你不是自由的人，还说什么自由。"①《北京娃娃》中此表述看似语无伦次，没有逻辑和

<hr>

① 春树：《北京娃娃》，文化艺术出版社，2010年版，第118页。

章法，散漫而无文采，但却把"自由"精神有力地表达出来。从写作的角度来说，这是一种极其自由和大胆的写作，它不受任何约束，只顾宣泄情感，情止文止，表面上无技巧，但却于平凡处显创意。它将主人公试图冲破压抑但却深深受困的烦恼和焦躁心态非常生动、淋漓尽致地表达了出来。在人物形象上，小说除了李旗、赵平、G 三个人物具有性格外，其他人物都是过客；相应地，除了"我"的故事具有完整性外，其他人的故事都是片段的，甚至连流水账都算不上。在写法上，有些故事似乎应有后续，但却不了了之。有些描写和叙述完全是没头没脑，叙述方式也随心所欲，有时竟用论文的逻辑形式进行叙述，有时会突然变换叙述的人称。这非常像后现代文学现象，也可通过后现代文学理论予以解释，但春树的写作显然不是出于后现代文学理念。春树曾说："我觉得 30 年之内没有一本写青春的小说能超越《北京娃娃》，50 年之内没有一本写朋克的小说能超越《长达半天的欢乐》。"① 我们不能把这仅仅当成自负。作者随意而写，无拘无束，不仅写朋克②，也是朋克式地写，写出了"80 后"中一类人的痛苦与欢乐、麻木与清醒、疯狂与冷静、放纵与迷惘、理想与绝望、热爱与愤怒，我们能感受到作者和人物的真性情，无论是内容还是写作方式都具有创造性，这看似简单，其实是非常有创意的。

虚构和想象是小说最重要的因素之一，因而虚构和想象的推进是小说艺术上与审美上发展和进步的最重要表现之一。"80 后"小说则

---

① 春树：《最残酷的青春——春树访谈录》，田涯文化工作室，《80 后心灵史》，长江文艺出版社，2006 年版，第 168 页。

② 春树对"朋克"的定义："其实就是那种有社会责任感，随时超越自己，永远都做一些令别人出乎意料的事情的人。"参见春树的《长达半天的欢乐》，世界知识出版社，2003 年版，"前言"。

把小说的虚构和想象进行了类型上的延伸，极大地丰富了文学世界。"80后"小说创造了许多新的小说世界，或者说拓宽了以往小说世界的边界，如"80后"武侠小说在传统武侠世界中融进了玄幻、侦探、神话等元素，从而使武侠世界变得更为复杂，出现了"大陆新武侠"①小说。但幻想方面最有特色、最具代表性的作品则是郭敬明的《幻城》，小说所表达的是一种典型的青春幻想。在中国文学史上，还从未有过这样的作品，想象丰富、大气，画面空灵、唯美。小说中的世界与现实没有对应关系，可以说是一种纯美的世界，它不是对现实世界的模仿，意义也不指向现实的社会生活，而纯粹是一种想象的描述，不具有隐喻性。"灵力""幻术""结界"等都是极富创造性的想象，作为一种文学设定，它可与武侠世界、香港电影中的枪战世界和赌博世界、印度电影中的情爱世界比肩，甚至更富想象性，更具艺术魅力。今天，玄幻小说越来越成为一个重要的小说类型，深受年轻人喜爱，这与《幻城》的开创之功显然是分不开的。中国当代小说中的武侠、神话、推理等越来越趋于融合，新的小说世界的设定越来越多，这同样与《幻城》的影响有关。《幻城》在文类上与其说是童话，不如说是神话，但有童话的想象和幻想以及趣味，所以深得青少年的喜爱；同时，它又具有神话的形式和思想，具有成年人的故事和情感，所以也能为成年人所接受。有人这样评论郭敬明的创作："成功地将这种日式'动漫'文化融入了自己小说之中，通过强烈的色彩词语和宏大的

---

① 此概念由韩云波提出，参见韩云波的《大陆新武侠与武侠小说的文体创新》，《西南大学学报》2004年第6期；《大陆新武侠和东方奇幻中的"新神话主义"》，《西南大学学报》2005年第5期；《"三大主义"：论大陆新武侠的文化先进性》，《西南大学学报》2006年第2期；《盛世武侠：大陆新武侠发展转型的第二阶段》，《西南大学学报》2009年第4期。

场面描述，将小说变成了充满奇幻的世界，并充分利用文学的想象空间，使得整个故事的外延得到无限扩展。"[①] 曹文轩评价："《幻城》来自幻想。而这种幻想是轻灵的，浪漫的，狂放不羁的，是那种被我称之为'大幻想'的幻想。它的场景与故事不在地上，而是在天上。作品的构思，更像是一种天马行空的遨游。天穹苍茫，思维的精灵在无极世界游走，所到之处，风光无限。"[②] 这是很高也是很恰当的评价。

文学是语言的艺术，"80后"小说在文学语言上也有所突破和创新，如大量吸收网络语言、日常语言以及本土化的外来语言，从而大大丰富了中国当代文学的语言表现形式。"80后"小说语言最大的变化是语法、句法的变化，它们不合乎传统语法规范和句法规范，却又是一种有效的表达。在此，词语与现实的对应关系不再是清晰的，词语有时意义模糊甚至空洞，但却又是一种表达方式。情感、情绪的词语特别丰富，也特别细腻，在表达感知方面，不追求传统的精确、简练，而是大量堆砌相似词语，制造一种氛围，在此氛围中，读者所获得的信息与其说是在词语的表达中得到的，还不如说是由词语表达而领悟的或者生发的。语法、句法以及词语的繁复往往给人一种特别富丽、华美的感觉，语言优美是"80后"小说的重要艺术特点之一，这在张悦然的作品中表现得尤为明显。张悦然有"玉女作家"的美称，内心世界丰富，迷恋文字，在语言上极富才情，她的小说不以生活的丰富取胜，不以思想取胜，更不以故事取胜，她主要是写生活的细节、感悟、情绪甚至氛围，内容显得虚幻而空灵，所有的生活在她那里都变得模糊

---

① 丁元骐：《80后创作的三波浪潮》，《上海文学》2004年第6期，第110页。

② 曹文轩：《喜悦和安慰——〈幻城〉序》，郭敬明，《幻城》，春风文艺出版社，2004年版，第2页。

不清、如梦如幻。有人评价张悦然时说："她确实比较喜欢虚构和遐思，而不是个人经验的直接表达……她不是一个贴着地面走路的人，写着写着文字就会飞离现实本身。"[①]在语言上，她的文字包含着浓烈的情感，韵味秾丽，非常干净，干净得令我们觉得作者对文字似乎有一种洁癖。

三

"80后"小说家蒋峰评价"80后"文学："出众的才能是有的，但是根基都不是很深，写作上的漏洞显而易见。"[②]确实如此，"80后"小说在文类、审美价值上获得巨大成绩，但这只是一方面，另一方面，它也存在各种问题，其中首要的问题是作品的思想深度以及社会价值、作用和意义的局限和缺失。

传统的文学往往过于强调文学的社会性、政治性，甚至将之视为"经国之大业"，这很容易带来沉重和偏颇；而"80后"小说非常强调文学的本体性，让文学回到虚构、想象、情感、故事、语言、叙述本身，从而使文学变得轻松快乐。从补偿和纠偏的角度观之，"80后"小说的一个重要贡献就是大大拓展了文学的娱乐和消遣功能。但同时也应看到，发扬文学的消遣娱乐功能和消费性不能以牺牲文学的思想内涵和社会作用为代价，文学在思想文化生活中占有重要地位，文学对

① 邵燕君：《"美女文学"现象研究——从"70后"到"80后"》，广西师范大学出版社，2005年版，第113页。

② 田涯文化工作室：《80后心灵史》，长江文艺出版社，2006年版，第193页。

社会伦理道德风尚建设、人的精神和心灵的健康的积极向上的作用是任何时候都不能放弃的，文学如果丧失了对人及社会思想和精神的影响力，在某种意义上也就是丧失了文学的力量。"80后"小说当然也有广泛的社会性，对当代中国文化建设特别是青少年文化建设具有积极的作用，但相对而言，"80后"小说的社会性比较薄弱，表现为很多"80后"小说都是属于"经验写作"，即平面化的写作，表现生活本身而不指向其他意义，在思想内涵上不具有深度，对生活缺乏价值判断，缺乏道德感、正义感，过分张扬个性和自由，社会责任意识匮乏。

"80后"作家的稚嫩尤其表现在他们对现实和生活的理解与表达上。在"80后"作家中，韩寒被认为以思考的深刻、敏捷和尖锐见长，特别是其杂文中的睿智、大胆、犀利，语言的幽默、讽刺和一针见血，不仅在同龄人中罕见，放在整个思想文化界也是十分突出的。但就小说而言，被认为深刻的《三重门》在思想上恰恰是浅薄的，它最重要的特色是批判现行中学教育体制，更准确地说是批判中学应试教育。但从小说本身来看，它批判的恰恰是反对应试教育的素质教育，它所揭示或反映的都不是应试教育而恰恰是素质教育的问题。韩寒对学校教育的观点和态度尤其反映在他发表在《新民晚报》上的《穿着棉袄洗澡》一文中，文章最后的结论是"现在教育的问题是没有人会一丝不挂去洗澡，但太多人正穿着棉袄在洗澡"①。韩寒把中学教育全面地学习语文、英语、历史、地理、数学、物理、化学看作培养"全才"，这是明显的错误。中学教育是基础教育，不管一个人以后学习什么专业、从事什么工作，中学知识的学习都是必备的，这不完全是知

---

① 韩寒：《穿着棉袄洗澡》，《韩寒五年文集》（下册），二十一世纪出版社，2006年版，第222页。

识问题，也是素养和思维问题，中学生乃至小学生都可以对某一问题或领域感兴趣，并进行专门研究，但不能因此而放弃基础知识的学习，放弃基本素质的培养。

其他"80后"作家也多是如此。如春树小说中的文字表现出强烈的疼痛、麻木、欢乐和残忍，表现出对现实生活的否定和自我追求，在爱情、人伦、责任和道义上都有自己的内涵，但春树的内涵更多的是一种"半自传"，即直感地写自己的经历、情感，而缺乏有效的提炼。所以有人说春树"从不思考，只是感受"[①]，有人批评春树在众多作品中"没有表现出任何强烈的追问意识，没有对生活的质疑，往往只是即兴的表达，或是把'我'对生活的放任自流，把固执的个性，发挥到极端"[②]。正是在此意义上，春树的小说虽具有丰富的生活内容，但更多的只是普通的生活现象，小说本身缺乏对生活本质的深度追问。

与现代文学的"文化启蒙""救国救民"和"个性解放"不同，与20世纪50年代文学的"崇高感"和"神圣使命感"不同，与新时期初期的反映社会现实、"干预生活"不同，也与20世纪80年代先锋小说的艺术探索和文学理想不同，"80后"小说写作大多都是出于好玩、表现、发泄或倾诉，不仅是不"神圣"的，甚至是不"严肃"的。"80后"写作不是为了反映社会生活、揭示社会生活本质，因此他们的小说在思想内涵上可以说没有太大分量，他们的写作没有道德目的，不是为了教育人、感化人，他们虽然也写了关于道德和感人的故事，但

---

① 月千川：《春树文学中的性、谎言及其他》，黄浩、马政，《十少年作家批判书》，中国戏剧出版社，2005年版，第101页。

② 霍博：《残酷青春是一面旗》，黄浩、马政，《十少年作家批判书》，中国戏剧出版社，2005年版，第109页。

那并非价值判断，不过是一种青春疼痛的表现，是对他们自己校园生活的一种表达。不能说"80后"小说所表达的内容不是社会生活，它们可以说是广义的社会生活，多是中学生的心理、情绪、幻想和想象，包括他们的困惑、思考以及经历，具有强烈的年龄特征，是高度个人化或个性化的，且局限于校园和家庭。这些内容当然具有代表性、典型性，但此代表性或典型性不是"80后"小说的有意追求，而是无意为之。如张悦然的小说虽有大量的生活细节的描写，但小说的主要内容是想象的，有现实的形式而无其实质，既没有对现实的反映，也没有现实的意义。张悦然具有丰富的内心世界，且语言极其华丽，画面描写优美，但她的小说缺乏思想深度，有人评价张悦然的小说："以一个所谓的'内心都市'为场景，由不可捉摸的自我情感延伸开来，制造出'忧伤'的氛围与'爱情'的纠缠。……之所以华美，是因为虚妄。"[①]这是有道理的。反过来也可以说，因为虚妄，所以只能通过语言的华美来弥补，繁复的叙述和浓郁的抒情其实是在掩盖思想的空洞。

正如有的学者指出："80后"一代人的精神世界是非常复杂的，有很多网络、电子游戏和动漫艺术所塑造的虚拟性，这种虚拟性已经变成了思维性的东西，这是"80后"小说特别的地方，同时也是"80后"小说的问题所在。有人说："文学中的游戏心态，导致核心价值的消解与玩世不恭的游戏人生，从而放弃文学对于苦难、怜悯、爱心、善良、坚强、坚守、坚持等人生状态的关注。"[②]"80后"一代人也有他们的困惑、苦闷、压力和无奈，但总体来说，"80后"作家多是独

---

① 日搞一乱：《无根的虚妄是一种病》，黄浩、马政，《十少年作家批判书》，中国戏剧出版社，2005年版，第58页。
② 江冰：《论"80后"文学》，《天津师范大学学报》2007年第3期，第56页。

生子女，生活上缺乏必要的磨难与挫折。苦难意识的缺乏和意志上的软弱，使他们缺乏恒心和毅力，加之对文学的不严肃、不忠诚，因而很容易"背叛"文学，可能为钱写作，为兴趣写作，缺乏理想、责任和信念，缺乏使命感和神圣感，缺乏社会责任和历史担当，这些都是"80 后"小说的问题。

伦理道德是人类文明的标志，是社会的基础，因而是文学的重要属性，也可以说是文学"永恒的主题"，文学自古以来就非常重视表现和宣传伦理道德，从而使其具有教诲功能。有学者认为："在某种意义上说，文学的产生最初完全是为了伦理和道德的目的，文学与艺术美的欣赏并不是文学艺术的主要目的，而是为其道德目的服务的。""文学是因为人类伦理及道德情感或观念表达的需要而产生的。"[①]所以，文学在社会伦理道德的建设和转变过程中一直扮演着重要的角色。"五四"新文学运动一方面对封建伦理纲常思想、封建社会等级秩序进行了激烈的批判，另一方面又提出了"立人""国民性""自由""平等""人权"等现代思想，从而为破除旧的落后的封建伦理道德体系和建立新的现代伦理道德体系做出了巨大的贡献，在伦理改造的意义上完成了社会改造。具有强大的伦理道德力量是"五四"新文学魅力经久不衰的一个很重要的原因。在这一意义上，价值判断和是非标准的淡薄是"80 后"小说的一个重要缺陷，也可以说，与现代文学、"十七年文学"以及"新时期文学"相比，"80 后"小说的道德力量大大弱化了，"80 后"作家似乎没有"对"与"错"的判断和标准，他们描述叛逆和表达痛苦、迷惘与忧伤，但并不意味着对之肯定或否

---

① 聂珍钊：《关于文学伦理学批评》，《外国文学研究》2005 年第 1 期，第 8 页。

定，也不通过它们揭示或反映什么，对他们而言，表达什么意义并不重要，重要的是表达了什么，写作就是一种表达过程、经历和经验。春树明确表示，她只关心钱和小说的销量，所以其小说在价值观上总是与衣服、房子、汽车等物质追求联系在一起。张悦然的《红鞋》写得非常精致，但小说无论是开头、发展还是结束，都缺乏现实的参照。小说以一种诗性的笔触写杀人，写冷酷，缺乏道德维度上的节制。

李傻傻的《红×》同样缺乏道德感或者说社会责任感的观照，或者说这种写作是道德的消失和放纵。该小说写了一个被学校和社会摈弃的不良少年沈生铁，他充满破坏的欲望，偷盗，杀人，在"性"上放纵、沉沦，可以说"无恶不作"，但他也有丰富的内心世界，良知未泯，有向往、憧憬、愤怒和苦闷等。小说写他走向堕落的历程，当然也包括他内心的痛苦，但这种内心的痛苦是欲望得不到满足的痛苦，而不是道德自省的痛苦。作者以一种"平视"的方式来写，既不同情和悲悯，也不谴责和批判，小说中的人物没有社会责任感和道德感，而作者的"冷叙事"特别是面对道德伦理问题时的"冷酷"，让人感到震惊。写作要体现人的价值取向，但李傻傻在《红×》中似乎是对恶津津乐道，对恶无尽地同情与欣赏。写作技巧上的娴熟与老到、叙述上的冷静与节制、表达上的精彩与华丽以及对生活的敏感，都可看出作者的文学天赋，但文学不应只有这些，文学除了给人艺术上的力量外，还要给人精神上的力量。

文学作为一种精神形态具有道德性，优秀的文学作品常常具有较强的道德感化力量，可以促使读者对自己的行为进行道德上的自省和反思。维护社会精神的积极和健康是我们共同的责任和义务，在此意义上，小说必须有道德感和责任感，但"80后"小说多把"暴力"和"恶"游戏化，这是十分有害的。"80后"小说一方面需要发扬其娱乐消遣性的长处，但另一方面应弥补道德意识薄弱的短处。"80后"作家需要加强社会意识、公民意识，需要更多的担当，不仅要为他们自己负责，也要为整个社会负责。事实上，笔者认为，伦理道德对于"80后"小说来说恰恰是可以有所作为的。与饱受内忧外患的现代作家相比，与历经磨难的当代作家相比，"80后"作家的经历单纯，阅历尚浅，又生活在相对安逸的生活环境中，他们对社会的认识和理解都很有限，所以他们对社会生活的反映和表现无论是在复杂性上还是历史性上，和前辈作家都不可同日而语。但"80后"小说不能在生活上"深刻"，却可以在伦理道德上"深入"，人的伦理道德是一种社会规约，但同时也是源于人的天性或者说本性，对它的感受和体会相对不受阅历的影响，而年轻人对善恶天生敏感，他们的内心世界可能更为丰富和强大，对于爱情、友情、亲情，他们的理解可能会不同于中老年人，但感受的程度却无高下之分。所以，年轻人很难写出"史诗"式的作品，但可以写出伦理题材的杰作，《雷雨》就是一例。曹禺写《雷雨》时才20岁，对于一个20岁的年轻人来说，即使天资聪颖，也很难说对社会生活已经有了非常深刻的认识，《雷雨》的成功显然不是生活的深刻，而是对伦理困惑的反映和表现，深入地契合了现代人的心理[①]。曹禺不可复制，但《雷雨》的成功对"80后"小说创作应该有所启示。

"80后"作家已有一个良好的开端，在小说文类上，在校园文学、青春文学的写作上，他们具有很大的开创性，对中国当代文学乃至世界文学都有贡献。对于"80后"小说，笔者充满信心，相信这一代人会产

---

① 高玉：《〈雷雨〉的伦理学解读》，《中国现代文学论丛》2008年第1期。

生文学大家，甚至可能群星灿烂。但目前的"80后"作家毕竟还年轻，在社会阅历、思想、精神个性上都尚不成熟，总体上"80后"小说缺乏对社会和人生的深刻理解与思考，在社会责任感和道德表现方面还很欠缺。"80后"小说在思想上追求个性，这是值得提倡的，但追求个性与社会责任并不矛盾，"五四"新文学比任何时期的中国文学都强调人的独立、自由、个性、生命意识、自我尊严、精神解放等，但"五四"新文学又比任何时期的中国文学更强调民族、国家、社会责任和道德义务。

四

"80后"小说在形式上的局限和迷失也是十分明显的，这种局限主要表现在文学技巧的贫乏上。"80后"作家对文学缺乏理想与崇敬，缺乏诚挚的热爱与执着。他们没有充分的文学积累，在文学技巧上缺乏必要的训练，写作上不是很严谨，作品未进行精心的构思和打磨，因而作品显得粗糙，语言、结构、风格等常有前后不统一的矛盾之处，存在不少缺憾。

与中学语文教育改革，特别是与"新概念作文大赛"之间的密切关系，在一定程度上决定了"80后"小说的特点和定位。随着语文教学观念的改变，当代中学生的作文写得越来越好，越来越文学化，经过进一步打磨和包装便成了文学，进而再市场化、专业化，便有了中国当代文学的"80后"现象。实际上，不少"80后"小说介于"作文"与"文学"之间。从某种意义上说，它们是一种新作文，一种具有文学性的作文，"作文性"实际上深刻地说明了"80后"小说在文学精神和文学技巧上的不成熟。

在中国现当代文学史上，以往的作家多是因为热爱文学而走上写作道路，他们在写作之前已进行过广泛的阅读，在此基础上对文学从思想到艺术都有很深的理解，他们的写作是建立在强烈的艺术冲动的基础上，也是建立在深厚的文学素养的基础上。"80后"小说则是建立在中学生作文的基础上，与课外阅读有关，很多人都是在写作文的过程中意外地闯入文学世界的，写作之前没有什么文学训练和积累，成名后写作也不过是他们的兴趣和爱好。李海洋说："参加第六届全国新概念作文大赛之前，我对文学没有什么概念，最多就是喜欢读点书，参加'新概念'让我走上了写作这条路。"金瑞锋说："最早写小说，完全是抱着玩玩的态度的，没有想得很多，根本没有考虑过其他问题。"吕晶说："最初的写作没有任何目的，纯属写着玩。"肖水说："对于我来说，写作永远是一种工具，它和我们生活中谋生的工具具有某种可比较的性质。""写作是我日常生活的一部分，但绝不是最主要的部分。"朱古力则把写作看成"证明自己的一种方式"。[1] 水格说："写作是一件平常的事，跟你去打球，看电影或者上街捡垃圾一样，都是爱好，当它成为职业以后也只是一个工作。"麻宁说她的写作"目的就是抒发心情……也是为了记录自己成长的脚步和青春的感悟"。[2] 普通的"80后"作家是这样，顶级的"80后"作家如韩寒和郭敬明其实也是如此。郭敬明说："写作是我生活中很小的一部分。我会写，可能会靠这个带来利益。但我不可能把它看成是自己谋生的手段。它只是

---

① 陈平：《80后作家访谈录》，中国广播电视大学出版社，2009年版，第28、42、112、122、134页。

② 陈平：《80后作家访谈录Ⅱ》，吉林出版集团有限责任公司，2009年版，第109、219页。

我的兴趣和爱好。"[①] 韩寒说："文学绝不是我的第一梦想，我的第一梦想是去西藏，第二是去草原，第三是去兴安岭。文学是第几十，我也不知道。"[②] 以一种率性、自由、轻松的态度对待文学，不受传统文学观念和写作方式的束缚，这是"80后"小说的优势。但这种随意的态度具有双面性，处理得好就是个性突出，处理不好则是轻率甚至轻狂。而正是在后一种意义上，"80后"小说整体上表现得并不成熟。对一般人而言，当然可以"玩"文学，也可以把写作当成工具，甚至可以将文学置于我们生活极不重要的地位；但对有志于文学事业的作家来说，这是很不严肃的态度，因为优秀文学尤其是伟大文学必须有深刻的思想与高尚的境界。

在传统的文学体制中，通向"作家"之路是一个艰辛而痛苦的漫长过程，很多著名作家在成名前经历过无数次失败。此过程本身既是意志的训练，也是毅力的体现。在传统的文学体制中，作家要非常执着，要经过反复的艰苦探索，所以传统的作家对文学往往是极其真挚和忠诚的，文学是他们生命的重要组成部分，他们绝不会随便放弃；文学在他们眼里是高贵和神圣不可侵犯的，他们相信文学承载着重大的社会责任，认为自己需承担一种历史使命。但"80后"小说则大为不同，由于网络是其重要平台，作者成为"写手"的"过程"十分简单便捷，只要写作并上传到网络即可，文学殿堂对他们来说几乎不设任何"门槛"。因此，通向文学之路对他们而言十分轻松，无须艰辛、失败、痛苦，也无须坚持与毅力。所以，"80后"作家与传统的作家

---

① 小饭：《成名？韩寒、郭敬明等人成名的心路历程》，民族出版社，2004年版，第25页。

② 韩寒：《零下一度》，《韩寒五年文集》（下册），万卷出版公司，2008年版，第198页。

的文学态度迥然不同，文学在他们看来是随便的，是一种娱乐和消遣，是情感的表达和发泄，是才气的展示，文学构不成事业，不是生命性的，当然也就不用虔诚，更不会为它献身。

"80后"作家对大师、经典以及文学的伟大性、神圣性、创造性、事业性等缺乏正确的理解，在他们看来，伟大的作家、经典的作品似乎是简单的。《最后的盛典》是一本"80后"小说选集，其封面上如此宣称："挑战世界文坛最高峰""冲刺诺贝尔"。这当然可视为"80后"作家的一种自信，但事实上这种豪言是没根据的，只能说明他们在文学认识上还非常幼稚、天真，或者可以说无知。

"80后"小说重要的特点就是反叛，艺术上的反传统，思想和行为上的叛逆，包括对家庭的叛逆、对学校的叛逆以及对社会的叛逆，这是可以理解的，因为中学时期正是人生的叛逆时期。一方面，这种叛逆给"80后"小说带来了很多突破，特别是艺术形式上的突破，因为在某种意义上，叛逆也是一种创造。但另一方面，"80后"小说的反叛也有众多局限，其中一个重要的方面就是缺乏建设性，价值观上迷茫甚至虚无。"破坏"在艺术形式上还可以说是无伤大雅的，因为"破坏"本身也是一种形式，但思想上的反叛有时则可能沦为虚无，价值上的无所适从则会使小说在思想上飘忽、游移。

"80后"小说应如何发展？对此文学界不约而同地表示担忧。当韩寒不再批判和反叛的时候，他还能写什么呢？当春树的经济不再困窘的时候，当她的青春不再残酷的时候，她还能写什么？春树现在已经是名人，学校、家庭以及社会对她都不再是束缚，她完全自由了，与她的学校生活相比，她现在可以根据自己的意愿生活，这对她的写作有帮助吗？过去不自由时，需要反叛以获得自由，现在自由了，还反叛什么呢？

叛逆具有非常强烈的年龄特征，正如保守是老年人的特征一样，叛逆是青春期的重要特征，过了这个年龄，大多数叛逆的孩子都会变得守规矩，回归正统，当然，正统也会接受叛逆的某些方面，从而形成新的正统并最终演变成传统，叛逆和被叛逆最终会和解，社会就是在这样不断叛逆和回归中向前发展的。文学也是如此，新的文学总是以叛逆的姿态登场，叛逆的文学最初常常不被认同，但只要社会和读者认同，它最终会被接受，被纳入文学的大家庭，并被予以一个适当的位置，最终会与主流文学合流，从而形成新的主流。"80后"小说从异路上"杀出来"，最初表现出对文坛的强烈不满与轻视，甚至不屑，现在则已经有了与主流文坛合流的趋势，越来越具有正统性。叛逆本身不是一种价值观，正面的文学必须有自己的价值观，"80后"小说以一种叛逆的姿态出现是可以的，但它要进一步发展还需要有自己的价值观。反叛只是手段，并不是目的，某种意义上"80后"小说完成了文学观念上的"破"，但它要完成中国文学的历史使命最终还是要靠"立"，即靠建设。

　　与上述一部分"80后"作家在文学观念和思想上的叛逆及迷茫相反，另一部分"80后"作家则在学习、模仿与革新、创造上存在着迷失的问题。

　　中学生的作文具有"学习性"，对他们而言，喜欢某一作家或某种风格的作家，并对之进行模仿，这不仅是被允许的，也是被提倡的，这是中学生提高作文能力非常有效的途径和手段。在文学创作中向前人学习是合理的，所有的文学都不是自天而降，而是已有文学的延伸，伟大的作家都是"学习"的高手，都是优秀的"继承者"。汪曾祺说："一个作家形成自己的风格大体要经过三个阶段：一、摹仿；二、摆脱；三、自成一家。初学写作者，几乎无一例外，要经过摹仿的阶段。"① 许多大师级的作家都有过模仿的经历，比如马尔克斯模仿过福克纳，卡尔维诺模仿过博尔赫斯，林语堂模仿过曹雪芹，20世纪80年代一批先锋作家如马原、洪峰、余华、苏童、格非、孙甘露、北村等人其实都是在模仿和借鉴西方现代主义文学的基础上发展起来的。早在两千多年以前，亚里士多德就曾说过："一般说来，诗的起源仿佛有两个原因，都是出于人的天性。人从孩提的时候起就有摹仿的本能……"② 模仿是人的本性，也是文学的本性，人不仅模仿自然和生活，也模仿艺术本身，模仿能够给人带来快乐，对于文学来说，模仿是走向成功的必经之路。

　　模仿不是贬义词，它和"学习"同义，完全不同于抄袭和剽窃。抄袭和剽窃是采取卑劣的手段，把别人的成果据为己有，是对文学的亵渎，而学习和模仿则是"继承"，是对优秀的文学表示敬意。问题的关键是，模仿毕竟只是创作的初级阶段，文学创作要形成自己独特的风格，还必须在模仿和继承的基础上创新，走自己的路。当然，这是一个痛苦而艰难的过程，美国文论家布鲁姆称之为"影响的焦虑"③。"80后"小说虽然取得了很大的成就，产生了很大的影响，涌现了一批重要的作家和作品，且有些作品正在进入经典的行列，但笔者认为，"80后"文学整体上还处于"模仿的快乐"阶段，正在向"影响的焦虑"转变。事实上，在一些重要的"80后"作家和"80后"小说作品中，"学习"和"模仿"的痕迹总是若隐若现，《三重门》令人联想到

---

① 汪曾祺：《谈风格》，《汪曾祺全集　三　散文卷》，北京师范大学出版社，1998年版，第341页。

② [古希腊] 亚里士多德：《诗学》，罗念生译，人民文学出版社，1962年版，第11页。

③ [美] 布鲁姆：《影响的焦虑》，徐文博译，生活·读书·新知三联书店，1989年版。

《围城》和李敖，《幻城》让人看到日本漫画《圣传》的影子，《红×》明显有《麦田里的守望者》的痕迹，胡坚则明显受到王小波的影响，小饭似乎特意学习了卡夫卡、残雪和苏童，张悦然的小说《红鞋》明显受法国导演吕克·贝松编剧和执导的好莱坞电影《这个杀手不太冷》的影响，《樱桃之远》中提及波兰剧作家基耶斯洛夫斯基的《薇若妮卡的双重生命》，其实，《樱桃之远》就是该故事的衍生。有人把孙睿的《草样年华》和石康的《晃晃悠悠》进行比较，发现二者在人称、主题、故事情节上都非常相近，在细节上也有很多相似之处[1]。这种"相似"正是"80后"小说在艺术上不成熟的一个重要表现。

文学和作文有本质区别，文学最大的特点是创造，在学习的基础上有所创新，学习不是追求"形似"，而是精神上的承续，创新也不是形式上的"差异"，而是精神上的拓展。对于"80后"作家来说，在艺术精神和风格上创新并最终自成一家，这是他们目前面临的艰巨任务。

在语言上，"80后"小说有很大的变化，话语方式和语言风格都与传统现代汉语有较大差异，使用了很多新词语，旧词语则有新使用，语句上也富于变化，无论是抒情还是叙事，语言都显得华丽。但"80后"小说在追求语言新奇、陌生化的同时，也存在不合语法规范、用词不准确或者词不达意、文句不通等问题。春树的《红孩子》与《北京娃娃》在文字上有所重复，这实在是过于粗疏。《红孩子》在写作上是散文笔法，结构非常自由，但明显未精雕细琢，如用词不够准确、不连贯，首尾缺乏必要的照应等，显然有欠斟酌。郜元宝曾分析郭敬明《爵迹》的语言问题，认为其小说开头的三段话全是不通的，"用语不

---

① 陈错：《〈草样年华〉是如何炼成的》，黄浩、马政，《十少年作家批判书》，中国戏剧出版社，2005年版，第117—118页。

当、臃肿杂沓、模棱两可、盲目的一次性景物描写，看来只为显示语言的丰富和诗意，但这个目的并未达到，倒是暴露了作者只顾陈列不知安排、只顾炫耀不懂含蓄、只顾堆砌不知选择的暴发户的恶趣味"。[①]

"80后"小说清新活泼、自由潇洒、不受拘束，这是它的优点所在，但正因为"门槛"低，所以作文性强，在写作上不够严谨，存在着思维、结构、逻辑和语言等方面的众多问题。总之，"80后"小说要想更有作为，还需精益求精，需要艺术上的反复锤炼，需要更深入的沉潜。"80后"一代人要产生文学大家，担当起时代和民族文学的大任，前面的路还长。

"80后"作家最初的特征主要是"少年"，但在今天，年龄已不再是其特别之处。"80后"和非"80后"的区别越来越小，且这种区别越来越无意义。未来，"80后"的内涵更应是美学意义上的而非"代际"意义上的，他们不只是代表一代人，更应代表中国文学。"80后"作家在创作上已有了一个良好的开端，但他们需要有更宏伟的目标、更高的要求、更伟大的胸怀，需要更高尚的人格修养和雄厚的知识修养，需要对文学的虔诚和崇敬，需要投入更多的时间和精力，需要有承载人类痛苦和孤独的能力，要甘于穷潦和清贫，要有为文学献身的精神和勇气，要积极探索和勇于开拓，要有使命感和责任感，要有苦难意识。"80后"作家所开创的现代媒体化写作以及市场化文学机制等已深刻地影响了中国当代文学的格局和品质，随着"80后"文学的发展，这种影响或许会更加深入。期待"80后"作家不仅创造一代人的文学辉煌，也创造整个中国的文学辉煌。

[①] 郜元宝：《灵魂的玩法——从郭敬明〈爵迹〉谈起》，《文艺争鸣》2010年第6期，第50页。

重估 20 世纪 70 年代末和 80 年代中短篇小说

———○———

20 世纪 70 年代末和 80 年代，中国文学中成就最大、最为显著的就是中短篇小说，产生了一大批优秀的作家和作品，它不仅结束了中国 20 世纪六七十年代文学的凋零状况，繁荣了 20 世纪 80 年代文学，让中国文学重新复苏，更重要的是为 20 世纪 90 年代乃至 21 世纪中国文学的发展和繁荣奠定了坚实的基础，影响深远。如何看待中短篇小说？中短篇小说在各种文类中究竟处于一种什么地位？今天重新审视 20 世纪 70 年代末和 80 年代中国文学的中短篇小说，如何对其进行评价和定位？这些小说的价值和意义何在？本文试图探讨这些问题。

一

在世界文学史上，小说在 19 世纪一跃成为第一大文体，19 世纪和 20 世纪的文学大师有一半是小说家，或者身兼小说家一职。而在小说文体中，19 世纪以来，长篇小说是第一大文类，中短篇小说影响相对较小。但这并不意味着中短篇小说不重要，或者说中短篇小说地位不高，事实上，比起戏剧、散文以及诗歌来说，中短篇小说有它独特的优势，中短篇小说也可以产生文学大师，也可以产生人类文学史上的伟大作家，比如19世纪世界文学史上就出现了契诃夫、莫泊桑、欧·亨利三位伟大的中短篇小说家。20世纪也有很多中短篇小说大师，比如茨威格、博尔赫斯、凯瑟琳·曼斯菲尔德等，2013年，加拿大女作家艾丽丝·门罗荣膺诺贝尔文学奖，其主要创作文体就是短篇小说，诺贝尔文学奖颁奖词称其为"当代短篇小说大师"。

而最根本的是，中短篇小说可以说是长篇小说的基础，中短篇小说既是一种独立的文类，同时又可以看作是长篇小说的一种初级形式，是长篇小说的一个横切面，与之相应，中短篇小说既是一种独立的写作，也可以看作是长篇小说的功夫训练，短篇小说写得好，不一定长篇小说也写得好，但短篇小说写不好，长篇小说一定很难写好。所以我们看到，19世纪以来，绝大多数小说大师都是既写长篇小说，也写中短篇小说，虽然给他们带来巨大声誉的多是长篇小说，奠定他们文学史不朽地位的作品也多是长篇小说，但中短篇小说是他们整个文学成就中一个不可分割的部分，而且很多大师都是从写中短篇小说起步的，在中短篇小说方面也有很大成就。在19世纪的作家中，司汤达在长篇小说方面具有开创性，他一生共写了5部长篇小说，但他也写了8篇中短篇小说[①]。狄更斯也是如此，一生写了14部长篇小说，大多数都是名著，但实际上他也写了17篇中短篇小说[②]。陀思妥耶夫斯基既有《罪与罚》《白痴》《卡拉马佐夫兄弟》等长篇小说名著，也有《白夜》

[①] 《司汤达文集》（全6卷），徐和瑾等译，上海译文出版社，2003年版、2004年版。
[②] 《狄更斯文集》（全19卷），张谷若等译，上海译文出版社，1998年版；《狄更斯全集》（全24卷），宋兆霖等译，浙江工商大学出版社，2012年版。

《赌徒》等中短篇小说名作①。列夫·托尔斯泰早期的小说主要发表在《现代人》杂志上，都是中短篇小说，比如自传体小说《童年》《少年》《青年》，他最早出版的小说也是短篇小说集《塞瓦斯托波尔故事》，一直到写出中篇小说《哥萨克》之后，他才开始写长篇小说《战争与和平》。②马克·吐温发表的第一篇小说是短篇小说《卡拉维拉斯县驰名的跳蛙》，这也是他的成名作，之后他一直写中短篇小说（包括著名的《竞选州长》等），10年之后他才开始写长篇小说《汤姆·索亚历险记》。③海明威的长篇小说《太阳照常升起》《永别了，武器》非常有名，但最著名的还是中篇小说《老人与海》。④高尔基的处女作是短篇小说《马卡尔·楚德拉》。提起肖洛霍夫，大家首先想到的自然是《静静的顿河》，但他最早写的则是战争报道和短篇小说，比如《人的命运》，他最早发表的作品是短篇小说《胎记》，最早出版的作品是短篇小说集《顿河的故事》。⑤提起普鲁斯特，大家首先想到的就是《追忆似水年华》，似乎他一辈子就写了这么一部小说，其实不是，他最早写的是故事和纪事。⑥加缪最著名的小说是长篇小说《鼠疫》，但他最早写作和出版的是中篇小说《局外人》，这也是他的成名作。⑦卡夫卡最著名

① 陈燊：《费·陀思妥耶夫斯基全集》（全22卷），河北教育出版社，2010年版。

② 谢素台等：《列夫·托尔斯泰文集》（全17卷），人民文学出版社，2000年版；草婴等：《托尔斯泰小说全集》（全12卷），上海文艺出版社，2004年版。

③ 叶冬心等：《马克·吐温十九卷集》（全19卷），河北教育出版社，2002年版。

④ 李慕等：《海明威全集》（全24卷），河南文艺出版社，2012年版。

⑤ 草婴等：《肖洛霍夫文集》（全8卷），人民文学出版社，2000年版，"总序"第6页。

⑥ 普鲁斯特：《追忆似水年华》（第一卷），徐和瑾译，译林出版社，2010年版，"普鲁斯特生平和创作年表"；普鲁斯特：《追忆似水年华》（上卷），李恒基等译，译林出版社，2008年版，"普鲁斯特年谱"。

⑦ 柳鸣九等：《加缪全集》（全4卷），河北教育出版社，2002年版。

的小说当然是《城堡》，但这部小说是他的绝唱，他的中短篇小说在数量上很多，共有80多篇，并且都很有名，比如《变形记》《在流放地》《乡村医生》《地洞》都是现代小说经典作品。[①] 萨特既有著名的长篇小说《恶心》，也有同样著名的中篇小说集《墙》。[②] 乔伊斯既有长篇小说《尤利西斯》，也有著名的短篇小说集《都柏林人》，短篇小说是他最早写作的文学作品。[③] 马尔克斯最早写作的是短篇小说，最早出版的是短篇小说集，"加西亚·马尔克斯在创作《百年孤独》之前，发表的作品主要有《枯枝败叶》（1955）、《没有人给他写信的上校》（1961）、短篇小说集《格朗德大娘的葬礼》（1962）和《恶时辰》（1962）。这些作品实际上是《百年孤独》的片段。……因此也可以说，这些作品是他为写《百年孤独》进行的练笔"[④]。《枯枝败叶》《没有人给他写信的上校》和《恶时辰》在最近出版的"加西亚·马尔克斯主要作品"中都被定性为"长篇小说"，但其实篇幅都不长，都可以归入中篇小说[⑤]。很多小说大师比如显克维奇[⑥]、罗曼·罗兰、左拉[⑦]等最初都是

① 赵蓉恒等：《卡夫卡全集》，河北教育出版社，2001年版。

② 桂裕芳等：《萨特文集》（全8卷），人民文学出版社，2005年版。

③ 王逢振：《乔伊斯文集·都柏林人》，上海译文出版社，2013年版；米子等：《乔伊斯短篇小说选》，湖南文艺出版社，1998年版。

④ 黄锦炎、沈国正、陈泉等：《加西亚·马尔克斯与他的〈百年孤独〉》，加西亚·马尔克斯，《百年孤独》，黄锦炎等译，上海译文出版社，1984年版，第1页。

⑤ 参见陈众议著《加西亚·马尔克斯传》中的"加西亚·马尔克斯年谱"，新世界出版社，2003年版，第262—263页。另参见《枯枝败叶》，刘习良译，南海出版公司，2013年版；《没有人给他写信的上校》，陶玉平译，南海出版公司，2013年版；《恶时辰》，刘习良译，南海出版公司，2013年版。

⑥ 林洪亮等：《显克维奇选集》（全8卷），人民文学出版社，2011年版。

⑦ 罗国林等：《左拉集》（全4册），上海三联出版社，2014年版；郝运等：《左拉集系列》（全3册），上海三联出版社，2014年版；吴岳添：《左拉研究文集》，译林出版社，2014年版；吴岳添：《左拉学术史研究》，译林出版社，2014年版。

写短篇小说，短篇小说创作一定程度上可以说是为长篇小说创作做积累和准备。纯粹写长篇小说的文学大师极少，比如简·奥斯汀、夏洛蒂·勃朗特等，但这都在 19 世纪早期，20 世纪很难找到这样的文学大师。

中国新文学是从新诗开始的，但现代文学成就最大、影响最大的则是小说，在中国现代文学史上，达到"专章"级别的 10 位作家（鲁迅、郭沫若、茅盾、巴金、老舍、曹禺、艾青、沈从文、赵树理、张爱玲）之中，有 7 位是小说家，可见小说在中国现代文学史上的地位。而在现代文学的小说文类之中，长篇小说无疑是重头戏，并且是标志性的成就，代表了中国现代文学的高度和水平。中国现代文学中最经典的作品很多都是长篇小说，比如《子夜》《家》《春》《秋》《四世同堂》《骆驼祥子》《围城》《京华烟云》《大波》《太阳照在桑干河上》《暴风骤雨》《呼兰河传》等。但短篇小说也一直有非常高的地位，中国现代小说正是从短篇小说开始的，一般认为，《狂人日记》是中国现代文学史上第一篇用现代体式创作的白话小说，它是中国现代小说的伟大开端，发表的时间是 1918 年，而 4 年后中国现代文学第一部长篇小说——张资平的《冲积期化石》才出版，二者之间的根本差别还不在于出版时间的早晚，而在于艺术价值的差距，在文学成就上，张资平的《冲积期化石》根本无法和鲁迅的《狂人日记》相提并论。

中国现代文学史上，中短篇小说无论是在数量上还是在艺术质量或者成就上，无论是在读者喜爱的程度上还是在社会影响方面，都是非常突出的。上述 7 位小说家中，鲁迅和沈从文可以说是纯粹的中短篇小说家，鲁迅一生没有写长篇小说，沈从文唯一的长篇小说《长河》写得很晚，并且没有写完。而张爱玲和赵树理虽然长篇小说也写得非常好，但其成就更体现在中短篇小说方面，茅盾、巴金和老舍三位主要以长篇小说确立其在中国现代文学上不朽的地位，但在中短篇小说方面也非常有成就。中国现代文学第一个十年在小说方面基本上可以说是中短篇小说的天下，有名的小说家基本上都可以说是短篇小说家，除了鲁迅以外，还有郁达夫、冰心、叶圣陶、许地山、王统照、庐隐、许钦文、许杰、王鲁彦、柔石、废名、凌叔华、蹇先艾、台静农、蒋光慈、彭家煌、胡也频、叶灵凤、王任叔、杨振声、俞平伯等。回顾中国现代文学史，我们可以看到，中国现代小说家中除了极少数没有多大影响的通俗文学家以外，纯文学领域几乎没有纯粹的长篇小说家，有如鲁迅一样只写中短篇小说的小说家，但几乎没有不写中短篇小说的小说家，大部分小说家的中短篇小说的成就高于其长篇小说，中国现代文学史的中短篇小说经典作品远远多于长篇小说经典作品。

对于中国现代作家来说，中短篇小说写作既是一种独立的创作，也是一种长篇小说创作的积累和写作训练，我们可以看到，大多数写作长篇小说的作家都是从中短篇小说创作开始的，差别只是在于二者之间间隔时间的长短，包括一些以写长篇小说著名的作家，比如李劼人、姚雪垠、路翎、徐訏、无名氏、丁玲、周立波、欧阳山、柳青等。一般人都知道张资平写长篇小说，其实他的处女作是短篇小说《约檀河之水》，发表于1920年，另外他一生中写了8部短篇小说集，还有一些单行本出版的中篇小说。① 一般人都知道钱锺书的《围城》，但钱锺书最先写作的其实是短篇小说集《人·兽·鬼》，于1946年由开明书店出版，钱锺书曾说："写完了《围城》，我曾修改一下这两本书的

---

① 李葆琰：《张资平小说选》（上、下），花城出版社，1994年版。

文字。"①可见在写《围城》的时候，《人·兽·鬼》已经出版。茅盾最早创作的是《幻灭》《动摇》和《追求》这三部中篇小说，同时其短篇小说《春蚕》和《林家铺子》也是中国现代短篇小说的经典之作。老舍最初写作的小说是短篇小说《小铃儿》，发表于《南开季刊》，他一共出版了5部中短篇小说集，还有近20篇没有收入作品集，其中不乏《月牙儿》《断魂枪》这样的名篇。像巴金这样一上手就写长篇小说，并且最后成为文学大师的，在中外文学史上都极为罕见。

中国现代文学中的中短篇小说之所以繁荣，与中国现代文学中报刊作为文学最重要的载体有关。现代时期，报纸和期刊是最重要的传媒工具，出版社特别是大型出版社比如商务印书馆、中华书局等也是非常重要的传媒，但大型出版社除了出版著作以外，一般都是以一些大型的、有影响的报纸和期刊作为支撑，所以报纸和期刊对于出版社也是非常重要的。同时，好的期刊还会衍生出一些书店，一些小型的出版社就是由书店发展起来的。文学上，现代时期最有名的文学载体就是文学期刊、文学报纸，现代文学史上一些重要的社团和流派都是以文学期刊、文学报纸为中心展开的。正是因为报纸、期刊影响大、读者广，所以很多文学作品都是首先在报纸和文学期刊上发表，然后才结集出版的。报纸和期刊的版面有限，只能发表一些篇幅比较少的文学作品，比如诗歌、散文、短篇小说以及少量的中篇小说，而这些文体中，中短篇小说特别受到读者的喜爱，这是中国现代文学中的散文和中短篇小说特别繁荣的一个很重要的原因。当然，很多长篇小说为了扩大影响，也是先在期刊上连载，然后才出版单行本，比如巴金

---

① 钱锺书：《〈写在人生边上〉和〈人·兽·鬼〉重印本序》，《钱锺书集　围城　人·兽·鬼》，生活·读书·新知三联书店，2009年版，第547页。

的《灭亡》就是先在当时非常有影响的文学杂志《小说月报》上连载，然后才由当时也很有名的开明书店出版。

中华人民共和国成立以后，由于文学制度发生了根本性的改变，比如"文学生产资料的国有化"[①]"私营书局被关、停、并、转，全国所有出版单位都'改造'为国营"[②]，这些都深刻地影响了中国当代文学的发展，特别是文学期刊国家行政化和数量上的减少，比如期刊大量"关、停、并、转"，统一纳入各级行政部门管理或者监管，使中短篇小说的载体受到了巨大的限制，不仅艺术质量有所下降，而且数量也大大减少。所以我们看到，"十七年文学"中，虽然也产生了重要的中短篇小说家如茹志鹃、王愿坚、峻青、王蒙等，老作家孙犁、沙汀、康濯、马烽、赵树理等也创作了很多中短篇小说，整个"十七年文学"中也产生了一些中短篇小说名篇，比如《组织部新来的青年人》《洼地上的"战役"》《普通劳动者》《铁木前传》《百合花》《李双双小传》等，但"一本书主义"却是"十七年文学"中最显著的现象，即一个作家以一部好小说成名，但也只有这一部好小说，比如梁斌除了写《红旗谱》，杜鹏程除了写《保卫延安》，罗广斌、杨益言除了写《红岩》，吴强除了写《红日》以外，虽然也写过其他的长篇小说以及一些中短篇小说，但其他长篇小说和中短篇小说艺术成就都不高，也没有什么影响力，以至中国当代文学史书写"十七年文学"的小说时，除了赵树理、柳青、周立波这三位作家可以勉强按照作家的方式书写以外，其他作家基本上只能按照作品的方式介绍。

---

① 王本朝：《中国当代文学制度研究》，新星出版社，2007年版，第104页。
② 张均：《中国当代文学制度研究（1949—1976）》，北京大学出版社，2011年版，第53页。

"文化大革命"时期，纯粹意义上的文学杂志除了《解放军文艺》以外，其他刊物都停刊了，这对于中国中短篇小说可以说是雪上加霜，所以"文化大革命"时期的小说创作，虽然总体上数量并不少，但中短篇小说较少。"文化大革命"时期小说的主要文类是长篇小说，而且是采用"三结合"方式创作出来的长篇小说，比如《虹南作战史》《牛田洋》《桐柏英雄》《盐民游击队》《钻天峰》《雨后青山》《惊雷》《汽笛长鸣》等，这些长篇小说绝大多数都是按照"三突出"的原则创作的，多是图解历史和政治，以及应和当时具体的阶级斗争的政策和方针，所以文学价值非常有限，直至今天大部分都不为人所知，这是可以理解的。"文化大革命"时期的小说作者大多是工人、农民和战士，最多只能说是文学爱好者，他们缺乏有效的文学写作训练，有些人甚至连中短篇小说都没有尝试过，就直接写长篇小说，这样写作出来的长篇小说艺术价值是可想而知的。"文化大革命"时期的小说艺术成就非常有限，其原因当然是多方面的，而中短篇小说不被重视、缺乏生存的条件可以说是很重要的原因。

二

"新时期文学"的小说复兴是从中短篇小说开始的。笔者认为，从1976年一直到20世纪80年代末，中短篇小说是这一时期成就最高、影响最大的文类，产生了一批优秀的、经典性的作品。这一时期最重要的文学思潮很多都是来自小说领域，比如"伤痕文学""反思文学""改革文学""寻根文学""新潮小说""女性文学""新写实小说"等，都可以说是小说思潮，另外还有所谓的"市井小说""京味小说""津门文化小说""都市小说""乡土小说""人道主义小说""知青小说""乡情小说"等，还有各种地域文学以及潮流之外的小说，这些小说可以说代表了 20 世纪 70 年代末和 80 年代中国文学的最高水平。

而能够代表这些思潮和类别的小说中，成就最高的主要是中短篇小说。"伤痕文学"的代表性作品是刘心武的短篇小说《班主任》和卢新华的短篇小说《伤痕》。"反思文学"的限定不是很严格，但一般认为其代表作有茹志鹃的《剪辑错了的故事》、张一弓的《犯人李铜钟的故事》、王蒙的《蝴蝶》、张贤亮的《绿化树》《男人的一半是女人》、谌容的《人到中年》等，这些都是中短篇小说。"改革小说"的代表作有蒋子龙的《乔厂长上任记》《燕赵悲歌》、高晓声的《陈奂生上城》、何士光的《乡场上》、张炜的《秋天的愤怒》、贾平凹的《腊月·正月》《鸡窝洼的人家》等，这些都是中短篇小说。"寻根文学"的代表作有阿城的《棋王》《树王》《孩子王》、韩少功的《爸爸爸》《女女女》、郑义的《老井》、贾平凹的"商州系列"、王安忆的《小鲍庄》等，这些全部是中短篇小说。"新潮小说"也称"先锋小说"，其经典作品尤其多，比如格非的《褐色鸟群》、马原的《冈底斯的诱惑》《虚构》、莫言的《透明的红萝卜》、残雪的《山上的小屋》、孙甘露的《信使之函》《访问梦境》、余华的《河边的错误》《现实一种》《难逃劫数》、北村的《逃亡者说》等，还有比较早的王蒙的《春之声》、刘索拉的《你别无选择》、徐星的《无主题变奏》，全部是中短篇小说。"新写实小说"具代表性的三位作家是刘震云、方方、池莉，其代表作品有池莉的《烦恼人生》《不谈爱情》《太阳出世》、方方的《风景》《祖父在父亲心中》、刘震云的《塔铺》《新兵连》《一地鸡毛》《单位》《官场》等，这些作品都是中短篇小说。"女性文学"代表作家主要有宗璞、谌容、张洁、王安忆、铁凝、方方、池莉、迟子建等，她们在

20 世纪 70 年代末和 80 年代主要写中短篇小说，也主要因为中短篇小说而成名。当然，20 世纪 80 年代也有一些比较有名的长篇小说，比如叶辛的《蹉跎岁月》、张洁的《沉重的翅膀》、柯云路的《新星》、周克芹的《许茂和他的女儿们》、莫应丰的《将军吟》、古华的《芙蓉镇》、李国文的《冬天里的春天》、刘心武的《钟鼓楼》、路遥的《平凡的世界》、霍达的《穆斯林的葬礼》、张炜的《古船》等，其中很多都获得了茅盾文学奖，但总体来说，这一时期长篇小说经典作品的数量远少于中短篇小说经典作品的数量。

20 世纪 70 年代末和 80 年代中短篇小说之所以繁荣，笔者认为这首先与文学期刊的恢复有很大的关系。从 1975 年开始，中国的各种期刊就开始陆续复刊，1976 年以后则大量复刊，并且有新的期刊创刊，有人统计过，1969 年全国出版的期刊只有 20 种，到了 1979 年则有 1470 种①。文学期刊也是这样，1976 年以后，文学期刊大量复刊，同时又有许多新的刊物创立，到了 20 世纪 70 年代末期，中国作家协会有多种自己的机关刊物和报纸，各省、市、自治区文联和作家协会也都有自己的文学期刊，很多地级市甚至县的文联或者作家协会都有自己的文学刊物，随着中短篇小说创作越来越多，越来越受到读者的欢迎和喜爱，又有很多大型的文学期刊创刊和复刊，比如《当代》1979 年创刊、《江南》1981 年创刊、《收获》（最早由巴金和靳以 1957 年创办，曾两度停刊）1979 年复刊、《清明》1979 年创刊、《花城》1979 年创刊、《莽原》（原《莽原》由鲁迅、高长虹 1926 年创办，1942 年停刊）1981 年复刊（1990 年与《奔流》杂志合并为新《莽原》）、《十

---

① 中国出版工作者协会：《中国出版年鉴 1980》，商务印书馆，1980 年版，第 620 页。

月》1978 年创刊、《芙蓉》1980 年创刊、《红岩》1979 年复刊、《长城》1979 年创刊、《中国作家》1985 年创刊等。有人统计过，"全国省市一级的大型文学期刊，1978 年仅有《十月》1 种，1979 年为 13 种，1980 年为 26 种，1981 年以后至少有 30 种"①。这些大型杂志，有的杂志比如《清明》《莽原》由文联主办和主管，有的杂志如《红岩》《长城》由作家协会主办和主管，还有的杂志比如《十月》和《芙蓉》则是由出版社主办和主管。20 世纪 80 年代，中国有 100 多种文学期刊，这些期刊大多是双月刊，少部分是月刊和季刊，这是一个巨大的文学平台。而且，那时的期刊编辑部属于独立的国家机关单位，纳入国家事业单位编制，有独立的办公室，有固定的经费投入，编辑人员都是国家公职人员，分工负责编辑、印刷和出版，杂志由国家邮局统一发行，且 20 世纪 80 年代往来邮件都免邮资。这是迄今为止世界上最幸福的文学制度，也可以说是文学福利制度，它为作家提供了极为便利的条件，作家除了把作品写好之外，其他一切都不用操心。

中国 20 世纪 70 年代末和 80 年代的这些文学期刊，虽然也发表诗歌、散文、报告文学等，但主要是发表小说，而且基本上是发表中短篇小说，发表长篇小说和连载长篇小说则比较少，比如周克芹的《许茂和他的女儿们》最初就是在四川内江地区文学季刊《沱江文艺》上连载，后发表于《红岩》1979 年第 2 期，1980 年才由百花文艺出版社出版单行本②，这从另外一个方面说明了文学期刊在当时的重要性。正因为如此，20 世纪 70 年代末和 80 年代，中国的中短篇小说数量庞大，

---

① 邝邦洪：《论新时期中篇小说的创作》，《广东社会科学》1997 年第 3 期，第 118 页。
② 周克芹：《周克芹生平和创作系年》，《周克芹文集》下卷，四川文艺出版社，2000 年版，第 422 页。

"我国从 1949 到 1980 的三十年间，总共发表和出版中篇小说 900 部。而 1981、1982 这两年间，就发表和出版了中篇小说 1150 部"①。有人统计，"中篇小说的发表数量……1980 年为 120 部，超过'文革'前 17 年的总和，1982 年达到六百多部，而 1983 年至 1989 年平均年产超过千部大关；短篇小说从 1978 年以来，每年平均发表万篇左右，更是超过以往年代"②。假如这些数据大致准确的话，则至少从数量这一角度说明了中短篇小说在 20 世纪 70 年代末和 80 年代的繁荣状况。

比较当下的小说发表和出版状况也许更能说明问题，现在中国每年发表的中短篇小说比正规出版的长篇小说还少。中国作家协会主办的《小说选刊》每一期最后都有"全国报刊小说概览"，由此统计，全国每年的中短篇小说不超过 4000 篇，当然这可能不全，但遗漏不会很多。中国社会科学院文学研究所自 2003 年以来，每年都编一本《中国文情报告》（2011 年改为《文学蓝皮书：中国文情报告》），根据这个报告的统计，中国文学长篇小说近年来每年都有增加。"长篇小说作品的总量构成上，一直稳定在 1000 部以上，而由于网络小说作品转换成纸质作品的数量日益增加，2006 年的长篇小说总量即达到 1200 部之多。"③ "2009 年正式出版的长篇小说约在 3000 部以上。这个数字较之去年的 1500 部左右，整整翻了一番。"④ "长篇小说自 2010 年出版总量

① 张光年：《社会主义文学的新进展——在全国四项文学评奖授奖大会上的讲话》，《张光年文集》第三卷，人民文学出版社，2002 年版，第 383 页。
② 吴秀明：《中国当代文学史写真（全本）》（下），北京大学出版社，2010 年版，第 510 页。
③ 白烨：《中国文情报告（2007～2008）》，社会科学文献出版社，2008 年版，第 1 页。
④ 白烨：《中国文情报告（2009～2010）》，社会科学文献出版社，2010 年版，第 1 页。

接近4000部之后……2011年长篇小说年产量在4300部以上。"①"2012年……在国家有关部门进行出版登记的长篇作品，就有5300部之多，除去其中旧作再版的及部分港台与海外作者的，内地原创作品也应在4000部左右。"②"据从国家新闻出版总署条码中心获得的数字显示，2013年度全国出版的长篇小说总计4790部。这个数字既包括了少量的港台作家的作品，又包括了大量的网络小说转化的纸质产品。"③这还只是一个很粗糙的统计，前后说法也不是很一致。但这种粗略的统计已经很能说明当下中国长篇小说创作的状况，就"发表"来说，长篇小说的数量应该比这个数字更大，比如期刊上发表而没有出版单行本的长篇小说没有统计进来，还有无法统计的网络长篇小说数量更多，所以，大略估计，中国目前每年"生产"的长篇小说至少超过5000部，这超过了中短篇小说的数量。

20世纪70年代末和80年代中短篇小说之所以繁荣，还与时代有很大的关系，从一定意义上来说，这是一个文学的时代。中国古代由于纸张、刻板和印刷等成本的原因，图书可以说是奢侈品，再加上教育不普及、普通国民文化素质不高，文学作品发行的数量、读者的数量，还有文学的影响力等都是有限的。近代以来，随着科学技术、传播技术、造纸技术和印刷技术的进步，随着教育普及和国民素质的提高，文学作品读者越来越多，文学书籍越来越多，文学的影响也越来

① 白烨:《文学蓝皮书：中国文情报告（2011～2012）》，社会科学文献出版社，2012年版，第21页。
② 白烨:《文学蓝皮书：中国文情报告（2012～2013）》，社会科学文献出版社，2013年版，第22页。
③ 白烨:《文学蓝皮书：中国文情报告（2013～2014）》，社会科学文献出版社，2014年版，第19页。

越大。而在近百年中国文学中，笔者认为20世纪70年代末和80年代是最好的时代，那时，中国开始全面实施改革开放，文学上广泛地继承中国古代传统、中国现代传统以及"十七年文学"传统，并且广泛地向西方学习，不仅学习西方的传统文学，也学习西方的现代主义文学包括后现代主义文学。中国自20世纪50年代就开展平民教育，扫除文盲，"文化大革命"时期，虽然教育受到冲击，但教育受的损害主要在高等教育方面，基础教育的普及程度可以说超过之前的任何时期，1976年之后，高考制度恢复，教育得到了巨大的发展，中国的国民素质迅速提高，再加上人口数量的空前增长，文学作品读者的数量大大增加。1976年以后，中国社会恢复经济建设，生产技术水平快速提升，物质越来越丰富，中国人的经济能力也大大提高，相对来说，国人购买书籍报刊的能力也大大提高，书籍不再是奢侈品。那时，为了适应时代的发展，国人有很高的学习热情，形成了一种读书热潮，所读之书当然也包括文学作品。20世纪80年代，因受到经济条件的限制，电视并不普及，电脑虽然已经发明并进入人们的日常生活，但还非常少见，虽然已经有了网络，但网络还不发达；人们工作之余的休闲方式主要是阅读书刊报纸，特别是读小说，这是20世纪70年代末和80年代文学繁荣特别是小说繁荣的巨大保障。所以我们可以看到，那个年代，任何一部好的小说问世之后都会造成轰动，读者很多，有无数人被感动，很多人的人生观、世界观还有爱情观等都是在读小说的时候形成或改变的。那时的作家会收到很多读者来信，其中很多都是由杂志社转寄给作家本人的，对于这些信，作家很难一一作答，甚至连看完都不可能，有的作家干脆请人看信、复信。那时作家的地位很高，被誉为"人类灵魂的工程师"，很受人敬重，对中国社会和中国人的生活都有一定的影响。

回望过去，中国 20 世纪 70 年代末和 80 年代中短篇小说的成就是很大的，中短篇小说这种文类被发扬光大了。这一时期的中短篇小说一方面继承"五四"以来中短篇小说的优良传统，另一方面又充分吸收外国中短篇小说的经验，同时又有与时俱进的创新；所以我们可以看到，这一时期的中国中短篇小说是古今中外各种中短篇小说文类之集大成，有鲁迅"横截面"式小说、茅盾"压缩式"小说①、抒情小说、诗化小说、电影化小说、微型小说（或称"小小说""掌小说"）、传统小说、先锋小说。不管是何种形式，这一时期的小说很多都具有创新性，比如意识流小说，这种小说源于西方，其理论基础就是弗洛伊德的心理学，特别是其意识理论，代表性作家是普鲁斯特、乔伊斯、伍尔芙和福克纳等。"五四"时期，精神分析和意识流作为思想被介绍到中国，对"五四"时期的小说有所影响，比如郭沫若的短篇小说《残春》、郁达夫的《沉沦》、杨振声的《玉君》、冰心的《超人》等都有意识流小说的倾向。20 世纪 20 年代末 30 年代初在上海兴起的中国新感觉派小说也具有意识流小说的特征，特别是施蛰存的短篇小说，大量写人刹那间的感觉、印象，有很多梦、幻觉和内心独白描写及大量的自由联想，除了受日本新感觉派影响以外，显然也受乔伊斯等西方作家的影响。但郭沫若的小说也好，施蛰存的小说也好，都还不能说是意识流小说，只不过是借用了意识流手法而已。中国真正的意识流小说始于 20 世纪 70 年代末 80 年代初，其代表作家是茹志鹃、王蒙等人，通常认为，茹志鹃的《剪辑错了的故事》是 20 世纪 80 年代意识

----

① 把中篇小说压缩成短篇小说，把长篇小说压缩成中篇小说，或者写具有连续性的短篇小说，比如"农村三部曲"（《春蚕》《秋收》《残冬》）和"文人三部曲"（《有志者》《尚未成功》《无题》）。

流小说的开山之作。王蒙在 1979—1980 年不到两年的时间里，相继发表了《春之声》《布礼》《夜的眼》《风筝飘带》《蝴蝶》《海的梦》等一系列中短篇小说，对西方意识流手法进行了尝试与创新。同时，很多作家都学习意识流小说的手法，比如李国文、莫言、残雪、郑万隆、丁小琦、张辛欣等[①]，从而形成一种意识流小说的潮流。与西方意识流小说不同，茹志鹃、王蒙等人的意识流小说是一种中国化的意识流小说，或者说是一种改造的意识流小说，其根本特征就是借用意识流手法，包括茹志鹃、王蒙在内，中国意识流小说已经很少有人严格按照真实的人的"意识流"来写作，虽然很多作家写潜意识、无意识等，但这是一种能够让人理解的潜意识和无意识。西方意识流小说沉溺于内心世界的描写，表达人物的病态心理，特别注重转瞬即逝的瞬间，故事情节碎片化；而中国的意识流小说则注重与外在世界的联系，感觉印象、自由联想、内心独白等很大程度上是作为一种写作手法，有清晰的脉络和严密的思维逻辑，主要表达正常人的心理状态，故事情节可以还原。因此，与西方的意识流小说相比，中国的意识流小说是一种更容易读懂的小说、一种中国化的小说，这可以说是中国文学对世界意识流小说的一种发展，当然也是一种贡献。

就中短篇小说与其他文体比较来说，20 世纪 70 年代末和 80 年代中国各体文学中，中短篇小说的影响最大，这可以通过有影响力的评奖进行一定程度的说明。当今，中国公认最有影响力的文学奖是茅盾文学奖，这其实反映了当今长篇小说的兴盛，但在 20 世纪 70 年代末和 80 年代，当时最有影响力的文学奖则是中短篇小说奖。"全国优秀

[①]　宋耀良：《中国意识流小说选（1980—1987）》，上海社会科学院出版社，1988 年版。

短篇小说奖"始设于1978年，一共评了八届，第一届为1977—1978年两年奖，第二至七届都是年度奖，第八届为1985—1986年两年奖。1986年，"鲁迅文学奖"设立，全国优秀短篇小说奖就合并到鲁迅文学奖中，"全国优秀短篇小说奖"正式终结。由于优秀作品多、影响大，在巴金的提议下，从1980年开始设"全国优秀中篇小说奖"，巴金说："去年全国还出现了不少优秀的中篇小说，受到广大读者的重视和好评。我希望，在适当的时候，也能搞一次全国优秀中篇小说的评奖活动。"[①]"全国优秀中篇小说奖"第一届为1977—1980年发表的作品，之后每两年评一次，一共只评了四届，1986年并入鲁迅文学奖。

全国优秀短篇小说奖和全国优秀中篇小说奖在20世纪80年代中期之后特别是并入鲁迅文学奖之后开始式微，影响也越来越小，其原因是多方面的，比如长篇小说的成就越来越大、影响也越来越大，中短篇小说评奖的非文学因素越来越多、评委过于老化、观点过于陈旧、对先锋文学非常排斥、过于主观化等。这些因素导致很多非常优秀的作品比如余华的《现实一种》《河边的错误》、苏童的《妻妾成群》、马原的《冈底斯的诱惑》、孙甘露的《访问梦境》等都不能入选，大大降低了评奖的公正性、权威性，当然也大大降低了其影响力，有一段时间，大家几乎都不太认同这个奖，有些性情高傲的作家都根本不屑于参加评奖，有些比较激进的作家甚至表达了"得奖为耻"的观点。但客观公正地来说，无论是全国优秀短篇小说奖，还是全国优秀中篇小说奖，最初的评奖还是非常公正的，除了一些政治因

---

① 巴金：《在1979年全国优秀短篇小说评选发奖大会上的讲话》，见《人民文学》编辑部：《1979年全国优秀短篇小说评选获奖作品集》，上海文艺出版社，1980年版，第1—2页。

素导致有些作品落选而在今天看来有些遗憾以外，大多数获奖的作品以当时的眼光和标准来看，都是非常优秀的，认同度也非常高，即使用今天的标准来衡量也非常优秀，称得上是经典。当时评奖实行读者推荐、专家评审的方式，比如第二届"全国优秀短篇小说奖"评奖时共收到257885张"推荐表"。茅盾为评委会主任，以各种方式参与评选的评委有周扬、冰心、艾芜、张光年、张天翼、贺敬之、魏巍、巴金、欧阳山、曹靖华、孙犁、李季、葛洛、草明、沙汀、刘白羽、唐弢、王蒙、袁鹰、孔罗荪、陈荒煤、冯牧、杜鹏程、公木、严文井、徐迟等，其中绝大部分评委都参加了颁奖仪式①，在现在看来，这是一个"超豪华"的评委会，具有非常高的规格，在一定程度上反映了短篇小说在当时的地位，也反映了全国优秀短篇小说奖在当时的重要性。

事实上，在20世纪70年代末和80年代初，全国优秀短篇小说奖和全国优秀中篇小说奖是巨大的文学荣誉，只要能够获奖，就可以进入"作家"的行列，就可以改变个人的命运。以三个湖北作家为例：李叔德，因《赔你一只金凤凰》而获得1982年全国优秀短篇小说奖，获奖时，作者在湖北松滋县（现名松滋市）日杂公司当营业员②，获奖之后调湖北襄樊任专业作家；楚良，因《抢劫即将发生……》而获得1983年全国优秀短篇小说奖，获奖时作者在湖北沔阳县当民办教师，

---

① 《人民文学》编辑部：《欣欣向荣又一春》，《1979年全国优秀短篇小说评选获奖作品集》，上海文艺出版社，1980年版，第559—565页。

② 中国作家协会：《1982年全国优秀短篇小说评选获奖作品集》，上海文艺出版社，1983年版，第229页。

被县教育局、县农业银行干部学校借用①，获奖之后作为人才调湖北荆门文化局任专业作家，一跃成为国家干部，后调杭州市作家协会工作；映泉，因《同船过渡》获得1984年全国优秀短篇小说奖，获奖时在湖北远安县花鼓剧团当演员②，获奖之后调湖北省作家协会工作。由此可见上述两项奖项在当时的影响，也可见中短篇小说在当时的地位。

三

20世纪70年代末和80年代中短篇小说对中国文学的贡献是巨大的。茅盾说："粉碎'四人帮'以来，春满文坛。作家们解放思想、辛勤创作、大胆探索，短篇小说园地欣欣向荣，新作者和优秀作品不断涌现。大河上下，长江南北，通都大邑，穷乡僻壤，有口皆碑。建国三十年来，曾未有此盛事。"③茅盾写这篇文章的时间是1980年7月，1980年之后，中短篇小说更为繁盛，特别是20世纪80年代中期先锋文学登场之后，中国中短篇小说的发展达到了鼎盛时期。

20世纪70年代末和80年代中短篇小说对中国文学的贡献首先表现在大大推进了中国文学的发展，使中国文学迅速地恢复到现代文学的水准。回溯中国文学自20世纪50年代以来的发展，我们可以看到，

---

① 《小说选刊》编辑部：《1983年全国优秀短篇小说评选获奖作品集》，作家出版社，1984年版，第43页。

② 中国作家协会：《1984年全国优秀短篇小说评选获奖作品集》，作家出版社，1985年版，第213页。

③ 茅盾：《小说选刊发刊词》，《茅盾全集》第27卷《中国文论十集》，黄山书社，2014年版，第503页。

相比中国现代文学和"十七年文学"，由于遭受林彪、"四人帮"的干扰和破坏，"文革文学"是一种退步。所以在20世纪60年代中后期至70年代初，中国文学陷入了百年来的低谷，诗歌、散文、小说都是千篇一律的东西，内容上的口号性、形式上的单调乏味，使文学成了个人和集体歌功颂德的工具，成了政策的图解，绝大多数作品都是所谓"三结合"和"三突出"创作的产物，很多作者都是没有多少文化知识、文学天赋和素养的工农兵群众，那个时代，几乎没有大师级的作品，几乎没有经典性的文学作品。20世纪70年代中期，知识分子对中国文学的态度已经相当悲观，复兴中国文学在当时可以说是一项极艰巨的工作；但20世纪70年代末和80年代，中国文学在不长的时间里就奇迹般地复苏，先是恢复"十七年文学"传统，然后恢复现代文学传统，无论是在思想的深度上还是在艺术的审美上都达到了很高的水准。就小说来说，不管是"伤痕文学""反思文学""改革文学""寻根文学"，还是"先锋文学""女性文学""新写实小说"等，相对于之前的"文革文学"和更早的"十七年文学"来说，都是巨大的突破，既有思想内容上的突破，又有艺术形式上的突破。像《班主任》《伤痕》这样的作品，以今天的欣赏水平和艺术眼光来看，我们可能会觉得它很单纯，甚至很幼稚，但在当时，它的批判性、对"文化大革命"时期小说模式的反叛可以说是非常大胆的，毕竟当时的思想解放是很有限的，当时人们的政治思想水平和艺术欣赏能力都还比较低。

在思想内容上，20世纪70年代末和80年代中短篇小说可以说非常丰富，也非常深刻。比如巴金评价1979年的短篇小说："过去一年，全国涌现出大量优秀的短篇小说，这些作品，题材广泛，思想深刻，

内容丰富多彩，风格多种多样，深受广大读者的欢迎。"①张光年评价
20世纪80年代初的短篇小说："我感到，近几年不少短篇小说佳作思
想上艺术上较以往都有所突破。它们及时反映了当代生活的重大变化，
新人物、新性格、新道德的成长，浓重凝练的情感内容，尖锐泼辣的
战争风格，短小篇幅中凝聚着重大的分量"②。这一时期的中国中短篇小
说可以说是整个20世纪中国文学中短篇小说的黄金时期，也可以说是
世界文学史上中短篇小说的黄金时代。

　　中国20世纪70年代末和80年代的中短篇小说具有广泛的社会内
涵，中国社会生活的方方面面特别是重大的社会变革、中国人在改革
开放的过程中复杂的精神世界和心理变化等都在当时的中短篇小说中
有集中的表现和反映。那时的作家非常勇敢，他们大胆地思考和探索，
写出了很多反映时代发展先声的小说。对中国历史的深刻反思、对中
国社会现实真实状况的揭示、对中国社会发展的准确把握，中短篇小
说可以说是走在时代的前列，并不逊于历史学、哲学等思想领域。中
短篇小说家大多都有很强的社会责任感，以一种先觉知识分子的姿态
自觉地思考中国社会历史的前途和命运，写出了很多具有使命感、引
领时代思想和艺术潮流的作品，这些作品在当时都造成了很大影响，
今天看来，很多作品都可以称得上是经典。比如《班主任》《伤痕》
《满月儿》《乔厂长上任记》《小镇上的将军》《剪辑错了的故事》《内
奸》《李顺大造屋》《人到中年》《在没有航标的河流上》《天云山传奇》

---

① 巴金：《在1979年全国优秀短篇小说评选发奖大会上的讲话》，《人民文学》编辑部，
《1979年全国优秀短篇小说评选获奖作品集》，上海文艺出版社，1980年版，第1页。
② 张光年：《社会主义文学的新进展——在全国四项文学评奖授奖大会上的讲话》，《张光
年文集》第三卷，人民文学出版社，2002年版，第381页。

《犯人李铜钟的故事》《蝴蝶》《西线轶事》《陈奂生上城》《灵与肉》《春之声》《小贩世家》《西望茅草地》《被爱情遗忘的角落》《卖驴》《飘逝的花头巾》《爬满青藤的木屋》《本次列车终点》《赤橙黄绿青蓝紫》《人生》《黑骏马》《相见时难》《那五》《拜年》《这是一片神奇的土地》《哦，香雪》《我的遥远的清平湾》等，这些小说在当时都获得了中短篇小说奖。事实上，当时获得全国优秀短篇小说奖和全国优秀中篇小说奖的作品大多都是很优秀的，比如1983—1984年全国优秀中篇小说奖获奖作品有：《山中，那十九座坟茔》（李存保）、《今夜有暴风雪》（梁晓声）、《迷人的海》（邓刚）、《美食家》（陆文夫）、《棋王》（阿城）、《没有纽扣的红衬衫》（铁凝）、《远村》（郑义）、《拂晓前的葬礼》（王兆军）、《烟壶》（邓友梅）、《北方的河》（张承志）、《祖母绿》（张洁）、《市场角落的“皇帝”》（韩静霆）、《燕赵悲歌》（蒋子龙）、《绿化树》（张贤亮）、《春妞儿和她的小嘎斯》（张一弓）、《凝眸》（朱苏进）、《神鞭》（冯骥才）、《啊，索伦河的枪声》（刘兆林）、《腊月·正月》（贾平凹）、《老人仓》（矫健）。这些作家大多数后来都成了名家，一半以上的作品都在当代文学史中有介绍，可以说是经过了历史检验的中国当代中篇小说的经典。

上述作品都是获奖的作品，还有很多作品并没有获奖，但也非常优秀，也是经典。应该说，当时获奖的作品都是比较传统的，创作方法大多可以归入现实主义和浪漫主义，而20世纪80年代中期以后，产生了一批探索性的小说，特别是先锋小说，它们充满了开拓性和创造性，有更多的经典之作。

正是在艺术上和社会价值上，20世纪70年代末和80年代中短篇小说为“新时期文学”赢得了巨大的声誉，赢得了读者的尊重。所以，20世纪70年代末和80年代，中国文学很快得到恢复，很快就摆脱

"文革文学"模式，并且很快就超越了"十七年文学"，达到现代文学的水准，并在这一基础上，进一步向西方开放，向西方学习，迅速地和西方文学接轨，从而走向世界，并为20世纪90年代之后中国文学达到高峰奠定了良好的基础。

当今最有成就的作家大多是20世纪70年代末和80年代中短篇小说写作非常活跃的作家，也可以说，当时在中短篇小说创作上非常有成就的作家，除了因身体状况和年龄退出文坛的以外，继续坚持写作的作家大多数后来都成了名家，甚至在20世纪90年代之后成为文学大师，当今中国文学的中坚力量很多正是当时初出茅庐或者崭露头角的青年作家。我们可以列出一长串在当时写作中短篇小说而如今很有名的作家：王蒙（1934年生）、谌容（1936年生）、张洁（1937年生）、刘心武（1942年生）、张承志（1948年生）、赵本夫（1948年生）、梁晓声（1949年生）、张抗抗（1950年生）、蒋子龙（1941年生）、贾平凹（1952年生）、王朔（1958年生）、残雪（1953年生）、莫言（1956年生）、铁凝（1957年生）、马原（1953年生）、韩少功（1953年生）、叶兆言（1957年生）、张炜（1956年生）、王小波（1952年生）、陈忠实（1942年生）、史铁生（1951年生）、方方（1955年生）、洪峰（1957年生）、苏童（1963年生）、余华（1960年生）、李锐（1950年生）、格非（1964年生）、北村（1965年生）、王安忆（1954年生）、池莉（1957年生）、刘震云（1958年生）、刘恒（1954年生）、谈歌（1954年生）、关仁山（1963年生）、何申（1951年生）、刘醒龙（1956年生）、周梅森（1956年生）、张平（1953年生）、范小青（1955年生）、陈染（1962年生）、林白（1958年生）、邱华栋（1969年生）、刘继明（1963年生）、海男（1962年生）、毕飞宇（1964年生）、潘军（1957年生）、杨争光（1957年生）、朱苏进（1953 年生）、迟子建（1964 年生）、阿来（1959 年生）、孙甘露（1959 年生）、阎连科（1958 年生）等①，这些作家除王蒙、谌容、张洁是 20 世纪 30 年代出生，刘心武、蒋子龙、张承志、赵本夫、梁晓声是 20 世纪 40 年代出生之外，绝大多数作家都是 20 世纪 50 年代和 60 年代出生。除了王蒙在 20 世纪 50 年代就开始写作并且成名，张抗抗和谌容在"文化大革命"时期写作并且成名以外，绝大多数作家都是在 20 世纪 70 年代末和 80 年代开始写作并且成名，有些作家则在 20 世纪 80 年代开始写作一直到 20 世纪 90 年代才成名，比如叶兆言、陈染、林白、邱华栋、刘继明、海男、毕飞宇、杨争光、迟子建、阎连科、刘醒龙、阿来等，这些作家有的后来居上，已经超越了很多前辈。

为什么 20 世纪 90 年代以来最重要的中国作家大多都是 20 世纪 70 年代末和 80 年代写中短篇小说的这一批作家？为什么 20 世纪 90 年代以后开始写作并在当今特别有地位、特别有成就的作家不多？笔者认为这与中短篇小说写作作为一种训练有很大的关系。中短篇小说写作，既是一种独立的写作，也是长篇小说写作的训练。20 世纪 70 年代末和 80 年代的中国文学制度更决定了中短篇小说写作是一种非常严格而行之有效的文学写作训练，经过这种训练的作家和没有经过这种训练的作家是很不一样的。中短篇小说"麻雀虽小，五脏俱全"，中短篇小说有时可以说是"微型"长篇小说，有时可以说是长篇小说的一个切面，所以无论是从整体还是从局部来说，中短篇小说写作都可以说是长篇小说写作的训练，老舍曾经说过："短篇小说是后起的文艺，最需要技巧，它差不多是仗着技巧而成为独立的一个体裁。可是我一上手

---

① 中国作家协会会员辞典编辑室：《中国作家协会会员辞典》，作家出版社，2009 年版。

便用长篇练习，很有点像练武的不习'弹腿'而开始便举'双石头'，不被石头压坏便算好事；而且就是能够力举千斤也是没有什么用处的笨劲。"① 长篇小说可以有"偷手"，因为篇幅长可以有些水分，但中短篇小说本身篇幅就不长，它要求精致，从生活内容到谋篇布局，从初稿到修整，从故事情节到语言修辞，都要求作家精心选择、反复构思、反复修改，最好的短篇小说没有一点多余的东西，从故事到细节都有意味，都具有文学性。王蒙认为写短篇小说要"苦思冥索、惨淡经营、反复推敲"②，比如选材，"善于从平凡的、芜杂的甚至是单调的、重复的、貌不惊人的日常生活中，发现迷人的、有趣的、有诗意的、美的、发人深省和富有教育意义的事情"③。似乎生活中这些事情无处不在，只要有生活素材就可以写小说，其实不然，对于中短篇小说而言，其选材非常严格，只有那些具有文学性的、具有丰富意味的素材才可以写入小说。其他如小说的故事情节、矛盾冲突、小说主题的提炼和升华、结构的安排、叙述的方式、细节的处理、语言的锤炼等，所有方面都需要精心谋划。

现在看来，20 世纪 70 年代末和 80 年代的那种"计划经济"模式的文学制度有一些问题和缺陷，但它的优点和合理的地方也是非常明显的，笔者认为它最大的优点就是对公开流通的文学作品的质量把关。那时，中短篇小说一般都是先公开发表然后决定出版或者不出版，长

---

① 老舍：《我怎样写短篇小说》，《老舍全集》第 16 卷，人民文学出版社，2008 年版，第 191 页。

② 王蒙：《谈短篇小说的创作技巧》，《王蒙文存 21 你为什么写作》，人民文学出版社，2003 年版，第 203 页。

③ 王蒙：《漫谈短篇小说的创作》，《王蒙文存 19 中国文学怎么了》，人民文学出版社，2003 年版，第 54 页。

篇小说可以直接出版，但中短篇小说极少有没有发表而直接出版的。中短篇小说的发表有非常严格的程序，通常是作者向杂志社投稿，有专门的文学编辑审稿，然后层层审稿通过，比如编委会审稿、副主编审稿、主编审稿，层层审稿实际上是层层把关。那时，作家要想成名主要是通过在文学期刊上发表作品，作品发表之后产生影响力，读者反响好，文学批评家认同，然后作家进入文学体制。首先是作品得到认同，然后才是作家得到认同，作家被认同的方式主要是"成名""成家"，有了名气才能加入官方体制的作家协会，更高级别的认同方式则是担任各级作家协会或者机构的行政官员，从而终身吃"财政饭"。为了发表，作者们在投稿时都是非常慎重的，一般都是精心写作、反复修改之后再寄出去，即使编辑看中稿子并且录用，通常也不会马上就发表，除了少数名家，大多数作家的稿子都会根据编辑、审稿人、主编的意见反复修改，一篇中短篇小说最后发表出来，已经数易其稿，有的稿子甚至和最初投出去的稿子相比变得"面目全非"。修改也是多方面的，情节、细节、结构、主题、语言等，一般修改是书信联系修改，有时杂志社也会把作家请到编辑部协商修改。20 世纪 70 年代末和 80 年代的中国文学体制就像一种大学体制，作家的写作既是一种创作，也是一种严格的文学写作训练，只有等到最后出名了，作家才算是"大学毕业"了。20 世纪 70 年代末和 80 年代写中短篇小说的那一批作家，很多人是当代文学中的常青树，写作从来没有间断，并且不断有佳作产生，他们可以说是整个当代文学中最有成就的一批作家，虽然他们在年龄上并不属于一代人，但他们在写作上却可以说是一代作家。

　　20 世纪 90 年代之后中国文学的情形发生了巨大的变化，文学体制变化了，文学的格局也变化了。在小说领域，短篇小说衰落，佳作不多；长篇小说兴盛，硕果累累。笔者认为这恰恰从正、反两方面说明了20世纪70年代末和80年代中短篇小说的重要性。我们看到，20世纪90年代之后产生的优秀长篇小说很多都是出自20世纪70年代末和80年代写中短篇小说的那一批作家之手，这恰恰是20世纪70年代末和80年代中短篇小说繁荣的合理延伸。那一批作家中很多人经过长时间的中短篇小说写作之后，在中短篇小说创作方面取得了很大的成就，同时在文学技巧上日益精进，写作经验也日益丰富，到了有能力写长篇小说的时候了，也到了应该在长篇小说方面有所收获和突破的时候了，所以他们在20世纪80年代末纷纷开始写长篇小说，有的作家以写长篇小说为主，有的则是中短篇小说和长篇小说兼顾，极少有只写中短篇小说而不写长篇小说的。

与此相反，20世纪90年代以及21世纪步入文坛的作家，虽然在资历上有些已经是"老作家"了，但迄今为止名家并不多，经典性作品也不多。20世纪90年代至21世纪开始写作的作家很多，他们一开始就写长篇小说，其中很多作家都很勤奋，也很高产，但很多作品不堪卒读，故事情节的展开充满了随意性，结构混乱，前后没有照应，缺乏构思。这些作品内容杂芜，所写多是生活的原生形态，日常得不能再日常了，缺乏文学的意味，都是生活的现实，而不是文学的现实，读这些小说就像在听一个没有文化知识、平淡无奇的老太太讲她的生活经历，重复、啰唆、表达不清。作品没有思想的深度，没有具有文学意味的细节，作家没有独立思考，不会讲故事。特别是语言上，拖泥带水，不干净、不精炼、不优美、不通顺，有的甚至词不达意，有语病，一看就知道作者语句没有过关。为什么这些问题在这一代作家中特别普遍？笔者认为这与他们缺乏20世纪70年代末和80年代那一代作家严格的写作训练有关。20世纪90年代开始写作的作家大多数都缺乏中短篇小说写作的磨炼，写作之初习惯就不好，很多人都是直接在网络上写作，一边写作一边发表，"发表"成了"零门槛"。没有一定的约束，没有人指点，传统文学理论中所讲求的写作的过程和很多步骤都没有了，没有生活的积累，没有对生活的提炼，没有构思，没有修改，只有写作，作品的结构大多就是作者的胡思乱想，就是作者的随心所欲。随着时间的流逝，也因为长篇小说逐渐成为主流，20世纪70年代末和80年代中短篇小说会逐渐淡出人们的视线，但从文学史的角度，从对当代文学的影响来说，20世纪70年代末和80年代中短篇小说的贡献是巨大的，认识到这种重要性对于中国当代文学的发展也是有启示意义的。

"学院批评"与"作家批评"

——当代文学批评的两种路向及其问题

————— ◎ —————

一

当代中国文学批评实际上存在着两种基本的"路向"或者说"模式":一种是学者批评,笔者称之为"学院批评",这类批评更关注文学理论问题,它虽然也涉及当下的文学现实,但这些当代文学现象多表现为理论的材料,是为理论服务的,其最终结果表现为理论形态而不是批评形态,具有中国古代"八股文"的倾向和特点。另一种是作家或准作家批评,或者是具有作家倾向的批评,笔者笼统地称之为"作家批评",这类批评多关注文学的创作实际,多从写作的角度来研究文学现象,其最后的结论多是为其他作家写作或现实文学问题"建言献策",具有中国古代"策论"的倾向和特点。

当然,这里所谓"策论"和"八股文"都是比喻意义上的。实际在内涵上,当代文学批评中的"学院批评"与"八股文"写作具有根本性的不同,"作家批评"也与"策论"具有实质性的区别。但在写作特征和写作取向上，以及二者各自的优缺点上，"学院批评"与"八股文"写作具有惊人的相似性，"作家批评"与"策论"具有惊人的一致性。"八股文"在写作上循规蹈矩、引经据典甚至墨守成规，文学批评中的"学院批评"也是重历史问题，尤其是重历史上的理论问题，虽然旁征博引，但脱离文学现实，缺乏实际意义。"策论"在科举考试中与"经义"相对，主要是议论时事，所以本质上是"时论"。而"作家批评"也是关注文学中的时事，包括创作经验和体会、具体作品的创作得失、文学发展的价值取向、政策措施等。所以，本质上，"作家批评"属于实用批评，而"学院批评"则具有纯粹的学术研究性。

其实，"学院批评"与"作家批评"的划分并不是当代文学批评的特殊现象，也不是中国文学批评的特殊现象。英国哲学家、美学家科林伍德曾把对艺术、哲学怀有浓厚兴趣的人分为两种类型：一类是"具有哲学素养的艺术家"，另一类是"具有艺术趣味的哲学家"。"艺术家型的美学家熟知自己所谈论的内容，他能分清艺术的事物与非艺术的事物，还能说出那些非艺术的事物究竟是什么，是什么原因妨碍它们成为艺术，又是什么原因使人们误认为它们就是艺术。"也就是说，他们对艺术非常敏感，善于鉴别艺术，对他们所谈论的内容非常熟悉，其缺点是不能对艺术深层的原理进行深入的追问。而"具有艺术趣味的哲学家"则相反，"他们令人羡慕地免于讲不出道理，但是要说他们了解自己所谈论的事物，那可就没有保证了"。但是，"哲学家的美学，因为缺乏一种有形的标准，无法判断美学理论在与事实关系中的真实性，只能运用一种形式上的标准。它能检验出某种理论在逻辑上的缺陷，因而予以舍弃，但是它却永远不能主张或提出任何一种作为真理的美学理论"。^①也就是说，他们能对艺术问题讲出很多道理，但这些道理属于哲学问题而非艺术问题，对于具体的艺术，他们的感悟能力非常有限。科林伍德把哲学家的美学称为"学院派的美学"。

实际上，科林伍德所概括的两种倾向不仅适用于美学研究，也广泛地适用于文学批评，不仅广泛地适用于西方的文学批评，也广泛地适用于中国当代的文学批评，中国当今的文学批评仍然存在这两种缺陷和问题。

法国现代批评家蒂博代在《六说文学批评》一书中把文学批评分为三种类型："自发的批评""职业的批评""大师的批评"。"这三种批评，笔者将称之为有教养者的批评、专业工作者的批评和艺术家的批评。有教养者的批评或自发的批评是由公众来实施的，或者更正确地说，是由公众中那一部分有修养的人和公众的直接代言人来实施的。专业工作者的批评是由专家来完成的，他们的职业就是看书，从这些书中总结出某种共同的理论，使所有的书，不分何时何地，建立起某种联系。艺术家的批评是由作家自己进行的批评，作家对他们的艺术进行一番思索，在车间里研究他们的产品。"^②对这三种批评，蒂博代还有多种命名，比如"自发的批评"，又称为"口头批评""报纸批评""当日批评""新闻记者的批评""每日批评""新闻式的批评""专栏批评""沙龙批评"；"职业的批评"又称为"教授批评""学院批评""求疵的批评""雄辩的批评""纯粹的批评""历史的批评""哲学批评""道德批评""大学的批评"；"大师的批评"又被称为"寻美的批评""同情的批评""天才的批评""作坊的批评"。这些命名强调的

① ［英］科林伍德：《艺术原理》，中国社会科学出版社，1985年版，第3—4页。
② ［法］蒂博代：《六说文学批评》，生活·读书·新知三联书店，1989年版，第3页。

是各种批评不同的侧面，虽然不完全准确，但它们从总体上概括了三种批评的特征。

今天，无论是西方还是中国，文学批评都发生了很大的变化。首先，"文学批评"的概念发生了很大的变化，在蒂博代那里，文学史、文学理论和文学批评三者还缺乏理论上的区分，而到了20世纪50年代英美"新批评"产生以后，"文学史""文学理论"和"文学批评"三者便从理论上区分开来[①]，它们三者共同构成了我们现在所说的"文艺学"。这种区分被后来的文学理论所广泛接受，也为"五四"时期以后中国的文学理论所沿用，所以，本文所说的"学院批评"不包括文学理论研究，也不包括文学史研究。

具体就中国而言，蒂博代所说的"贵族沙龙批评"现在可以说完全不存在了。新闻记者的报纸批评——现在被称作"传媒批评"仍然存在，但它在整个文学批评中的地位已经大大降低，在现代报纸中，文学批评的空间已经变得很小，"每日批评"已经变成了一个遥远的梦。而且，批评的方式也发生了根本性的变化，轻松、活泼、幽默、趣味、个人感觉和阅读体验已经不再多见，取而代之的是介绍、政治定性、风格定位，且文风僵硬而死板。专门的文学报纸少之又少，其中的文学批评充满了政治和爱好的偏见，且学究气十足。

"职业的批评"已经不再限于大学，大学以外有很多专门的并且体制化了的文学机构，这些机构养活了一大批文学创作人员、文学管理人员、文学组织（编辑）人员，当然还有一批文学研究人员，而这些文学研究人员才是真正的"职业文学批评家"，他们以文学批评为业。

---

① ［美］韦勒克、沃伦：《文学理论》，生活·读书·新知三联书店，1984年版，第30—39页。

与他们相比，大学教师的文学批评反而变得有些业余，因为大学教师以教书为"天职"，学问上则以"研究"为正统，文学批评则为教书的附庸和文学"研究"的延伸，除了以当下文学为"专业"的大学教师之外，对于绝大多数大学文学专业教师来说，文学批评并非他们的本职工作。

在蒂博代的著作中，"求疵的批评"又可属于"大师的批评"范围，但在当代中国，它更属于"职业的批评"。在蒂博代那里，"雄辩的批评"是"职业的批评"的重要特点。所谓"雄辩"，当然具有理论上的意味，但蒂博代强调的主要是在语言的修辞学意义上，也即词语的优美和力量以及文风的轻松。而在中国当代的文学批评中，这恰恰不是学者的特点，而是作家的特点。所以，蒂博代所说的三种文学批评在当代中国实际上已经简化为两种文学批评，即"学院批评"与"作家批评"，并且在批评品格上泾渭分明。当然，所谓"学院批评"和"作家批评"，并不完全是由职业位置决定的，并不是说大学里的文学批评都是"学院批评"，作家协会里的文学批评都是"作家批评"，大学里也有"作家批评"，作家协会里也有"学院批评"。"学院批评"与"作家批评"的区分主要是根据批评的品格来决定的，大致来说，"学院批评"重理论研究，主要是一种理论形态；而"作家批评"则重实际研究，表现为一种实践形态。

反省这两种批评，我们看到，它们各有自己的优点和合理性，但同时又都存在着一定程度的不足，并且这种"不足"正是制约和妨碍中国当代文学和中国当代文学批评发展的重要原因。

二

"学院批评"的确具有"作家批评"所不具有的一些优点，表现为具有历史感和理论的深度，在表述上逻辑性强，周密、严谨，注意用词的分寸，材料丰富。一般来说，属于"学院批评"的批评家大多受过良好的理论训练，他们大多数是从大学本科到硕士再到博士一路读过来，他们对于中外文学史非常熟悉，特别是对属于文学专业的中国现当代文学史非常熟悉，他们大多数都系统地学习过西方文论史，这样他们在谈论批评对象时便有一个以理论为"横向"、以文学史为"纵向"的坐标，这种"坐标"非常有效地使他们的谈论具有学术性、规范性、知识性，甚至"权威性"。

但问题在于，文学史是发展的，文学是发展的，文学的发展必然导致新的审美观念和审美形态的形成。与文学的发展相辅相成，文学理论也应该发展和更新，并且新理论大多数是建立在旧理论基础上的，也就是说，它是在一方面吸收旧理论的合理性因素，另一方面又在克服旧理论缺陷的过程中建构起来的，所以，理论的"新旧"与时装的"新旧"具有完全不同的性质，把运用和借鉴新的理论简单地看作"时髦"，这是对理论的极大误解。而更重要的是，很多新理论也是在对新文学现象的解释和总结中建构起来的。在这一意义上，过分地重视文学的历史形态，过分沿袭过去旧有的文学理论以及文学批评方法，文学批评便会在不自觉中变得老化、滞后，用旧的批评标准来衡量新的文学，其趋势必然是厚古薄今，其结论必然是今不如昔。在旧的文学理念和旧的文学批评标准之下，反传统的新的文学几乎是先在性地必然会遭到否定、压抑，这是不证自明的。而文学的发展在于创新，文学批评的职责恰恰在于总结这种创新、扶持这种创新，当然也在于纠正创新过程中的某些不良倾向。而现实却是，有些"学院批评"已经严重丧失了文学批评的功能，不是帮助文学的发展，而是阻碍文学的发展，打击文学的创新。

对于我们的文学批评，很多作家干脆不予理睬，这其中的原因当然是多方面的，但一个很重要的原因就是我们的批评家并没有说到根本问题。文学创作已经发生了根本性的变化，但我们的批评家却还在用老一套话语进行言说，作家自己感到得意和满意的地方，恰恰是我们批评家不满意并批评的地方，批评家所肯定并提倡的东西恰恰是作家已经抛弃的东西，作家新的创造被批评家视而不见，作家写作中平庸的东西却被我们的批评家赞赏。作品对于作家来说就像孩子，对于写作他们虽然讲不出道理，但哪里写得好哪里写得不好，作家还是有感觉的。批评家所评论的和作家的创作实践之间存在着巨大的差异，文学批评根本就没有击中创作的要害之处，无论是说好还是说坏，都不能令作家信服，那作家为什么要买批评家的账呢？实际上，很多作家都是因为听从了批评家的"指点"和建议，结果写作越来越失败，其作品越来越不受读者的欢迎。杨沫的《青春之歌》初版本来很好，后来按照批评家的意见修改，结果却是越改越糟。姚雪垠的《李自成》第一卷本来写得很好，如果作家照这样写下去，《李自成》肯定不失为当代文学的一部杰作，但作家受批评家的影响，采纳了批评家的一些意见，结果越写越差，导致该书以成功开始以失败告终。批评家这种因为不正确的批评言论而"害了作家"的事，在当代文学中时有发生，在当下可以说正在频繁地发生。在这一意义上，批评家难道不应该做深刻的自我反省吗？

"学院批评"在当下最大的问题就是从理论出发而不是从文学实际出发，由此带来一系列的问题。比如，理论的陈旧、问题的陈旧，便会导致视野的狭隘，只看到了历史上的文学现象以及与历史现象非常相似的当代文学现象，而对新的文学现象视而不见，或者用旧的文学理论标准来评价新的文学现象，即把新的文学现象纳入历史的框架中评论，从而导致对新的文学现象的否定。一句话，在理论上过于执守传统和经典，常常会对当下的文学现象缺乏敏感性，特别是会导致对新的文学探索、新的审美意识和形态的麻木。

吕进是国内知名的新诗研究专家，在新诗文体学、新诗鉴赏、诗学理论等方面都有很大的贡献，他在总结 20 世纪 80 年代之前诗歌创作成就方面也做出很大的成绩。他自己也是一个诗人，有创作体验，这加强了他诗歌评论的影响力。2002 年他在《文学评论》上发表《二十世纪下半叶的中国新诗研究》①一文，这是一篇非常有分量的文章，对于"政治论诗学""新诗研究观念转变""新诗文体"等问题的阐述都很准确，也很有见解。但也有缺憾，那就是遗漏了"先锋诗论"，用陈仲义的话概括就是"对 20 世纪后 20 年 —— 新诗研究中最活跃部分的整体遗失"②。笔者认为陈仲义的分析是非常有道理的，他列举的事实恰恰构成了对吕进论文的补充。对于先锋诗以及相应的先锋诗论，我们可以有各种不同的看法，但先锋诗和先锋诗论这一事实本身却不能被否认。吕进长期关注诗歌和诗歌理论，相信他注意到了先锋诗歌和先锋诗论这些现象，笔者认为他不是疏忽了这些现象，而是有意忽略，而忽略的背后是诗歌观念和文学理论基础在起作用。我们可以把这看作是个人的诗歌偏好，看作是对诗歌的不同理解，但这

① 吕进:《二十世纪下半叶的中国新诗研究》,《文学评论》2002 年第 5 期。

② 陈仲义:《整体缺失：新诗研究的最大遮蔽 —— 与吕进先生商榷》,《南方文坛》2003 年第 2 期，第 44 页。

"偏好"和"理解"从根本上受制于理论。

　　作为学者，笔者认为我们应该时刻反思我们的理论基础，包括理论的合适性与不合适性、理论的优点与缺陷、理论是否在总体上已经过时、我们对理论的运用是否过于偏执或僵硬。我们应该关注文学理论以及相关理论的发展，并充分吸收这些新理论的合理成分，这不是赶"时髦"的问题，而是"与时俱进"。

　　与上面的情况相反，一些"学院批评"倒是很热衷引入西方新的文学理论，但又犯了另一种毛病，那就是一些新的文学理论在批评运用中又往往落入生搬硬套的极端。表现为，新的文学理论不是在精神上而是在形式上运用于中国当代文学批评，不是因为新的文学现象需要新的文学理论来阐释，而是引入的新的文学理论需要新的本土文学现象来证明从而能够为人们所接受，也就是说，新文学现象是为新文学理论服务的。我们的文学批评似乎不是在解决当下文学创作中的问题，而是在证明外来理论的普适性，新文学现象成了新文学理论的佐证材料，成了外来新文学理论的附会。笔者充分肯定当下一些"新潮批评"或"先锋批评"的合理性、探索性、理论建设性，但同时也注意到它们存在的问题，其中最根本的问题就是理论与实践的脱节、理论与实际在批评顺序上的本末倒置。

　　当代文学批评借鉴西方现代文学理论，比如后现代主义文学理论，这具有充分的依据，是合理的、积极的。事实上，它对于推动中国文学批评的发展、推动中国文学创作的发展都起了很好的作用，它发现了很多问题，对很多文学现象特别是新的文学创作现象进行了新的解释，对于建立新的审美原则具有推动性，但缺憾也是明显的。有些批评理论上头头是道，但和写作实际相差甚远。西方的文学理论有西方文化、政治、经济背景，有特殊的文学实践的基础，它主要是在西方文学创作实践的基础上建构起来的。我们承认文学具有某种共通性，但也必须承认中西方文学之间存在着巨大的差异。在差异的层面上，西方新的文学理论对我们的文学批评具有参考价值，但也有适用的限制。西方新的文学理论并不完全适用于我们的文学现实，生搬硬套西方新的文学理论来解释中国文学现象，就会方枘圆凿、无中生有、牵强附会、矛盾冲突乃至扞格不入。

现实是，有些"新潮批评"，一味地求新，对于西方的某些文学理论，也只一知半解，但却马上"拿来"，生怕别人抢了先。这不是结合实际灵活的运用，而是照搬照抄机械的运用；不是精神和原理上运用，而只是词句上运用，结果充满了缺乏限定和说明的怪异的词句。更令人生厌的是，有些"新潮批评"故弄玄虚，故意使语言含混、模糊，不知所云，故意使逻辑混乱，结果弄得大家如堕雾里，连学者们都看不懂。有的"新潮批评"完全与文学创作实际脱节，几乎近于"玩"批评游戏，批评在这个时候完全走向了自我封闭，成了圈子里的自娱和表演，既不是写给一般读者看的，也不是写给作家看的，而是写给同行们看的。这样，中国当代文学批评一方面是理论的泛滥，表现为各种西方文学理论纷纷引入中国并被迅速地运用到文学批评的实践中，另一方面则是很多文学现象并没有得到合理而有效的解释；一方面似乎是理论过剩，另一方面又似乎理论还不够。归结起来，还是我们的"学院批评"不够成熟，关键的问题则是理论的先入为主、理论与实践之间的本末倒置。

因此，文学理论既成就了我们的"学院批评"，也"害了"我们的"学院批评"。"学院批评"掌握了很多理论，但这些理论多是外来的，多是经过训练和学习而掌握的，并不是从文学批评实践中总结出来的，不是原创的。所以，对于"学院批评"，我们一方面应该发扬理论的长处，另一方面也应该克服其过分依赖理论的缺陷，吸收"作家批评"的长处。

<h1 style="text-align:center">三</h1>

从上面的分析中我们可以看到，"学院批评"中一个很大的问题就是对创作的不熟悉，批评过分依赖理论导致所谈论的问题只是理论上的，而与创作实际不符。而"作家批评"则相反。作家们对创作很了解，有创作经验或体验，他们能很好地描述创作过程，他们清楚地知道创作的艰难与辛苦，并且一眼就能看出作品"出彩"的地方，但他们对于文学创作的过程却不能进行理论上的解释；他们知道创作中哪些是好的，哪些是不好的，但说不出为什么好或为什么不好；他们对文学史不熟悉从而导致批评缺乏历史感，表现为他们对自己的创作以及别人的创作缺乏历史的比较和定位，有些作品并没有多少创造性，但他们却以为很有创造性，而有些作品真正具有创造性，但他们对其创造性却浑然不知；他们对自己很熟悉，对别人却很陌生，他们的批评代表了自己的一种经验，但却并不适用于其他创作，即他们的批评在理论上缺乏概括性；他们的批评主观性太强，往往以个人的爱好为批评的标准。

多年前，王蒙提出"作家学者化"的问题。王蒙主要是从写作的角度来谈论的，他说："靠经验和机智也可以写出轰动一时乃至传之久远的成功之作，特别是那些有特殊生活经历的人，但这很难持之长久。有一些作家，写了一部或数篇令人耳目一新、名扬中外的作品之后，马上就显出了'后劲'不继的情况，一个重要原因就是因为缺乏学问素养。光凭经验只能写出直接反映自己的切身经验的东西。只有有了学问，用学问来熔冶、提炼、生发自己的经验，才能触类旁通、举一反三，融会贯通生活与艺术、现实与历史、经验与想象、思想与形体……从而不断开拓扩展，不断与时代同步前进，从而获得一个较长久、较旺盛、较开阔的艺术生命。"①其实，作家没有"学问"，其弊端远非这些，它深刻地影响作家对生活、对社会的认识，从而制约作家作品的深度和影响力。中国现代文学史上的大师级作家，如鲁迅、郭沫若、茅盾、巴金等，他们都是学贯中西、具有深刻思想的人，这正是他们成为大师的重要原因。反过来，缺乏深厚的学术修养，缺乏深刻的思想，正是当代中国缺乏大师级作家的重要原因。作家没有"学问"，更会深刻地影响其文学批评，主要表现为批评没有理论性，他们对作品的批评往往是现象罗列、读后感、创作谈，停留在写作的层面上，而不是纯正的作品细读，缺乏理性的分析，缺乏理论的发现，缺乏思想的挖掘，缺乏艺术的总结和审美性的归纳，在结论和具体论证上缺乏逻辑的严密性、全面性，总体上表现出"浅"的特点，并且不能对批评进行准确的历史定位。

王朔对当代文学的贡献不可磨灭，他以"异类"的方式进入文坛，给当时的文坛带来一阵骚动和震荡。他的创作别具一格，具有很大的创造性，很受一般读者的欢迎。他的反崇高、消解严肃、幽默、调侃等都对当时的文学观念和审美风尚造成了巨大的冲击，对于推动中国当代文学的发展具有重要作用。王朔也涉猎文学批评，并且一时也很引人注目，值得在此略加评述。

---

① 王蒙：《一个值得探讨的问题——谈我国作家的非学者化》，《文学：失却轰动效应之后》，人民文学出版社，2003年版，第92页。

首先要说的是，王朔的文学批评也有他的一些优点，并且这优点还很特别，不是一般人能学到的。这优点大略说来就是很机智，既表现为发现的机智，又表现为表述的机智。他很聪明，这种聪明既表现在写作方式上，比如他很善于选择批评的对象，对于具体的批评对象，他知道该从什么角度去批评，既能批评又能把握分寸；更表现在悟性上，对于文学的悟性王朔可以说是少有的"天才"，这不仅表现在创作上天生会讲故事，天生有语言感觉，也表现在文学批评上，他并没有系统地学习过文学理论，却无师自通，看问题有时能一针见血，能说到要害。"谎话说多了便成了真理"，文学理论中有很多结论其实都是话语建构，即谎话性的"真理"，王朔的可取之处就在于他不相信一些人云亦云的文学信条，而是从个人体验出发，因而有很多发现也反映了他的独立思考。因为上面所说的两个特点，王朔的批评很轻松，很幽默，可读性很强。

　　但王朔的文学批评存在的问题也非常明显。比如，每当涉及复杂的理论问题、思想问题、文学史问题，王朔的思考便捉襟见肘，常常是错误的，且错误很低级。他常常按日常情理来讲高深的学术问题，因此犯错误就在所难免，因为学术根本就不是一种情理性的东西。比如，他在金庸前加上"专写古代犯罪小说"[①]的定语，虽然调侃不失风趣，但却暴露了他对于武侠小说的无知，也反映了他文学爱好的偏狭。王朔的小说有独特的艺术魅力，而支撑其小说艺术的是王朔的审美理念。以自己的审美理念和艺术追求为标准来否定其他审美理念和艺术追求，非常无理，正如用传统的"高大全"标准来否定王朔一样无理，

---

① 王朔：《为海岩新作〈海誓山盟〉序》，《王朔文集·随笔集》，云南人民出版社，2004年版，第8页。

这反映了王朔不谙文学之基本原则。王朔批评金庸："就《天龙八部》说，老金从语言到立意基本就没脱旧白话小说的俗套。老金大约也是无奈，无论是浙江话还是广东话都入不了文字，只好使死文字做文章，这就限制了他的语言资料，说是白话文，其实等同于文言文。"①金庸小说的语言的确算不上优美，可以批评，但却不能这样批评。这番评价一下子就显出了王朔的"没文化"，反映了他对于现代文学"老祖宗"们的不熟悉，所以金庸反唇相讥："不过单说金庸不行，已经够了，不必牵涉到所有的浙江人。……白话文写得好的浙江人，好像也不少。鲁迅周作人兄弟、蔡元培是绍兴人，郁达夫是富阳人，茅盾是桐乡人，俞平伯是德清人，徐志摩是海宁人，夏衍是杭州人……"②可以说逮了个正着。

如果说王朔对金庸批评的主要问题还只是文学偏见和文学知识问题的话，那么，王朔对鲁迅批评的错误则完全是因为他缺乏必要的文学理论的训练，一句话，他不懂鲁迅。他认为鲁迅的小说并不好，"苍白""食洋不化""概念化""游戏"，没能力写长篇小说。"我认为鲁迅光靠一堆杂文几个短篇是立不住的，没听说有世界文豪只写过这点东西的。""一个正经作家，光写短篇总是可疑，说起来不心虚还要有戳得住的长篇小说，这是练真本事……""在鲁迅身上，我又看到了一个经常出现的文学现象，我们有了一个伟大的作家，却看不到他像样的作品。"③一句话，在王朔看来，鲁迅不是一个伟大的作家，没有"真

① 王朔：《我看金庸》，《王朔文集·随笔集》，云南人民出版社，2004 年版，第 137 页。
② 金庸：《浙江港台的作家——金庸回应王朔》，廖可斌，《金庸小说论争集》，浙江大学出版社，2000 年版，第 11 页。
③ 王朔：《我看鲁迅》，《王朔文集·随笔集》，云南人民出版社，2004 年版，第 124 页。

本事"。此外，王朔还对鲁迅思想的深度和人格提出了质疑。当然可以批评鲁迅，包括对其精神和人格上的批评，但不能这样批评。从王朔的文章来看，王朔对鲁迅的了解和认识来源非常可疑，小学课本（应该还有中学课本，因为王朔是读过中学的）、儿时的印象、朋友的聊天（并且很多是商业上的朋友、"吃吃喝喝"的朋友）、根据鲁迅的作品改编的电影……他是否系统地、认真地读过鲁迅的作品，是非常值得怀疑的。他并没有认真地读金庸的作品，就对金庸妄加评论，对于鲁迅，他未尝不可以如法炮制。

王朔对鲁迅下的很多结论，其实是没有必要认真辩驳的，不能太计较。但笔者这样说，并没有轻视和否定王朔的意思，恰恰相反，笔者是非常喜欢王朔写的小说的，对于他的批评，笔者也给予一定的肯定，但是，仅凭生活积累以及感觉和悟性可以写好小说，可以成为有名的作家；仅凭生活积累、创作经验以及感受和悟性却绝不能写好评论，绝不能成为一个优秀的批评家。成为一个真正合格的批评家需要很多条件，包括对文学作品的良好感觉、欣赏水平，特别是理论上的能力。而理论上的能力非一日之功，也绝非聪明能解决，它需要长期的训练和积累，需要系统地学习。"作家批评"一个普遍存在的缺点就是理论学养不足，导致批评缺乏深度。这不是王朔一个人的问题，而是普遍存在的问题。

笔者很喜欢《白鹿原》，看小说时，笔者认为作家在写作时一定对很多问题思考得非常深刻，作家对文学的理解也一定非常独到，对作品一定经过了一番精心构思。从作品中我们看到，《白鹿原》气势宏大，写出了中国社会复杂的阶级关系、阶级意识和阶级斗争，表现出人性深度。它反映了深层的中国传统道德与人性的冲突与矛盾，揭示了中国社会的某种内在张力。它对中国文化的反映是全面而丰富的，特别是对中国传统文化结构的剖析深刻而细致，表现出一种强烈的文化自觉意识。它还反映了 20 世纪中国新旧文化的激烈冲突与斗争，带有浓厚的传统文化理想主义色彩，是一部"史诗"性的作品。但读完作者的《陈忠实创作申诉》，笔者又感到深深的失望，陈忠实无论是对于文学的理解，还是对于社会、历史、文化的理解，都比小说所表现出来的要浅得多，甚至让人不敢相信这些创作谈和评论就是他写的。当他说他为了写这部小说而去看《中国近代史》时[①]，笔者感到很惊讶。因为具有深厚的生活积累，他的小说是成功的，但批评却是失败的，失败的根本原因就在于他并不具备批评家的理论素养，因而面对批评对象时他讲不出什么道理。据说贾平凹拙于言辞，但笔者认为，在描述、叙述、讲故事方面，贾平凹不会"拙"，恐怕真正"拙"的是理论的表达。理论上的"拙"正是当今"作家批评"普遍存在的问题。

中国当代文学批评可以明显地划分为"学院批评"和"作家批评"两种类型，并且两种批评在品格上泾渭分明，这与当代文学的格局以及文学理论的学科化历程有很大的关系。其实，现代文学阶段并不如此，那时的作家多是学者，做文学研究的学者也作家化，但到了当代却严重分化。当代文学创作与文学研究走的似乎是两条不同的路，从事的似乎是完全不相干的工作，文学研究走的是大学之路、学术之路，被纳入大学和研究所机制，学者对文学的知识和理解主要是通过文学理论教育和文学史的教育获得的。文学创作走的是实践之路，被纳入了行政机构，归作家协会管理，作家对文学的理解和知识主要是通过文学创作实践的摸索以及对经典文学作品的体验和感悟而获得的。而

---

① 陈忠实:《关于〈白鹿原〉与李星的答问》，《陈忠实创作申诉》，花城出版社，1996 年版，第 15 页。

文学批评则分属于这两种体制，"学院批评"属于大学体制，"作家批评"属于作家协会体制。学者多是通过大学教育的方式训练出来的，他们对文学理论的感觉远好于他们对文学作品的感觉。而作家则是从社会生活中成长起来的，是文学创作实际成就出来的，他们没有进行过系统的文学理论训练，或者说这种训练与他们的创作之间并没有多大的关系。

正是因为如此，"学院批评"与"作家批评"在批评上表现出两种完全不同的品格。20世纪90年代之后这种分裂状况虽然有很大的改善，但并没有根本性的变化。笔者认为，要提升中国当代文学批评的水平，需要改变目前的状况，一方面要改变文学教育状况，应该重视学者的文学感受的培养；另一方面要改变作家的状况，特别是要提高他们的理论素养。

提倡"唱反调"的文学批评

———— ◎ ————

"唱反调"有有意刁难、无理取闹的意味，还有哗众取宠的意味。所以，在当代中国，"唱反调"的文学批评是一种很不受欢迎的文学批评。但笔者认为，"唱反调"的文学批评对于克服和纠正文学批评的不正之风，促进文学创作的健康发展，具有重要的意义。"唱反调"对于文学批评来说其实是一种很好的品质。当代中国文坛特别需要"唱反调"的文学批评。

法国批评家蒂博代把"唱反调"的文学批评称为"求疵的批评"。在蒂博代的描述中，"求疵的批评"是下定决心要挑出作品的毛病，不挑出毛病就好像显得批评家没有水平或者没有学问似的。蒂博代引用了伏尔泰的一段话："我们看到，在致力于文学发展的现代国家里，有些人成为职业批评家，正像人们为了检查送往市场的猪是否有病而设立了专门检查猪舌头的人一样。文学猪舌检查者没有发现一个健康的作家。"① 但中国当代的文学批评则完全相反，在中国文学批评家的笔

———————————

① 蒂博代：《六说文学批评》，生活·读书·新知三联书店，1989 年版，第 33 页。

下，似乎没有一个当代的作家不是文学大师，似乎没有一部作品不是优秀的作品，似乎每一位作家以及他的每一部作品都可以进入文学史的经典行列。文学"批评"完全变成了文学"表扬"，变成了文学的歌功颂德，变成了人际交往的工具。文学批评对于很多文学批评者来说，不是出于对文学的责任，不是出于对文学本身的热爱，不是出于追求真理的信念，而是谋生的手段。既然文学批评是"谋生的手段"，那么，最大限度地利用"文学批评"这种职业来谋取利益便成为顺理成章的事。从这种人际关系和物质利益出发，"作揖主义""好好主义"便成为中国当代文学批评的普遍现象。其结果是，既损害了文学创作，也损害了文学批评本身。中国当代文学批评为什么缺乏活力？为什么没有重大的理论建树？为什么没有影响广泛的文学批评大家？为什么没有产生文学大师？应该说，这与文学批评本身的未尽职责有很大的关系。

现在看来，中国现代文学之所以取得辉煌的成就，产生了那么多优秀的作家，创作了那么多经典作品，原因当然是多方面的，但批评的监督作用功不可没。概括起来，文学批评无非是两种类型：一是表扬，即对某些文学现象的肯定和正面提倡，对某些探索的鼓励，对某些新的具有艺术性的文学的发现并指出它的艺术性所在；二是批评，即对某些不健康、错误、鄙俗、有损艺术声誉的文学现象的批评，对文学创作中重复、抄袭、知识错误以及不道德现象的揭露。前者是肯定，后者是否定。肯定和提倡、扶持新人等固然重要，但批评和揭露文学创作中的不良现象也同样重要。中国现代文学批评健全性的一个很重要的表现就是它既具有肯定性的批评，又具有否定性的批评。而"唱反调"的批评或"求疵的批评"就是否定性批评中的一个很重要的类型。

实际上，"唱反调"的批评或"求疵的批评"在中国现代文学史上是一种非常广泛的文学批评现象。在中国现代文学史上，没有谁是不可以被批评的，没有哪一位著名的作家是没有被批评过的，不敢说每部（篇）经典作品都被批评过，但至少可以说绝大部分经典作品都被批评过，并且越是名家，越是名作，就越容易被批评。在中国现代文学史上，鲁迅的名气是最大的，文学成就是最高的，地位也是最高的，是公认的世界级的文学大师，毛泽东称赞他是中国现代的"圣人"。但鲁迅恰恰遭受的批评最多，从林纾、章士钊、陈源到苏雪林，从文化名人到无名小卒，从封建顽固派到封建复古派、新文化运动的右翼，再到激进的"左翼"，我们能列出一长串的名单。鲁迅的《呐喊》是中国现代小说的奠基之作，更是公认的中国现代小说名作，但却遭到成仿吾的激烈批评。成仿吾明明知道鲁迅"是万人崇仰的人，他对于一般青年的影响是很大的"，明明知道鲁迅"名闻天下，门人弟子随处皆是"，可他就是要"干众怒""吹毛求疵"，就是要和普遍的"共识""唱反调"。在成仿吾看来，"《狂人日记》很平凡；《阿Q正传》的描写虽佳，而结构极坏；《孔乙己》《药》《明天》皆未免庸俗；《一件小事》是一篇拙劣的评论；《头发的故事》亦是随笔体；惟《风波》与《故乡》实不可多得的作品"。①郭沫若更大骂鲁迅"他是资本主义以前的一个封建余孽""是二重的反革命的人物""是一位不得志的 Fascist（法西斯）"。②这已经不是"求疵"，而近于人身攻击了。

　　历史自有公论，现在看来，成仿吾和郭沫若的批评在观点和看法上是错误的，原因在于他们的文学观过于偏狭，他们并没有真正理解

---

①　成仿吾：《〈呐喊〉的评论》，《创造季刊》第二卷第二期（1924年1月），"评论"部分第4页。

②　郭沫若：《文艺战上的封建余孽——批评鲁迅的〈我的态度气量和年纪〉》，《创造月刊》第二卷第一期（1928年8月），第149—150页。

鲁迅和鲁迅的文学创作。但他们批评鲁迅，这本身并没有错。过去很长一段时间里，凡是批评过鲁迅的人，不管其批评是错误的还是正确的，一律都遭受人身的打击和政治上的迫害，这是非常荒谬的。郭沫若批评鲁迅是"法西斯"，但政府并不因此就把他抓捕起来；梁实秋说鲁迅"领卢布"，这是绝对的不怀好意，是"政治构陷"，所以鲁迅非常生气，但当时国民政府也没有因此把鲁迅当作亲近共产党者。这说明当时的文学批评环境是正常的。在这种正常的文学批评环境里，笔者认为什么都是可以批评的，至于批评的正确与错误则由批评者个人负责，所谓"文责自负"是也。所以，不仅郭沫若、成仿吾批评鲁迅应该被容许，其他一切对鲁迅的批评都应该被容许，这些批评不仅不会损害鲁迅的伟大，反而会成就鲁迅的伟大。对于批评，鲁迅一方面是反批评，并在反批评的过程进行正面的建构，鲁迅杂文中很多精彩的篇章都是属于这种反批评性的建构；另一方面，面对批评，鲁迅常常会自觉地反省自己，反省使他不断学习，也不断进步，比如鲁迅就是在和"左翼"文人的争论过程中读了很多苏联的文艺理论著作，这些理论对于鲁迅文学思想的全面性有很大的帮助。同时，批评也使鲁迅非常慎重地对待他的写作，保持严谨，尽量不给论敌留下把柄。从长远的效果来看，批评对于鲁迅来说是一件好事，试想，如果没有批评，鲁迅还是现在的鲁迅吗？我们过去讲鲁迅，认为其最重要的品格之一就是"战斗性"，而"战斗性"不正是在批评的过程中逐渐形成的吗？

事实上，中国现代文学史上的著名作家绝大多数都曾被批评，鲁迅是这样，郭沫若也是这样。沈从文曾专门写过一篇《论郭沫若》的文章，这也是一篇"唱反调"的文章。沈从文认为，"郭沫若小说并不比目下许多年轻人小说更完全更好""他不会节制。他的笔奔放到不能节制"。不能节制便是"废话"，"所以看他的小说，在文字上我们得不到什么东西"。由"节制"他还捎带性地批评茅盾："在国内作者中，文字的挥霍使作品失去完全的，另外是茅盾。"他批评成仿吾是"雄赳赳的最地道的湖南人恶骂"。沈从文对整个创造社的批评可以说是非常尖锐的："创造后出，每个人莫不在英雄主义的态度下，以自己生活作题材加以冤屈的喊叫。到现在，我们说创造社所有的功绩，是帮我们提出一个喊叫本身苦闷的新派，是告我们喊叫方法的一位前辈，因喊叫而成就到今日样子，话好像稍稍失了敬意，却并不为夸张过分的。"①现在看来，这话太苛刻了，并且对错参半。

沈从文的批评有错误，其主要原因是他从自己的艺术爱好出发，以自己的文学标准为一切文学的标准，属于典型的"作家批评"，是一种排斥异己的批评，有一己之见，却失之片面。但笔者仍然要为沈从文辩护，其实这是正常的批评，对于作家来说，从自己的创作经验出发，从自己对文学的理解出发，这是可以理解的，也是不可避免的。更为根本的是，这种文学批评对于整个文学事业来说，可以说是有益无害的。对于郭沫若和创造社的一些成员来说，这可以说是一种提醒，他们应该意识到"喊叫"在小说创作包括诗歌创作中的缺陷。沈从文的批评不会使郭沫若从根本上改变文学信念、改变创作方式，但它或多或少会对郭沫若有所影响，这对于郭沫若创作在情感上的"节制"应该说是有帮助的。

中国现代文学史上，不仅个人与个人之间的相互批评是一种普遍的现象，流派、社团之间的相互批评也是一种很普遍的现象。大的方面，保守主义、激进主义和自由主义之间存在着争论和批评；小的方面，保守主义、激进主义和自由主义内部又有分歧和争论。所以，中国现代文学史上，流派众多，社团林立，文学理念、风格各异，因而

---

① 沈从文：《论郭沫若》，《沈从文全集》第16卷，北岳文艺出版社，2002年版，第155—156页。

批评和论战比比皆是。新文学派与林纾之争、与学衡派之争、与甲寅派之争、与鸳鸯蝴蝶派之争，"左翼"文学派与"新月派"之争、与"自由人"和"第三种人"之争、与论语派之争，文学研究会与创造社之争，京派与海派之争，语丝派与现代评论派之争，"两个口号"之争，周扬与胡风之争，关于大众语文之争，关于现实主义之争，关于民族形式之争，等等，这些都是中国现代文学史上非常有影响的争论。

纵观中国现代文学批评，我们看到，批评者的动机各种各样，有纯粹的文学爱好、文学信念、文学观念的不同，有文化的原因，有政治的原因，还有个人的私怨以及文人间几乎与生俱来的"相轻"。批评的程度也不一，有的激烈，有的温和。批评的水平也参差不齐，有的有很高的理论水平，虽然最终看来未必正确，但必须承认它讲得"有道理"；有的只是一种态度，甚至连"观点"都称不上；有的则纯粹是个人攻讦，属于杂音。但总体上，我们不能不说，这些批评对于中国现代文学和文学理论的建设与发展作用是巨大的，不仅丰富了中国现代文学，更重要的是使中国现代文学充满了生机、创造力和活力。在争论中明辨是非，在批评中建构理论，文学和文学理论正是在这种批评中相互竞争、相互促进，从而出现了繁荣的局面，出现了一大批优秀的作家和作品。

但反观中国当代文学批评，我们甚至可以用"死气沉沉"来形容。没有性格鲜明的文学流派，没有具有独立艺术主张的文学社团，没有真正艺术观念之间的交锋。文学批评似乎变得高度统一，理论模式统一，文学观念统一，批评模式统一，批评标准统一，甚至批评的文风都非常接近。文学批评和争论大多是"艺术内部矛盾"，既没有艺术原则上的分歧，也没有艺术观念上的根本分歧，实际上是站在同一平台说话，不同的观点是极为少有。有些文学观点表面上看来是尖锐的对立，但内在上却惊人的一致。很多争论都不是艺术观念上的根本分歧，而是鸡毛蒜皮的个人恩怨和个人趣味。对于某一部作品，大家不用通气就会有共同的看法，并且评价的优劣标准和具体内容都是一样的。批评家与批评家之间太和气，批评家与作家之间太客气。大多数的批评文章都是挑好的说，尽量往好处说，最后提点缺点作为点缀以示公正。当今文坛上可以说充满了吹捧性的批评、"肉麻"的批评。批评家的诚信度已经大大降低，读者已经不再相信批评家，作家也不再相信批评家。

在当代中国，"唱反调"的批评或者"求疵的批评"可以说是"久违"了，已经变得非常稀有。"从众"成为当代文学批评的"集体无意识"。如果大家都说某个作家好，有一位批评家跳出来说这个作家不好，那么这个批评家肯定会遭到冷遇甚至嘲笑、讥讽。如果批评家仍然坚持己见、一意孤行，就会遭到孤立甚至围攻，就会被排挤在文学批评圈之外，成为"另类"。另外，行政干预、半行政干预和其他非文学批评方式的干预仍然时有发生，这不仅使批评者有精神上的压力，也使发表批评文章的报纸杂志有行政上的压力。对于批评，作家们有着太多的误解，太过于敏感，太害怕批评，太承受不起批评包括不正确的批评，有"草蛇症"或"惊弓症"，以为批评就是批判，就会遭来"杀身之祸"，就会身败名裂，就会从此抬不起头来。还有很多作家在"否定"的意义上来理解"批评"。因此，批评家在评论时，无论是对人还是对己，都非常小心谨慎，尽量以和为贵。

其实，今天的文学批评环境虽然不能说绝对宽松，但批评家自由表达文学观念哪怕是错误的观念还是被容许的，文学批评家不会因为文学观念错误而遭受人身自由方面的压力和限制。王朔曾经批评鲁迅，认为他没有"真本事"[1]，因而不是一个伟大的作家。这其实也是一种典

---

[1]　王朔：《我看鲁迅》，《王朔文集·随笔集》，云南人民出版社，2004年版，第124页。

型的"唱反调"的批评。王朔的批评让很多人惊慌、愤慨,因而大加挞伐,一时间甚至成为一个热门话题。王朔的批评引起了那么多的议论和关注,这实际上反映了中国当代文学批评的不正常。对于王朔的批评,笔者绝对不同意他的看法,王朔实际上没有真正理解鲁迅,而且笔者认为就目前王朔所达到的艺术和思想的深度来说,他也不可能理解鲁迅,在这一意义上,王朔对于鲁迅的批评实际上是没有必要认真对待的,也是不值得一驳的。但笔者又极力为王朔的批评辩护,王朔有他表达观念的权利和自由,并且有表达不正确观念的权利和自由,当然王朔也必须承担表达不正确观念的责任,必须承担文学批评因学问素养不够而给他带来的声誉上的后果。王朔针对鲁迅批评的意义不在于具体的观念,而在于批评本身,在今天,敢于批评鲁迅,敢于对鲁迅提出不同的意见,这就是王朔的了不起之处。

鲁迅生前遭受到那么多人的批评,且批评者中不乏名人,包括政治名人、文化名人,这么多批评都没能扼杀或摧毁鲁迅,反而使鲁迅的形象越来越高大,难道王朔的批评就能撼动鲁迅的地位吗?如果王朔这样的批评都能使鲁迅的形象受损,那鲁迅还是鲁迅吗?所以,对于中国当代文学批评来说,关键不在于如何批评鲁迅,而在于鲁迅是否可以被批评。鲁迅可以被批评,这才是正常的批评。"唱反调"的批评的意义更在于监督作家、激励作家、帮助作家。鲁迅已经远离我们而去,现在的批评不会对鲁迅本人有影响,也不会从根本上改变鲁迅。但对于当代作家来说,批评的作用和意义不同,批评将使作家慎重对待自己的写作。当今文坛,低水平重复的作品比比皆是,模仿成风,抄袭时有发生,这其实是文学批评的严重失职。对于某些偷懒的作家,对于某些自我感觉过于良好的作家,对于某些心术不正的作家,尤其需要进行尖锐和深刻的批评。

最近读了李建军的《时代及其文学的敌人》①一书，对于他的很多观点，笔者都不同意，认为其中明显具有某种偏执性，主要体现在他对于贾平凹的批评和对于先锋文学的批评。老实说，笔者不同意他关于《废都》和《怀念狼》的总体评论，也不同意他对于贾平凹后期创作的基本估计和定位，贾平凹的创作当然存在着某些问题，包括知识方面的问题，即我们通常所说的"硬伤"，但他作为中国当代文坛大家的地位是不能否定的，他是中国当代少数的几位重量级作家之一。从《废都》到《怀念狼》，贾平凹在创作上有很大的变化，这种变化不是退步了，而是进步了，在艺术上更成熟了，在思想上更加丰富了，从而具有了立体感和深度，表现了更多的探索，具有了更多的现代性意味，也更加耐读。当然有些尝试和探索富于争议，无论是出于某种现实的原因，还是出于艺术的原因，这都是可以理解的。笔者认为李建军批评贾平凹的标准过于传统，有过多的个人艺术爱好和个人艺术趣味的成分在里面。

　　但对于李建军的坦诚、大胆、勇气、探索，不怕得罪人，笔者又怀着一种深深的敬意；对于李建军对当代文坛的忧虑，对文学批评的执着、倾尽心力，也同样怀着深深的敬意。笔者非常欣赏李建军的这种"直谏式"的批评，当代文坛需要这样一种尖锐的批评，这无论是对于文学批评本身还是对于文学创作都是一件好事。李建军的文章很有气势，富于感染力，文笔也很优美。他提出了很多重要的问题，很多描述都符合当代文学的创作实际，他的很多批评也是一针见血的，值得我们深思。

　　趣味无争辩，笔者本人比较喜欢贾平凹的小说，但这不构成反对别人不喜欢贾平凹的理由。的确，趣味不同，爱好不同，理论基础不

---

① 　李建军：《时代及其文学的敌人》，中国工人出版社，2004 年版。

同，批评标准不同，对于作家和作品的评价肯定也会有很大的差异。更进一步，对于贾平凹来说，由于他的创作在艺术风格、思想主题、表现手法等方面都有很大的变化，因此对于他不同时期的创作肯定会有不同的评价。其实，不只评论贾平凹是这样，对大多数作家的评论都存在这一问题。在这一意义上，笔者虽然不同意李建军对于贾平凹的总体评价，但充分尊重他的观点，特别是尊重批评本身，这是批评家的权利和职责。这是正常的批评，我们应该保护这种批评。对于贾平凹这样知名的作家，过去的批评缺乏尖锐性，这恰恰是不正常的。作家本人也应该对这种批评抱着善意，也应该理解这种批评。

就像政治需要监督一样，文学也需要监督。政治如果没有监督就会出现腐败，文学如果没有监督同样也会腐败。文学的腐败不同于政治的腐败，主要表现为作家在文学精神乃至整个人文精神上的堕落，甘于平庸，不思进取，小有成绩便沾沾自喜、自满自得。防止文学的腐败，文学批评则是最重要的监督方式之一，而"唱反调"的文学批评作为文学批评中的"反对派"，其监督性尤其不可或缺，无论是对作家来说还是对文学批评本身来说，它都是一种监督。为什么那么多作家敢粗制滥造，甚至抄袭？这与文学批评缺乏有效的监督有很大的关系。"唱反调"的文学批评意义和作用是双重的，对作家及其文学创作是一种制约、激励和压力，对文学批评本身则具有反思性和挑战性。在中国现代文学史上，吹毛求疵、挑毛病可以说是普遍的现象，只要能言之成理，便可以得到认可，便可以获得声誉，便可以流传，这可以说是社会对这种"唱反调"文学批评的一种奖励，这种奖励的作用之一便是促进文学的繁荣。

中国当代作家在作家的层面上可以说过得太轻松了，也太容易了，只要写出几部甚至几篇像样的作品就能出名，就能成为知名的作家。

有的作家，甚至根本就没有像样的作品，却莫名其妙地成了"知名作家"。中国的作家，一旦出名便会终身受益。在中国，从事文学事业的人很多，但却缺乏激烈的竞争，不管什么人，似乎只要愿意，就可以在文学这个行当里"混饭吃"，所以，文学界实际上充斥着"闲人"。

中国当代文学整体上还非常落后，缺乏大师级的作家和具有广泛影响力的艺术精品，所以，中国文学发展要达到世界先进水平，还需要不断地努力。但现实却是，我们的作家整天生活在自得之中，生活在社会的恩宠之中，自我感觉良好的作家太多了，他们没有艺术精神上追求创造这一层面的痛苦，他们对人类社会的痛苦缺乏敏感度，更不能承载社会的痛苦。他们在思想上缺乏先觉性，非但不是"先知先觉"，简直就是"后知后觉"，因为他们不是走在时代思想的前面，而是走在时代思想的后面，中国当代文学可以说充满了思想上的"媚俗"。在我们的某些作家和批评家的意识中，似乎到处都是文学大师，似乎每个作家都是大家。

中国当代文学的这种"不争气"状况与中国当代文学批评的过于温和有很大的关系，作家们缺乏深刻的思想，缺乏进取的精神，提倡享乐主义，不愿意读书，不愿意学习，知识储备严重不足，这种现象在一定程度上也是我们的文学批评家太客气或者说姑息迁就所致。我们的文学批评家并没有尽到批评的责任。对于那些陈旧的艺术观念、重复性的创作、没有创造性和新鲜意义的创作，我们的文学批评家不敢批评。生活中的和气和团结是好事，但文学批评上的一团和气绝对不是好事，中国当代的文学批评太客气了，太一团和气了。一味地表扬，对作家和整个中国文学事业都是不利的。中国当代文学需要尖锐的批评，需要"唱反调"的批评。当今中国无论是政治环境还是文化环境，都为避免这种"唱反调"的文学批评滥用提供了保障。

重建当代文学审美批评

————— ◎ —————

按照韦勒克、沃伦的划分，文学研究包括文学理论、文学史和文学批评三个既相互联系又相对独立的组成部分。[①]就当今中国文学研究而言，文学理论和文学史相对成熟，文学批评则相对薄弱。而在文学批评理论与实践中，审美批评理论和实践又相对薄弱，这其实是中国当代文学批评落后的一个很重要的原因。

那么，中国当代文学批评究竟是一种什么样的状况？为什么要提倡审美批评？又如何建构中国当代文学的审美批评体系？本文主要论述这三个问题。

一

笔者认为，中国当代文学批评总体上很落后，表现为理论体系不完备、不稳定，学术界对文学批评缺乏充分的研究，也缺乏基本的共

---

① [美]韦勒克、沃伦：《文学理论》，生活·读书·新知三联书店，1984年版。

识。文学批评家人数相对较少，文学批评家的理论素养和批评素养总体不高，没有大批评家。文学批评的影响有限，作家对文学批评不信服甚至不屑，文学史研究和文学理论研究也对文学批评成果不信任、不认同。文学批评家总是从头做起，重新解读任何一部"经典"作品，而不是把研究建立在文学批评的基础上。

造成中国当代文学批评落后的原因当然是多方面的，其中高校文学教育体制就是一个很重要的原因。在高校文学课程中，各种文学史和文学理论是基础课，比如中国古代文学史、中国现当代文学史、外国文学史、文学概论、美学等都是中文学科的核心课程，也自然形成各种研究方向。而文学批评甚至连选修课都不是，仅在文学理论和美学中略有所涉猎。高校文学教育从本科阶段开始就基本上是学术化的，而硕士生培养更是重视学术研究，文学硕士生教育主要是培养文学研究的学者，而不是培养文学批评家，也可以说，文学硕士生教育主要是培养学生的学术研究能力而不是批评实践能力。这样，中国当代文学研究的状况就是：一方面，文学史研究、文学理论研究队伍庞大、人才济济，多数人都是经过严格的学术训练培养出来的，并且良性循环，还有一个庞大的潜在性队伍，因而文学研究和文学理论研究相对成熟，成就也特别大；而另一方面，文学批评队伍弱小，且是由"学院批评""媒体批评""作家批评"混合而成。

虽然，"学院批评"越来越成为文学批评中最重要的力量，他们之中大多数人都有很高的学历，也可以说有很高的学问素养，是很大的一股力量，但这些人很多都是半路出家，并没有接受严格的文学批评的学术训练，并且多数是学术之余兼作文学批评。与作家协会的理论机构不同，在大学中文专业中，文学研究在人们的意识中实际上是分层的，古代文学是最纯正的学术，其次是文学理论和现代文学，再次是当代文学，最后才是非常边缘化的文学批评，倒不是人们瞧不起文学批评，而是文学批评在学科上很不成熟，缺乏充分的积累和建树。而研究机构的文学批评和媒体的文学批评就更糟糕，无论是学术训练还是专业知识都非常欠缺，其反应的迟钝以及批评上的浅薄与当代文学创作的繁荣构成巨大的反差。事实上，中国当代文学批评的地位非常尴尬，处境艰难，作家不买账，文学理论和文学史研究界也不买账，因为它既不真正切中当代文学的创作实际，也不能为文学史研究、文学理论研究提供有效的帮助和借鉴，文学批评圈实际上是一个封闭的小圈子，不过是自说自话、自得其乐。在这种条件下，中国当代文学很多重要的作品和现象都没有得到真正的批评，当代文学批评很少提出真正有价值的理论问题，对中国当代文学的评价和定位很不准确，也可以说对有些作品的高度评价和对有些作品的忽略或贬损是极不负责任的，所以，中国当代文学批评的功能最后都是由文学史研究来补充的。我们可以看到，当代文学史研究一个很重要的工作就是"重读"作品，"重读"被遗忘的作品，"重读""经典"作品，作品的优劣、作品真正的价值等最后还是得由文学史来鉴别和完成。

事实上，当代文学批评缺乏有效的组织，也缺乏基本的定位，面对复杂的文学现象和众多的文学作品，批评家们似乎手足无措，不知道什么是重点什么是非重点，不知道先做什么后做什么，不知道应该从什么地方下手来展开文学批评。批评家们缺乏足够的学术和批评的训练，对于新的文学现象和文学理论问题缺乏敏锐度，对于作家、作品和文学现象，他们的评论缺乏真知灼见，有时过于肤浅，有些批评其实就是一般性的阅读感受，并不比普通读者的阅读感受高明和独特。甚至，我们经常可以看到一些不负责任的文学批评，极度地抬高某些作家或作品，或者恶意地攻击某些作家和作品。有些批评泛泛而谈，空洞无聊，不着边际，题外话太多，简直是"放之四海而皆准"，从行文来看，根本就没有读所评论的原著，至少是没有认真读过。很多批评家缺乏基本的批评原则和标准，他们满足于话语权力和操作权力，比如热衷于评奖，热衷于文学批评聚会，热衷于作品研讨会的"赶集"。很多批评家更像行为艺术家，而不是批评家，也就是说他们"出场"的意义远大于他们批评的意义，他们说了什么并不重要，重要的是他们说了。近10年来，中国文学界兴起了各种各样的文学奖，官方的、民间的，其中很多批评家都参与了，但平心而论，这么多文学奖中，有几个奖真正经得起时间和历史的检验？可悲之处还在于，有些奖反而成了负面经验，文学史可以据此而放心地忽略它的存在。据笔者判断，文学批评在当代似乎已经丧失了其基本功能，变得可有可无。

中国当代文学批评的薄弱当然不能全怪中国当代文学批评家，它与当代文学批评作为学科的不成熟有很大的关系，而审美批评的缺失和混乱则是这种不成熟的一个重要标志。关于审美批评的内涵，理论界有很多争议，大家应该宽泛地理解它，笔者认为，审美批评就是重视文学性、艺术性和美感的文学批评。与其他文学批评不同，审美批评更重视文学的内部构成和形式，比如写作技巧、写作手法、叙事方式、结构、虚构、想象、联想、语言、风格、意象、形象、修辞、文体等。审美批评主要对文学作品进行文学上的解剖、分析，把文学作品的美通过理性的语言呈现出来，展示给读者，从而帮助读者更好地理解和欣赏文学作品。文学批评是对作品的评价和判断，是对文学创作的反映，但更是一种推介、一种赏析、一种引导，包括对作家的引导和对读者的引导。文学批评可以是各种各样的，有各种层次，但审美批评是基本的批评，也可以说是基础批评，是第一层次的，其他所有的批评都应该建立在审美批评的基础上。中国当代文学审美批评的缺失说明我们的文学批评"基础设施"还非常落后，表面上热闹，背后却根基不牢。

纵观中国当代文学批评，我们可以看到，中国当代文学批评实际上主要有三种模式，也可以说是三种类型：一是社会功利批评，包括社会批评、政治批评、伦理批评、历史批评以及文化批评等，其特点是重视文学作品的内容，强调文学对社会的作用和意义；二是审美批评，其特点是重视文学作品的艺术形式，强调文学的审美性以及文学作品对人的美感作用；三是学习和借鉴西方的各种现代主义和后现代主义的文学批评，五花八门，诸如语义学、接受理论、读者阅读理论、阐释学、符号学、结构主义、解构主义、女权主义、新历史主义、后殖民主义等。前两种文学批评主要是传统批评，第三种批评则是现代批评。当然，三者并不在同一逻辑层次上，现代文学批评具有极大包容性，它包含了传统的审美批评和社会功利批评，比如象征主义批评、意象派批评、形式主义批评、新批评、语义学批评、叙事学批评等就更接近审美批评，而精神分析批评、存在主义批评、荒诞派批评、西方马克思主义批评、女权主义批评、新历史主义批评、后殖民主义批评则更接近社会功利批评。但是，现代文学批评中的审美倾向或者审美因素与传统的审美批评是有本质区别的；同样，现代文学批评中的社会倾向或者社会因素与传统的社会功利批评也有根本的不同，比如，马克思主义文学批评属于传统的社会功利批评，而西方新马克思主义文学批评则属于现代文学批评中的社会批评，二者之间既有联系和相似性，又具有观念和方法等方面的极大差异。再比如语义学批评和传统的语义分析，既具有相似性，又具有质的区别，它们实际上是两种完全不同的批评理念，也是以两种完全不同的学科作为理论基础，传统的语义分析依托于语言学，而现代语义学批评则是"意义"诗学。所以，上述关于中国当代文学批评三种类型的划分其实也是权宜之计。

那么，这三种文学批评在中国当下的文学批评中究竟是一种什么样的状况呢？笔者认为，社会功利批评在中国当代文学批评中占绝对的优势，既是主流，也是主体，具有悠久的历史传统，经过多年的学术积累，形成了严密的体系，因而在运用上具有可操作性。社会功利批评也可以说得到了广泛的认同，从主流意识形态到高校学术界再到一般读者，社会功利批评可以说变成了思维性的东西，从方法到观念都根深蒂固。审美批评虽然也历史悠久，但在中国当代文学界的影响则小得多，理论上，大家都承认它的价值和作用，但实际上大家都不重视它，其中一个重要的原因就是它很难产生像社会功利批评那样广泛的社会效应。而现代批评本质上是现代各种文学理论的衍生物，更多的是介绍、探讨和阐释，主要是理论的形态，并没有真正进入操作层面，主要是实验性地运用于文学史研究和文学理论研究，比如运用某种西方文学理论和方法对文学史上的一些被忽略的作品进行重新评价，或者对一些经典作品进行重新解读。有人认为："20 世纪 80 年代中期以前，社会历史批评在批评史上占据着绝对权威的地位，构成主流批评样态；在此后由于社会文化语境的转型，前者失去了或部分失去了赖以生存发展的根基（经济基础、意识形态），处于次要地位，新的批评形态如历史文化批评、文化原型批评、文本语言批评、解构批评、新文化批评等，居于批评的主导地位。"① 笔者不认同这种判断，恰恰相反，笔者认为中国自近代以来，包括社会历史批评在内的社会功利批评一直居于主导地位，20 世纪 80 年代是这样，20 世纪 90 年代、21 世纪仍然是这样。

---

① 景国劲：《20 世纪中国文学批评形态的流变规律》，《文艺研究》2001 年第 2 期，第158 页。

二

没有人会反对审美批评，主要争议在于对于审美批评的内涵、地位以及与其他批评之间关系的看法不同。笔者认为，审美批评和其他文学批评并不完全是同一层面上的，审美批评是一切文学批评的基础，是其他文学批评显在或者潜在的条件。只有审美批评健全了、发达了、完善了，真正构成了完整的理论体系，具有可操作性，变成思维性的东西，其他文学批评才可以真正建立起来。

文学的本质是什么？对于这一问题当然有各种各样的说法，有人说文学的本质就是审美，这当然是不准确的，因为文学显然不只是审美，但我们说审美是文学的基本特性却是没有错的。文学最重要的特性就是"文学性"，"文学性"也可以说就是泛审美性。苏联美学家斯托洛维奇认为，艺术与其他形式的劳动最根本的区别就在于"它不仅有意地创造审美价值，而且创造这种价值是艺术创作的基本任务"[①]。文学当然不只有审美性，还有其他特性，比如思想性、历史性、伦理性、道德性、时代性、阶级性、民族性、社会性等。文学是人学，一切与人有关的东西都可以在文学中得到表现或者表达，但人性也好，思想也好，情感也好，这一切都不能独立于文本，都不能脱离文学，都必须通过审美方式来完成，否则它就不是文学，或者不是好的文学。鲁迅曾说"社会人之看事物和现象，最初是从功利底观点的，到后来才移到审美底观点去"，人"享乐着美的时候，虽然几乎并不想到功用，但可由科学底分析而被发见。所以美底享乐的特殊性，即在那直接性，

---

① [苏] 斯托洛维奇：《审美价值的本质》，中国社会科学出版社，1984 年版，第 243 页。

然而美底愉乐的根柢里，倘不伏着功用，那事物也就不见得美了"①。的确，人们看事物和现象，首先是从功利的角度来看的，但仅仅从功利的角度来看，所看的对象并不能转变成艺术的对象，从文学来说，一个作品如果只有功利性而无审美性，那么它就不是文学作品。从阅读的角度来说，文学作品就是让人获得美的享受，而其他的受益则是潜在的，也可以说是深层的，需要通过理性分析才能够认识到。

思想性、社会历史的价值和意义等对于文学来说当然也是重要的，但思想和社会历史必须以文学的方式呈现出来才有意义，也可以说，对于文学来说，重要的不是思想，而是思想的呈现，也即作家通过文学的方式把思想充分地表达出来，从而对人对社会发挥作用，这才是关键。所以，"文学性"对于文学来说是首要的、必备的。"真实性""历史性"等都可以说是文学的重要特性，但它们显然不能和"文学性"相提并论，虽然恩格斯说巴尔扎克的小说所反映的现实比历史学家和经济学家还具有价值，但这不具有普遍性，并且任何历史学家和经济学家都不能将巴尔扎克小说所反映的生活作为证据。历史上，有些作品在思想上非常深刻，甚至比历史和哲学更早地提出某些重大的思考，但这同样是个别现象，就普遍情况而言，在思想上，文学的作用和地位都是非常有限的。就真实性来说，文学不能和历史相提并论；就深刻性来说，文学无法和哲学相比。历史上也好，现实生活中也好，多少人是为了历史性和哲学性的东西去读小说的呢？所以，真实性和思想性只是文学的必要条件而不是充分条件，也可以说，文学不能是虚假的，不能没有思想，但这与其说是文学的本质，不如说是

---

① 鲁迅：《〈艺术论〉译本序》，《鲁迅全集》（第四卷），人民文学出版社，1981 年版，第 263 页。

人的本质，因为真诚和思想也是做人的原则和生活的原则。

人本质上是功利者，因为生存是人的第一要务，生存就是实实在在，是一切功利之源，但人在满足了生存的同时，也会无功利目的地去审美，阅读文学作品就是这种无功利目的审美的最重要方式之一。人们之所以去读文学作品，很少是为了从中获取知识、接受教育的，也很少是因为文学作品具有深刻思想的，人们是冲着享受去的，是冲着消遣、娱乐而去的。但文学的伟大之处就在于它给人故事的时候，给人情感享乐的时候，同时也会潜移默化地对人们的思想产生影响，在满足人们消遣娱乐的同时，也给予人们知识、教育以及历史、哲学、文化的内容，很多读者甚至阅读完作品后把最初的享受都忘记了，把消遣娱乐的东西都忘记了，在记忆中只留下哲学、历史的东西。所以，文学首先是文学，然后才是一定时期的社会精神和文化的反映和表现，没有经过审美酿造的生活和思想无论多么真实、多么深刻、多么丰富，终究不过是生活的记录和观念的演绎，并不是真正的文学。一部作品如果不真实，在伦理道德上存在问题，当然不是好作品，但有些作品，问题虽然很陈旧，思想上也缺乏建树，读起来却感觉非常优美，这仍然不失为优秀的文学作品。比如现代文学史上的沈从文、张爱玲，他们的作品思想在深度和广度上都非常有限，但这并不影响他们的文学史地位。再比如巴金，其作品思想非常简单，道理也非常浅显，一般人都具备，但这并不影响他文学大师的地位。所以，文学的深度，本质是在表现思想上的，而不是思想上的，也可以说，文学的重要作用是让思想对人产生作用，而不是提出思想本身。

文学有什么价值，我们就用什么价值标准来评判它，这是顺理成章的。既然审美是文学最重要的特征，那么审美批评对于文学批评来说就是不可或缺的；既然审美特性是文学的基础特征、首要特性，其他特性都是建立在审美基础上的，那么，审美批评对于文学批评来说就是首要的批评、基础的批评。别林斯基曾说："当一部作品经受不住美学的评论时，它就已经不值得历史的批评了。"[①] 就是说，文学批评首先是审美批评，然后才是其他批评，或者说，文学作品首先要过审美这一关，然后才谈得上其他。文学本身并没有层次，它的内容与形式、审美性与历史性是有机结合在一起的，很难完全分开，但人对文学的认识和把握却是可以从理论上进行分层的。有人说："文学作品的阅读是对审美对象的审美占有，阅读动机和期待、阅读效果和作品价值的实现都是审美的，在低层次上是娱乐、消遣、解颐，在高层次上是品味人生，理解生活，陶冶情性，精神解脱和慰藉，净化、提升人的灵魂境界。至于了解历史事件，学习各种知识，认识时代面貌，掌握各种阶级观点，是审美的副产品，在本质上不是审美化的阅读期待和阅读效果。阅读过程是审美化的。除了艺术传达外，阅读 —— 审美欣赏是审美再创造的过程，它和写作 —— 审美创造过程中的经验十分类似，同样经历审美感知、审美理解、审美想象、审美体验等心理过程，最后把作品描写的一切整合为审美意象。"[②] 笔者认为这是非常有道理的。

今天提倡审美批评，这不仅是理论的问题，更是基于文学批评的现状。笔者非常赞同"不能用纯审美标准重写文学史"[③]的观点，也反对文学史书写的"审美中心主义"，但中国当代文学研究中文学史研究

---

① ［俄］别林斯基：《关于批评的讲话》，《别林斯基选集》第三卷，满涛译，上海译文出版社，1980 年版，第 595 页。

② 汪瑰曼：《为审美批评一辩》，《安庆师院社会科学学报》1996 年第 1 期，第 61 页。

③ 唐世春：《不能用纯审美标准重写文学史》，《文艺理论与批评》1990 年第 6 期。

和文学批评有很大的差异，对于文学批评来说，审美批评不是过分了，而是欠缺。如前所述，审美批评是所有批评的基础，其他一切批评都必须建立在审美批评的基础上，当然，审美批评可以是显在的，也可以是隐性的，但现在的问题是，很多文学批评是跳过了审美批评，撇开了审美批评，或者干脆就不要审美批评。我们常常看到，有些文学批评，评价某文学作品如何真实、如何深刻，且分析得头头是道，但实际上我们去读这部作品，发现作品其实毫无美感可言，甚至不堪卒读。没有审美价值的文学作品，无论多么深刻和真实，可以是好的哲学作品或者历史作品，但不可能是好的文学作品。

"五四"时期至20世纪80年代，社会功利批评居于绝对的主导地位，这既有文学的原因，也有社会和文化的原因。那时由于电视和网络等现代传媒还不发达，文学是非常重要的大众休闲方式，那个时候，文学在人们的精神生活中占有非常重要的位置，社会和文化都非常重视借助文学来实现目的，比如新文化运动主要是借助新文学运动来实现中国文化变革，从而推动社会变革乃至政治、经济、军事等各方面变革的。所以，那时有理想、有抱负的仁人志士比如陈独秀、胡适、鲁迅等都积极从事文学活动，希望通过文学深层次地影响中国并进而改造中国。那时知名作家都是风云人物，具有极大的号召力，有时真可谓"振臂一呼，响者云集"。我们可以看到，中国现代文学时期，文学的文化性、社会性非常强，启蒙问题、国民性问题、救亡问题、人的问题、妇女问题、革命问题、农民和农村问题等，几乎所有重大问题在文学中都有所反映，对很多问题的探讨甚至就是由文学发起和推动的。既然社会和文化问题是文学的焦点或者说亮点，那么，文学批评中关注社会文化问题也就是非常自然的。正是因为如此，所以现代文学时期，包括社会文化批评在内的社会功利批评不仅声势浩大，而且成就也非常高。

20 世纪 50 年代之后，中国文学可以说是高度政治化的，文学不仅是中国人政治生活中的一个重要组成部分，而且在政治生活中扮演着重要的角色，文学不仅反映生活，还干预生活，从而深刻地影响社会发展和人们的生活。因为政治在文学中具有崇高的地位，具有优先和决定性地位，所以，那时的文学批评是政治批评模式，这同样也是可以理解的。那时的文学批评非常明确，就是"政治标准第一，艺术标准第二"，有时甚至可以说是政治标准唯一，而审美批评变得可有可无。这给中国当代文学造成了巨大的损失，留下了深刻的教训。

但 20 世纪 80 年代中期之后，中国的文学状况发生了根本性的变化，在文学上，如今可以说是一个完全不同的时代。20 世纪 90 年代以前，一篇报告文学可以改变很多人的命运，可以对政府的决策产生影响，但今天，报告文学甚至连主人公的命运都不能改变。有人认为文学在未来会消亡，这当然只是一种悲观的看法或者预言，但 20 世纪 80 年代之前文学的那种崇高地位的确难以再现，今天是一个网络和电视的时代，而不是文学的时代。除了一些通俗文学和类型文学以外，纯文学作品的读者非常少，而且越是优秀的文学作品，读者越少，没有读者，作品自然也就谈不上什么影响了。任何时代都有纯文学，但今天的中国更接近纯文学的时代，文学越来越回归本位，即越来越回到文学本身，回到审美，文学的审美性成为中国当代文学的本位和主体。虽然在某种意义上，这代表着文学越来越边缘化，但文学道路却逐渐走向正常，文学在"五四"时期那种巨大的启蒙意义，以及 20 世纪 50 年代之后巨大的政治效应都不再有了。文学变了，文学批评也应该发生相应的变化，今天，文学批评如果继续沿袭那种文化模式、社会模式、政治模式，就是错位的。

三

那么，如何重建中国当代文学的审美批评？笔者认为主要有两个途径：一是充分学习古今中外审美批评的经验；二是在学习的基础上，进行新的整合，丰富发展并系统化，从而形成新的审美批评体系，包括范畴、标准、方法、话语方式以及具体的操作模式等。

其实，中国古代文学批评是非常重视审美批评的，但中国古代文学审美批评可以说是泛审美批评，即重文学性、艺术性的文学批评。中国古代文学批评当然也非常重视社会、文化、思想、伦理道德等，但更强调文学性，更强调文学的特殊性；在审美批评上，中国古代文学批评也非常重视理论上的建构，但更重视实践，更注重文本的把玩、品味和细读。比如，"诗言志""诗缘情""兴观群怨""经国之大业"都可以说是典型的社会文化批评；《文心雕龙》从第六卷开始，基本上都是讲文学的艺术性问题，属于文学批评的审美范畴。但在中国古代，像《文心雕龙》这样体系化的、理论化的文学理论著作是极为罕见的，而大量的文学论著则是文学批评，比如"诗话""词话""小说点评""赋话""文话""联话"，黄霖先生还提出"句论"[1]的概念。这些"话""点评"等也提出了一些理论问题，也有对理论的探讨，但更多的则是对作品的赏评，内容包括对作品的介绍、典故介绍、源流介绍、写作技巧分析、风格分析、词句分析、形象分析、意境分析等，表述大都很简单，也没有什么逻辑性，没有过多的阐释和论述，有时三言两语，有时甚至就是一个字，比如小说点评中的"好""妙"等，但这

---

① 黄霖：《〈西厢〉名句为题之八股文的文论价值》，《文艺研究》2011 年第 7 期。

是建立在对作品充分品读的基础上的，具有丰富的审美内涵。

中国古代文学批评非常重视审美，有所谓"两美""三美""四美""七美""十美"之说，对于作品的美也区分得非常细，比如"粹美""盛美""醇美""精美""健美""华美""秀美""高美""圆美""优美""壮美""清美""内美""外美""质美""和美""大美""真美""阴柔之美""阳刚之美"等，区分之细致，正说明中国古代文学审美批评的发达与成熟。中国古代文学批评当然也重视真与善，并且真、善是比审美更高的层次，但社会批评和伦理批评不能脱离审美批评，即它们建立在对作品具体感悟、细读的基础之上。所以我们可以看到，在中国古代文学批评中，"情""景""境""文""辞""意""韵""气""趣""味""象""形""神"等这些非常具体的、更强调艺术性的术语、概念构成了核心范畴。中国古代文学批评非常重视写作技巧、文学作品的构成、文学作品的形成过程、文学风格等具体问题的研究，非常重视对文本的品尝和玩味，在充分欣赏的基础上得出结论。在这一意义上，中国古代文学审美批评是非常重要的资源，它的术语、概念和范畴以及具体的操作模式都值得我们借鉴。

审美批评其实也是现代文学批评传统。纵观中国现代文学批评，我们可以看到，中国自近代以来的文学批评也是各种各样的，但总体上可以分为两大体系：一是社会功利批评，在中国现代文学时期，它可以说是主流的文学批评，成就显著，影响巨大，对于推动中国现代文学的发展起了非常大的作用。社会功利批评最早可以追溯到梁启超，"五四"时期陈独秀的文学批评可以说是典型的社会功利批评。之后，文学研究会的文学批评、创造社的文学批评、"左翼文学"批评、马克思主义文学批评、延安文学批评、国统区胡风等人的文学批评等都可以说是社会功利批评，社会功利批评贯穿于中国现代文学的始终。二是审美批评，虽然其地位不像社会功利批评那样显赫，但同样影响巨大，成就非凡，同样极大地推动了中国现代文学的健康发展。审美批评最早可以追溯到王国维，中国现代文学时期，周作人、废名、朱光潜、李建吾、沈从文、林庚都可以说是审美批评的代表人物，他们对于中国现代文学审美批评的建构和发展做出巨大的贡献。从流派上来说，"京派"和"新月社"的文学批评偏重于审美批评。现代文学审美批评虽然深受西方审美批评的影响，但它同时也是对中国现代文学创作的总结，是建立在充分的文学创作实践基础上的，所以，中国现代审美批评具有双重性，既具有西方性，又具有中国现代性，既具有学习性，又具有创新性，是一种既不同于西方审美批评，又不同于中国古代文学审美批评的新的审美批评。

在中国现代文学时期，社会功利批评和审美批评是互补的，社会功利批评可以说是非常显著的，是显在的，而审美批评则似乎很低调，是隐性的。这样说并不是否定审美批评的重要性以及它在现代文学批评中的地位、作用和意义，恰恰相反，审美批评是基本的文学批评，不仅是社会功利批评的基础，也是其他所有批评的基础。如果我们把社会功利批评比作"花朵"，那么审美批评就是"绿叶"，不仅只是"衬托"，更是"扶持"，是不可或缺的，就中国现代的文学批评来说，正是审美批评成就了社会功利批评。对于文学来说，首先要有审美这一必备条件，然后才有可能追求更高的目标，比如立人、改造国民性、思想启蒙等；对于文学的评价和批评也是这样，首先对文学进行艺术上的判断，在满足了审美的要求之后，才对文学进行社会思想文化的评判，否则批评便如同建立在沙滩上。事实上，中国现代文学时期，对于大多数文学批评家来说，审美批评和社会功利批评是难以分开的，比如鲁迅的文学批评、郭沫若的文学批评，都是既重视审美批评又重视社会功利批评，只是有所侧重而已。笔者在理论上把现代文学批评总体上分为审美批评与社会功利批评两种类型，只是作了大致的区分。

20世纪50年代之后，文学审美批评并没有从理论上被否定，但事实上，在文学批评实践中，审美批评被放弃了，政治批评具有绝对权威地位，政治批评变成了文学批评的基础，也可以说是优先的批评，审美批判反而成了锦上添花，有当然好，没有也没关系。这可以说完全违背了文学的基本原则和基本规律，其教训是深刻的。20世纪80年代中期以后，审美批评在理论上得到重视，有人主张恢复中国文学批评的审美传统，但实际上，中国当代文学批评的审美批评并没有得到真正的恢复，审美批评由于太琐碎、太细致，再加上操作性不强，社会反响欠佳，所以并没有得到广泛的运用和推广。20世纪80年代中期，真正得到恢复的是社会功利批评，与此相对应，真正受到冲击的是政治批评。20世纪90年代之后，西方各种现代文学批评理论被大量介绍到中国，大大冲淡和延缓了中国当代文学审美批评的重新建构。

建立在审美批评基础上的中国现代文学批评是成功的，对中国现代文学的发展和进步都起到积极的作用，而缺乏审美批评基础的文学政治批评则留下很多经验和教训，这正好从正、反两个方面说明了审美批评的重要性。今天我们重建中国当代文学审美批评，既要学习中国现代文学批评的正面经验，也要了解中国现代文学批评的负面经验。

同时，建构中国当代文学审美批评还需要充分借鉴和吸收西方现代各种文学批评的理论成果和实践经验。审美批评在西方属于正统文学批评，也是基本的文学批评，已经非常完善，到了20世纪，审美批评作为一种体系和模式并没有多少发展，但因为审美批评是各种文学批评的基础，所以在各种现代文学批评中，审美批评出现了一些新的因素，也可以说，审美批评与各种现代文学批评相结合从而产生了很多新的形式。比如俄国形式主义从语言的角度重新研究文学，对文学的审美本质提出了新的观点，它认为，文学的根本目的不在于审美目的，而在于审美过程。日常生活中人们对事物的感知是自动感知，而对于文学的感知则是审美感知，实现自动感知向审美感知转化的手段是"陌生化"，作家应该尽可能延长人们对事物的审美感知的过程。俄国形式主义文学批评非常重视从语言、形式、美感的角度来分析和评价文学作品，有很多精湛的文学批评值得我们学习和借鉴。

再比如英美新批评，它非常重视对作品的细读。瑞恰慈认为，诗歌语言是一种情感语言，而科学语言是一种符号语言。布鲁克斯认为，文学批评只应当关心文学作品本身。文学语言与非文学语言的一个重要的不同之处在于，文学语言常常具有反常规性，诗意常常是在词语的不协调和碰撞中产生的。韦勒克把文学研究分为"外部研究"与"内部研究"，并且认为文学研究的出发点是分析和解释作品本身。他也非常强调文学语言与科学语言之间的区别，他认为文学语言具有歧义性、暗示性、情感性、象征性等特点。英美新批评对文学作品的具体细读，对文学语言与非文学语言的仔细甄别，可以说是非常具体的审美批评。其他西方文学理论如原型批评、意象批评、语义学批评、女性主义批评、新历史主义批评、表现理论、叙事理论、后殖民主义批评、西方马克思主义批评等都或多或少具有审美批评的因素，都值得我们学习和借鉴。

充分学习和借鉴古今中外文学理论的审美论对于建构中国当代文学审美批评是非常重要的，但更重要的是在充分吸收的基础上融会贯通，建构中国当代文学审美批评，一方面要整合各种审美批评的理论，另一方面则要发展，从而建构完整的、体系化的、具有操作性的批评理论与实践。笔者认为，审美批评本质上是作品批评，是对作品从艺术即审美的角度进行分析与评价，对于中国当代文学来说，重要的不是建构抽象的审美批评理论，而是探寻具体的作品分析的理论与方法，纯粹审美理论属于美学理论范畴，而审美批评则是实践范畴。大致来说，审美批评要对这样一些问题进行系统性的综合、归纳、整理以及更细致、更深入的研究：

一、文学的审美特征问题，包括审美意蕴、审美感觉、审美知觉、审美认识、审美情感、审美理想以及审美风格上的悲剧、喜剧、优美、崇高、卑下、庄严、可爱、诙谐、幽默等。这些都属于美学范畴，也是文学审美批评的基础，所以不仅需要清理、借鉴，更重要的是具体化，比如崇高在各种文体中是如何表现的？卑下的审美情感与日常情感有何区别？审美感知和认识与日常感知和认识有什么不同？这种具体研究对文学的审美批评具有实践意义。

二、文学呈现方式问题，包括写实、理想、变形、象征、夸张、荒诞等，特别是对于叙事性文学作品来说，这些呈现方式对其审美特性具有重要的影响。过去，我们对于现实生活与审美、理想与审美之间的关系研究得比较多，但对于现代文学中的荒诞、变形文学方式的审美研究还很薄弱，荒诞如何具有审美价值？变形如何具有审美价值？文学理论界和文学批评界都缺乏充分、有效的研究。

三、文学技巧问题，包括叙事、描写、抒情、议论、反讽、布局、篇章结构、线索、时间、空间、修辞等。其实，作家是非常重视写作技巧的，作品的优劣，从作家的角度来看，主要是技巧的问题。同样的材料，同样的内容，写作的方式不同，其审美价值也是不同的。读者有时只看到了文学作品中的内容，只是凭综合感觉感受到了作品的美，而忽略了作家的写作技巧。其实，内容也好，美也好，都与作家的写作技巧有关，文学批评的重要任务之一就是揭示作家写作技巧与文学审美之间的关系。叙事如何产生美？修辞如何产生美？反讽如何产生美？这些都是文学审美批评的基本问题。

四、文体问题，主要是小说、诗歌、散文、戏剧四大文体。传统的文体比较单纯，而现代文体则出现了新的审美趋向，除了交叉融合（比如"诗化小说""诗剧""散文诗"等）以外，更重要的是各种文体都出现了新的发展，出现了"变体"，出现了各种与传统文体迥异的文体。比如"情景剧""荒诞剧""新小说""意识流小说"以及各种后现代主义小说、后现代主义诗歌、后现代主义戏剧等，它们在审美原则和审美追求上与传统的小说、诗歌和戏剧有根本性的不同。事实上，文体也具有审美性，不同的文体具有不同的审美价值。具体而言，人物、典型、情节、情境、冲突、意境、意象等如何构成？如何具有审美性？过去的文学批评对于这些问题的处理是非常简化的，缺乏更深入的分析和剖析。

五、语言文字问题，主要是字、词、句、段落、篇章、语音、音调和节奏等。文学是语言的艺术，文学的"文学性"或者说审美性就表现在语言的表述之中，文学语言与科学语言、日常语言一个很大的不同之处就在于它的"诗性"，文学语言更注重修辞，更注重旋律和节奏，更注重形象，那么，文学语言的"诗性"如何通过字、词、句、章表现出来，这同样需要进行细致的研究。

当然，重建中国当代文学的审美批评是一个非常艰巨的任务，也必将是一个漫长的过程。但笔者认为，这是非常迫切的任务，无论是对于中国当代文学批评来说，还是对于中国当代文学发展来说，都是亟待进行的工作。

后　记

　　文学史不仅是中国现当代文学研究中的"显学"，而且是学科基础。中国现当代文学研究可以各有侧重和擅长，甚至非常"专""精"，但有两个领域是大家都要涉猎的，一是鲁迅，二是文学史。只要是做中国现当代文学研究的，多少都会研究鲁迅，研究鲁迅对于中国现当代文学研究来说是技术训练，没有经过这种严格技术训练的学者就会显得不那么"正宗"。同时，只要是研究中国现当代文学的学者，多少都会研究文学史，可以不写文章，但不能没有思考。很多学者都主编或者参编过文学史。研究文学史对于大学教师来说，属于职业的工作范围。

　　在今天的大学体制中，文学史作为文学教育方式已经大大弱化，文学课程变得相对丰富多彩。但 20 世纪 80 年代初大学中文教育不是这样的，那时的中国现代文学、中国当代文学课程基本上是"史"的形态。在我读大学时，中国现当代文学学习基本上就是中国现代文学史、中国当代文学史两门课，也有一些选修课比如鲁迅研究、茅盾研究、赵树理研究等，其实这些课程都是围绕文学史展开的，或者是文学史中的某一"点"的深入。所以我们这一代人，做现代文学研究也好，做当代文学研究也好，做文学批评也好，都有很强的文学史意识，一个新的作家、作品、文学思潮、文学流派以及其他文学现象出现，我们总是把它置于中国现当代文学史的"链条"或"坐标"中考察、定位。因而文学批评也被文学史同化，成了变形的文学史。这当然是有缺陷的，我觉得我们的文学批评缺乏世界性的眼光是一种极大的局限，缺乏鉴赏和理论也是很大的问题。今天的文学教育虽然和20世纪80年代的文学教育已经有了很大的不同，但主要通过文学史教育来完成这一点并没有发生根本性的改变。看来文学史在中国现当代文学研究中的中心地位暂时还不会动摇，所以，文学史现在和将来都会是一个热门的话题，事实上，其中值得深入研究的问题也非常多。

有幸得到丛书主编邀约，感谢他对我的关注。选题是主编建议的，书名也承主编惠赐，我觉得非常贴切。也感谢广东人民出版社，以及责任编辑的辛勤劳动！

高玉

2019年8月于浙江师范大学